나비,
달다

초판 1쇄 인쇄 | 2021년 08월 10일
초판 1쇄 발행 | 2021년 08월 15일

지은이 | 은미희
펴낸이 | 최화숙
편집인 | 유창언
펴낸곳 | 집사재

등록번호 | 제1994-000059호
출판등록 | 1994. 06. 09

주소 | 서울시 성미산로2길 33(서교동) 202호
전화 | 02)335-7353~4
팩스 | 02)325-4305
이메일 | pub95@hanmail.net|pub95@naver.com

ⓒ 은미희 2021
ISBN 979-89-5775-270-8 03810
값 15,000원

은미희 지음

집사재

작가의 말

참 아팠다. 이 글을 쓰는 내내. 인간이 이토록 잔인할 수 있다니. 인간이 지닌 그 잔인함의 한계는 도대체 어디까지일까. 나는 쓰는 동안 진저리를 치며 올라오는 욕지기를 참아야 했다.

이 글의 모든 에피소드는 사실이다. 사실을 알리고 진실을 기록하기 위해 어줍잖은 내 개인의 생각들은 배재했다. 본디 소설은 상상력을 바탕으로 한 허구의 서사이지만 이것은 허구의 이야기도, 상상이 빚어낸 이야기도 아니다. 할머니들의 증언을 소설의 형식과 구성을 빌어 엮어냈을 뿐이다. 그러니 사실의 기록이자 또 다른 증언인 셈이다.

이 글을 쓰고 무척이나 아팠다. 무수히 많은 잘린 바늘 끝이 내 혈관을 타고 돌며 나를 공격해 대는 것처럼 온몸이 알 수 없는 통증으로 가득했고, 그 통증으로 인해 건강마저 나빠졌다.

원래 이 책은 2권으로 계획했었다. 1권은 할머니들이 위안부로 가게 된 과정과 그곳에서의 생활을 다루고, 2권은 위안소를 나와 그 뒤의 신산했던 삶을 추적하려 했다. 하지만 1권을 쓰는 동안 잃어버린 건강으로 인해 2권을 쓸 수 없었다. 그러니 『나비, 날다』는 아직 미완성인 셈이다.

처음 이 글을 쓸 때만 해도 위안부에 대한 사람들의 관심과 기록은 거의 없다시피 했다. 그런 까닭에 조선의 소녀들이 겪어야 했던 참상이 어떠했는지 알 수 없었고, 알려고도 하지 않았다. 그 참혹한 실상을 알리자는 마음으로 이 글을 시작했다. 거대 폭력 앞에 한 인간의 삶이 어떻게 망가지고, 국가가 보호해 주지 못하는 국민의 삶은 얼마나 피폐해 지는지 생각해 보자는 마음이었다. 쓰면서 몇 번이나 포기하고 싶었다. 생각했던 것보다 너무 참혹하고 잔인해 이 글을 쓴 것을 후회했다. 하지만 누군가는 꼭 해야 할 일이었다. 누가 읽든 읽지 않든, 사관의 자세로 기록을 남기자는 마음으로 힘들게 이 글을 썼다. 그런 점에서 이 책은 내가 쓴 책이 아니라 할머니들이 쓴 책이다.

『나비, 날다』는 먼저 영어로 출판되었다. 영어로 출판되기까지는 미국 연방공무원인 이상원 박사의 힘이 컸다. 이 책을 영어로 출판할 당시 많은 협박과 저항과 방해에 부딪쳤지만 그는 굴하지 않았다. 이상원 박사 또한 국가폭력의 피해자로 누구보다 그분들의 심정을 잘 알고 있기 때문이다. 세상에 의를 묻고 선을 구현하는 일. 그것이 우리의 목표였다. 하지만 그 일이 얼마나 어려운 일인지 알았다. 그것은 사람들의 적극적인 관심과 참여가 없으면 할 수 없는 일이다. 아무런 이익도 없는 일에 자신의 소중한 시간과 노력을 다해 준 이상원 박사에게 고맙고 미안하다.

더불어 『나비, 날다』가 영어판으로 나오기까지는 많은 분들의 도움이 있었다. 십시일반 출판비를 보탰고 번역을 해주셨고, 표지 디자인에 재능을 기부해 주셨다. 기꺼이 번역을 맡아주신 안영숙님, 그리고 잡다한 일을 도맡아 해준 최서연님, 한글판이 나오기까지 최선을 다해준 김정기님, 장현풍 목사님, 윤사현님, 하승운님, 김남식님, 안호재님께 감사를 드린다. 그리고 십시일반 마음을 모아준 모든 분들 역시 고맙고 감사한 일이다. 그분들 또한 역사의 기록자이다.

고백하거니와 쓰는 동안 너무 아팠던 나는 한글판 출판에는 회의적인 심정이었다. 하지만 그때마다 나비, 날다 팀은 나를 일으켜 세웠고, 출판까지 밀어붙였다. 그분들에게 거듭 고마움을 전한다. 쓰는 동안 아팠듯이 읽는 고통도 적지 않으리라 생각한다. 하지만 한번쯤 꼭 읽어야 할 책이라고 생각한다. 진실을 알아야 제대로 된 대응을 구하고 미래를 설계할 수 있으므로. 모두에게 평화를.

2021년 6월 은미희

차례

프롤로그

나는 내 이름을 잊었다. 나는 이 세상 어디에도 없다. 나는 유령이다. 하지만 생각나는 이름 하나, 하루코……. 그 이름이 자꾸만 나를 괴롭힌다. 하루코, 하루코, 하루코……

그들은 나에게 하루코라는 이름을 지어주었다.

하루코. 춘자. 봄의 여인이란 뜻의 이름 하루코. 생명의 기운으로 가득 찬 세상, 봄. 따뜻하고 생동감 넘치고 아름답고 환희에 넘쳐 나는 봄. 그 봄의 세상은 하루코라는 이름으로 나에게는 어둠이 되었고, 지옥이 되었다.

그 시절의 이름, 하루코. 지우개로 지우듯 그렇게 지나간 내 생을 지우고, 나를 소거하고 싶다. 하지만 하루코, 그 이름은 내가 살아가는 동안 짊어지고 가야 할 형벌이었고, 나는 끝내 그 이름을 내 생에서 떨쳐내지 못했다.

철저히 묻어두고 싶은 그 시간들을 회상하는 것은 나에게 주어진 시간이 얼마 남아 있지 않기 때문이다. 아니, 이미 나는 세상에 존재하지 않는다. 허물 같은 육체를 벗어나 나는 이 세상을 떠돌고 있다. 훨훨. 애벌레가 나비가 되듯, 그렇게 나는 육신을 탈피해 이 생에서 벗어났다.

우화를 통해 나비들은 자신의 몸통보다 몇 배나 더 큰 날개를 얻었지만 나는 겨우 오욕의 생에서 도망쳤을 뿐이다. 하지만 그 자유는 완전하지 못하다. 상처뿐인 자유는 씻을 수 없는 고통과 멍에를 안겨주었다. 치유되지 않은 상처는 여전히 끔직하다.

나비들이 난다. 하나, 둘, 셋…… 나는 저 나비들을 안다. 나도 저 나비가 될 것이다. 아니, 지금 내 등에는, 내 옆구리에는 우중충하지만 날개가 돋아나 있는지도 모른다. 지금 여기가 어딜까. 이승인지 저승인지, 아니면 그 어느 경계인지 알 수 없다. 저 나비들. 애잔한 목숨들. 저 목숨들을 대신해, 다른 목숨들을 대신해, 나는 그들을 고발한다. 내 생을 짓밟은 그자들을.

내 꽃 같은 한 생을 무참히 꺾어 버린 그들의 야만을 증언하나니, 부디 나를 위해 눈물 흘리지 마라. 나를 위로하지도 말며, 슬퍼하지도 말라. 다만 우리가, 내가, 너와 나를 지키지 못했음을 아파하라. 그리고 분노하라.

내 아픈 생의 시작은 우물가에서부터 시작되었다.

들에서 일하는 부모님을 위해 새참을 내가던 길. 그 행복했던 길……. 하지만 그 길 위에서 나는 불행을 만났다.

1

나비야 나비야

　　　　　　　　사뿐히 날아오르는 하얀 물체가 순분의 시선을 사로잡았다. 꽃잎인 듯 환영인 듯 하얀 물체는 어느 한 곳에 차분히 앉지를 못하고 오르내리며 그렇게 가볍게, 가볍게 바람을 따라 떠다녔다. 나비인가? 벌써? 바람결에 아직 칼날 같은 추위가 남아 있는데, 벌써 나비라니.

순분의 시선이 그 희디흰 물체를 좇았다. 긴가민가했는데 정말, 나비였다. 나비는 날개를 팔랑이며 바람을 타기도 하고 버리기도 하며 춤을 추었다. 바람이 날개를 가만두지 않는 듯, 날개에 앉은 환한 봄 햇살이 간지러운 듯, 나비는 잠시도 쉬지 않았다.

아직 꽃샘추위도 가시지 않았는데 뭐가 그리 급해 벌써 나왔을까.

나비는 날개를 팔랑거리며 어디 한 곳에 진득이 앉지를 못했다. 죽음을 담보로 얻은 저 날개가 자꾸만 날아오르게 만드는 모양이었다. 나비야, 나비야 이리와. 널 잡아서 우리 엄마에게 보여 줘야겠다. 순분은 팔을 뻗어 나비를 잡았다. 하지만 순순히 잡힐 나비가 아니었다. 나비는 잡힐 듯 잡힐 듯 하면서도 용케 순분의 손길을 피해 저만치 날아갔다. 꼭 그만큼. 꼭 두어 발자국 앞에서 그렇게, 술래잡기라도 하는 듯 나비는 순분을 이끌고, 약을 올렸다. 차라리 멀리 날아 가버렸으면 아쉬운 마음으로 포기했을 텐데, 나비는 그만큼의 거리를 유지한 채 순분을 유혹했다.

하긴, 순분은 꼭 나비를 잡고 싶은 것이 아니었다. 기어이 잡고야 말겠다는 결기를 세우면 어떻게든 잡을 수 있겠지만 순분은 그렇게 잡고 싶지는 않았다. 나비도 살고자 세상에 나왔으니, 저 근사한 날개로 가고 싶은 곳을 가도록 내버려 둘 참이었다. 하지만 당장 나비랑 하는 술래잡기가 재밌었다. 그래 잡아 볼 테면 잡아 봐. 나비의 도발이 순분을 가만두지 않았다.

그러고 보니 작년 이맘때 나비가 나올 때, 언니는 시집을 갔다. 부잣집 딸들은 연지곤지 찍고 청홍으로 치장한 가마를 타고 청홍으로 장식한 초롱의 인도를 받아 시집을 갔지만, 언니는 연지곤지도 찍지 않고 청홍으로 장식한 초롱도 없이 단봇짐 하나 끌어안은 채 집 나가듯 그렇게 시집을 갔다. 자신의 노고로 키운 딸을 그렇듯 보내는 것이 서운했는지 아버지는 옆집 아저씨를 지게꾼으로 불러 그간 모으고 모은 돈으로 이불 한 채 지어 실려 보내는 것으로 아비의 도리를 갚음했다. 잘 살아. 시부모한테 잘 하고 남편한테 귀여움받고. 어머니는 치맛자락 들어 눈물 찍어내며 딸의 출가를 배웅했다.

집을 떠나는 언니는 울면서도 행복해했다. 어머니 아버지의 품 안을 벗어나 새로운 세상으로 옮겨가면서 언니는 불안해했지만 한편으로는 설레는 표정을 지었다. 눈물범벅인 얼굴 어느 어름에 수줍은 미소도 실려 있었다.

나도 그럴 것이다. 나비가 눈부시게 날아오를 때 언니처럼 시 집을 갈 것이다. 나비가 나오는 날 개나리, 진달래, 산수유, 생강 꽃, 영산홍, 목련, 찔레꽃 꽃봉오리가 막 벙글기 시작할 때, 그때 새로운 삶을 살러 먼 곳으로 떠날 것이다. 순분은 생각만으로도 가슴이 기대와 설렘으로 울렁거렸다.

이제 곧 자신의 혼담이 오갈 것이다. 자신의 짝은 누가 될까? 어떤 남자가 남편이 될까? 조만간 자신은 생판 모르는 이와 결혼 하고 아이 낳고, 그렇게 엄마처럼 늙어갈 것이다. 한 남자의 옆에 서 꽃각시로 살다가 호호할미로 늙어갈 것이다. 그냥 그렇게 평 범하게 사는 것. 아이 낳고 살다 한 줌 먼지로 흩어지는 것. 그것 은 순분이 바라는 삶이었고, 모든 부모들이 바라는 삶이었고, 모 든 사람들이 희망하는 삶이었다.

순분은 다시 나비를 좇았다. 나비는 곧 있으면 움이 틀 가지에 앉는가 싶다가 다시 훌쩍 날아올랐다. 자신을 잡아볼 테면 잡아 보라는 듯 살랑살랑 순분의 앞을 맴돌았다. 순분은 살금살금 다 가가 나비의 날개를 향해 손을 뻗었다. 요놈! 잡았다! 하지만 나비는 번번이 순분의 손보다 조금 빨랐다. 손살 사이로, 손아귀 사이로 요리조리 피해 달아났다. 하지만 나비는 멀리 날아가지 않았다. 순분이 팔을 뻗으면 잡을 수 있는 거리만큼, 꼭 그만큼 떨어져 순분을 약 올렸다.

"요, 앙큼한 것!"

순분은 그 나비가 밉지 않았다. 아니, 바람을 타는 그 환하고도 미끈한 날개가 부러웠다. 저 날개가 있으면 어디든 날아갈 수 있을 터였다.

순분은 태어나서 한 번도 자신이 태어나고 자란 마을을 떠나본 적이 없었다. 마을 너머 저 세상에는 어떤 사람들이 살까. 그 미지의 세상은 순분에게는 떨림의 세상이었고, 설렘의 세상이었다. 하지만 자신이 마을을 떠날 일은 없을 것이다. 아니, 시집갈 때 그때 순분은 다른 세상으로 이동해 갈 것이다. 눈물로 아버지와 어머니의 배웅을 받으며 저쪽 어딘가의 세상, 저 너머 세상으로 나아갈 것이다.

그러다 문득 순분은 걸음을 멈추고 턱을 쳐들더니 깊게 숨을 들이마셨다. 가루처럼 부서져 내리는 봄 햇살들이 순분의 그 깊은 숨에 딸려 몸속으로 들어왔다. 햇살이 빨려 들어온 몸이 가려웠다. 마치 날개가 돋으려는 듯, 피를 따라 도는 봄의 기운들이 온몸을 가렵게 만들었다. 순분은 그 가려움증에 이춤을 추었다. 나비도 순분의 머리 위에서 춤을 추었다. 날개가 돋는 것만 같았다. 저 나비의 날개 같은 눈부신 하얀 날개가. 활갯짓을 하면 가볍게 날아오를 것만 같았다. 정말 발바닥이 간지러웠다. 몸속에서 바람과 햇빛의 입자들이 발바닥을 간질이고, 순분을 부추겼다. 날아올라. 날아 봐. 누군가 귀에 대고 속삭이는 듯했다. 바람인가? 아니, 나비인가? 자, 날아올라 봐. 소리는 더욱 달콤하고도 은밀했다. 팔만 벌리면 금방이라도 날아오를 것만 같았다. 아니, 발은 벌써 땅에서 떨어져 있는 것만 같았다.

덜컥 순분은 두려웠다. 날아올랐다가 행여 길을 잃을까 두려웠다. 어머니 아버지를 잃을까 봐, 집을 찾지 못할까 봐 무서웠다. 지금은 아니었다. 나중에 나중에 어머니 아버지의 배웅을 받으며 날아오르리라. 결혼을 하고, 어머니가 그래왔던 것처럼 그렇게 늙어 가리라. 아이를 낳고, 아이가 커가는 것을 지켜보며 그렇게 늙어 가리라.

순분은 자신의 신랑이 될 사람이 누구일지 궁금했다. 아직 가슴에 둔 사내도 없었고, 둘 만한 사내도 없었다. 그저 수굿하니 부모님이 짝 지워 주는 대로 그렇게 따라가면 그만이었다.

"정붙이고 살면 살아져."

처음에 아버지를 몸으로 받아들였을 때 어땠냐는 순분의 질문에 어머니는 무뚝뚝하게 대답했었다. 시커먼 무쇠솥에서 부글부글 끓어오른 보리쌀을 바가지로 떠내다가 어머니는 뜨거운 김에 고개를 외로 틀며 말했다.

"아버지 처음 봤을 때 어땠어? 마음에는 들었어? 아니었어?"

장난스럽게 묻는 순분의 질문에 어머니는 행여 보리 한 톨 남앉을까 봐 가마솥 바닥을 바가지로 박박 긁으며 대답했다.

"마음에 들고 안 들고가 어딨어? 그냥 그런가 보다 했지."

"에이, 재미없어. 엄마는 처녀적에 좋아하는 사람이 없었어?"

"저리 가. 데일라."

어머니는 대답 대신 뜨거운 물이 뚝뚝 떨어지는 삶은 보리쌀을 옆으로 옮기며 순분의 말을 잘랐다. 정말 왜 그게 궁금했을까?

정붙이고 살면 살아진다니. 어머니는 시집가는 언니한테도 그렇게 말을 했었다.

"여자 팔자가 뭐가 있겠냐. 남자 잘 만나 사랑받고 사는 것이 제일이지. 여자 운명에 그 이상은 없다. 삼종지도. 어려서는 아버지를 따르고 시집가서는 남편을 따르고 늙어서는 자식을 따르는 것이 여자의 삶이라 했으니 어려서도 시집가서도 늙어서도 남자 그늘이 제일이 아니겠냐. 그러니 남편한테 잘하고 살아. 술만 먹고 계집질이나 하고 여자 때려 패는 놈만 아니라면 괜찮아. 삼시 세끼 배곯지 않고 배불리 먹는 것은 그다음 일이야."

여자 팔자는 남자 그늘이 제일이라는 어머니의 말에 언니는 수긋하게 고개를 끄덕였다.

순분은 궁금했다. 자신에게 그늘이 되어줄 남자가 어떤 사람인지.

2
두 명의 남자

나비가 날아가는 방향에서 남자 둘이 다가왔다. 갈색바탕에 풀색 물이 연하게 섞인 군복차림의 남자와 흰 셔츠에 검은 바지를 입은 초로의 남자였다. 둘 다 키가 작았다. 군인의 허리에서 길게 내려오는 칼이 섬뜩했다. 순분은 본능적으로 알았다. 저 남자들의 목표물이 자신이라는 사실을.

순분은 무언가 갑자기 해야 할 일이 생각난 사람처럼 몸을 돌려 서둘러 발걸음을 옮겼다.

"이봐! 이봐!"

아니나 다를까. 그들이 순분을 불렀다. 순분은 도망치듯 발걸음을 옮겼다.

"야! 너! 거기 서!"

그들이 부를 때마다 순분은 발을 더 재게 놀렸다. 하지만 그들의 보폭과 걸음걸이는 순분보다 넓었고 빨랐다. 점점 그들과의 간격이 좁혀들었다. 도망쳐야 했다. 저들의 시야에서 사라져야 했고, 숨어야 했다. 저들에게 잡히면 큰일이었다. 마을에 퍼져 있는 온갖 흉흉한 소문들을 순분도 잘 알고 있었고, 자신이 그 소문 속의 주인공이 될 수는 없었다.

"거기 서!"

순분을 부르는 목소리가 더욱 사나워지고 생급스러워지고 있었다.

저들의 포충망에 걸려드는 순간 모든 것은 끝이 났다. 처녀공출. 결혼하지 않은 처녀들을 위문단으로 꾸려 머나먼 곳으로 보낸다는 이야기는 그 어떤 이야기들보다 더 무서웠고, 두렵게 만들었다. 십대의 아이들. 그 소도 같은 신성함을 몸 안에 지니고 있는 아이들을 데려다가 무얼 할까. 나이가 차지 않으면 몸무게를 달아 편입시키고, 내놓지 않으면 집안을 뒤져서라도 끌고 간다고 했다. 저들에게 식민지 처녀들은 쌀이나 소금이나 면화 같은 무정물의 산물이나 다름없었다.

하긴 공출해 가는 것이 어디 처녀뿐이던가. 남자들도 붙잡아다 전쟁터 총알받이로 보내거나, 길 닦고 터널 뚫고 비행장을 만드는 강제 노역장으로 보냈다. 남자들은 소가 해야 할 일을 했고, 말이 해야 할 일을 했고, 쟁기가 해야 할 일을 했다.

저들에게 식민지 백성들은 사람이 아니었다. 그저 기계의 한 부속품이나 마소에 지나지 않았다. 식민지 백성의 목숨은 뿌리가 뽑혀 땡볕에 내던져진 잡초나 다름없었다. 조상 대대로 이어받은 이름도 버려야 했고, 이제까지 입안에서 침처럼 고이던 제 나라 말도 버려야 했고, 정신마저 버려야 했다. 이 땅에서 태어났으되 이 땅의 목숨이 아니었다. 제 목숨이 아니었다. 아무것도 임의대로 할 수 없는 목숨이었다. 그러니 저들의 무지막지한 폭압에서 벗어나는 길은 온전히 남의 눈에 띄지 않은 채 투명인간으로 지내는 것이었다. 그림자도 만들지 말아야 했고 행여 제 그림자에도 놀라 서둘러 숨어야만 했다.

"밖에 돌아다니지 마라. 공연히 남의 눈에 띄지 말란 말이다. 세상이 난리다. 너를 빨리 시집보내야 할 텐데 총각들이 없어서 문제다. 젊은 남자이건 나이든 남자이건 간에 총각들 씨가 말랐어. 다들 전장이나 노역장으로 강제 징용되는 바람에 너를 보낼 데가 없구나. 좀 멀리 떨어진 곳이라도 좋고, 나이 차가 많은 남자라도 좋으니 알아봐 달라고 은밀히 중신을 부탁해 놓긴 했다만 언제가 될지 모르겠다. 암튼 너를 보낼 곳만 있으면 서둘러 보내야겠다. 그러니 함부로 밖에 나다니지 말란 말이다. 혹여 저들 눈에 띄기라도 하면 무사하지 못할 거야."

순분은 며칠 전 아버지가 하던 말이 생각났다. 저녁상을 물리고 밤이 이슥하게 깊어갈 무렵, 아버지는 고단한 듯 길게 한숨을 내쉬며 걱정스럽게 말했다. 어머니 역시 아버지 옆에서 깊은 한숨을 내쉬었다.

"집집마다 다니면서 처녀들이 있는지 뒤진다고 하더라. 아마 모르긴 해도 네 이야기도 저들 귀에 들어갔을 거다. 그러니 너는 이 집에서 아예 없는 사람처럼 살아야 한다."

아버지는 그날 저녁 순분에게 주의를 주고 또 주었다. 아버지의 당부가 아니더라도, 어머니의 걱정이 아니더라도 스스로 조심해야 할 일이었다. 헌데 어머니 아버지가 그렇게 이르고 일렀던 주의를 순분은 지키지 못했다. 남의 눈에 띄지 말라 했는데, 나비에 정신이 팔려 그만 저들에게 들키고 만 것이다.

순분은 달렸다. 조금 전 순분을 피해 도망치던 나비도 언제 그랬냐는 듯 순분을 따라왔다. 나비는 순분을 앞서거니 뒤서거니 하며 함께 날았다. 하지만 순분은 그런 나비는 아랑곳하지 않고 숨을 참아가며 진력을 다해 달렸다.

사방으로 봄 햇살이 오지게 퍼져 있었다. 그 봄 햇살에 바람이 실려 있었다. 그 바람에 흙가루가 날렸다. 바람에 섞인 흙 때문에 제대로 눈을 뜰 수가 없었다. 바람은 입안으로도 파고들었다. 싸르락 싸르락, 흙이 씹혔다. 저들과의 간격은 자꾸만 좁혀들었다. 금방이라도 저들에게 뒷덜미를 잡아 채일 것만 같아 순분은 뒷목이 뻣뻣하게 굳는 듯했다.

순분은 길 아래 비탈로 뛰어내렸다. 그 비탈 중간쯤에 사람하나 숨어들 만한 작은 구멍이 있다는 걸 순분은 알았다. 어른 몸피는 어림없지만 순분 같은 작은 몸집이면 충분히 숨어들 수 있는 비밀한 구멍이었다. 거기 들어가 웅크리고 있으면 밖에서는 보이지 않을 것이다. 아니, 사람들은 그 구멍의 존재조차 몰랐다.

순분은 엉금엉금 그 구멍 안으로 기어들어갔다. 뾰족한 돌멩이들이 손바닥을 찔렀지만 하나도 아프지 않았다. 순분이 막 그 구멍 안으로 들어가 숨을 죽이고 있는데 두두두두, 남자들이 달려가는 소리가 귀에 밟혔다. 그러다 뚝, 발걸음이 멈췄다.

"어디 갔지?"

"분명 이리로 왔는데. 쥐새끼 같은 년."

각반을 찬 군인의 다리가 구멍 밖으로 보였다. 숨 한 번 잘못 쉬면 저들에게 발각될 것이다. 순분은 가쁜 숨을 조심스럽게 잘라 쉬며 남자들이 사라지기를 기다렸다. 남자들은 멀리 가지 않고 구멍 밖에서 한동안 서성거렸다.

순분은 가슴이 떨렸다. 언제고 불시에 놈들의 얼굴이 구멍 속으로 쑥 들어올 것만 같았다. 쿵쿵쿵쿵. 심장박동 소리가 제 귀에까지 들리는 듯했다.

"요사스런 계집 같으니라고."

화가 난 듯 군인이 한발로 땅을 차며 말했다.

"그냥 가시지요. 누구 집 딸인지 알고 있으니 내일이라도 그 집에 가서 잡아들일 수 있을 겁니다. 그러니 이만 돌아가시지요."

자신을 알다니. 그렇게 말하는 이는 누구일까. 순분은 그 남자가 궁금했다.

얼마나 지났을까. 순분을 찾지 못한 그들은 오던 길로 되돌아갔다. 그들이 사라질 때까지 순분은 여전히 몸을 숨긴 채 숨을 참고 있었다.

헌데 나비는, 나비는 어디 있을까? 순분은 구멍 안에서 애벌레처럼 몸을 구부린 채 눈으로 나비를 찾았다. 분명 조금 전에 나비는 나를 따라왔다. 헌데 어디로 갔을까? 나비야 나비야, 너는 지금 어디 있니?

그들이 사라지고 봄 햇살의 그늘이 조금 더 길어질 무렵, 순분은 구멍에서 나왔다. 얼마나 오랫동안 몸을 굽히고 있었던지 관절 관절이 굳어 펴지지 않는 것이 마치 온몸이 나무토막 같았다. 굳어진 관절들을 풀자 그제야 몸에 피가 도는 것만 같았다.

순분은 그늘이 더 짙어지고 길어지기 전에 서둘러 그 자리를 벗어났다

3

그늘로 숨다

멀리, 어머니 아버지가 보였다.

아버지는 허리를 굽힌 채 메마른 땅에서 돌덩이들을 골라내고 있었고, 그 옆에서 어머니는 웃자란 보리들 속에서 무언가를 뽑아내고 있었다. 두 사람의 모양이 마치 작은 관목 같았다. 그것도 성근 가지에 이파리 하나 제대로 키우지 못한 나목, 아니면 잘 먹지 못해 비루해 보이는 염소거나.

"엄마! 아버지!"

순분은 가픈 숨 때문에 자꾸만 말이 잘렸다. 아니, 말보다는 거친 날숨에 가까웠다.

"무슨 일이야? 무슨 일로 그리 죽을 둥 살 둥 뛰어오는 게냐? 이 대낮에 귀신이라도 본 게야?"

쫓기듯 달려오는 순분의 발걸음이 예사롭지 않게 느껴졌는지 보리밭에서 잡초를 뽑고 있던 어머니가 순분을 향해 말했다. 어머니의 말에 아버지도 순분을 바라보았다.

"군인이에요. 군인을 봤어요. 군인이 나를 잡으러 왔어요. 숨어서 군인이 가는 거 기다렸다가 죽어라 뛰어왔어요."

"머라? 군인이 너를 불렀어?"

순분의 말에 아버지의 허리가 발딱 들렸다.

"예. 그들이 나를 쫓아왔어요."

"아이고, 큰일 났네. 큰일 났어. 이를 어쩌나? 이 정신머리 없는 가시내야. 그러게 집에만 있으라고 했잖아. 이 대낮에 어쩌자고 나댕기냐, 나댕기길!"

"엄마 아버지 새참 좀 챙겨 갖고 나오느라고……."

어머니의 말에 그제야 순분은 조금 전 나비와 해찰을 부리던 곳에 집에서 쪄온 감자와 물주전자를 두고 온 것이 생각났다.

"애가 돌았구나. 돌았어. 누가 너에게 그런 거 해 오라고 시키든? 가만있으라고 했지."

어머니의 투박한 손바닥이 순분의 등짝으로 날아왔다. 그 손이 매웠다.

"이 일을 어쩐다냐? 응? 이제 어쩐다냐. 그들이 너를 봤으니 가만 안 있을 텐데. 큰일났네."

"임자는 순분이 데리고 집으로 먼저 가 있어. 더 큰 봉변당하지 말고."

어머니는 불안한 듯 허둥거렸고, 아버지는 어머니의 손에서 호미를 뺏어들며 강퍅한 소리로 말했다. 그런 아버지의 얼굴은 주름투성이었고, 마른버짐들이 하얗게 피어 있었다.

어머니는 머리에 뒤집어쓰고 있던 무명천을 벗어 온몸에 앉은 흙먼지를 탈탈 털어냈다. 그리고 다시 그 무명천을 두건처럼 뒤집어쓰더니 순분의 손목을 와락 그러잡고 앞장서 걸었다. 그런 어머니의 걸음걸이가 불퉁스러웠다.

순분은 어머니에게 끌려가듯 산비탈로 들어섰다. 좋은 길을 두고 굳이 산속 길을 택한 것은 남의 눈을 피하기 위해서라는 사실을 순분은 알았다.

"그라게. 진작에 너를 여웠어야 했는디. 그랬더라면 이 사단도 안 났을 텐데. 이제 어쩔 거나. 큰일 났다. 큰일 났어."

마음이 급한지 어머니는 그 비탈진 산속 길을 허위허위 잘도 걸어갔다. 치마에 감싸인 어머니의 엉덩이가 걸음을 따라 움찔거렸다. 마치 그 모양이 춤을 추는 듯했다. 순분은 씰룩거리는 어머니의 엉덩이가 우스워 저도 모르게 풋, 웃음이 터져 나왔다.

"이 정신머리 없는 가시내야. 지금 웃음이 나오냐?"

어머니가 휙 돌아보며 순분을 원망스럽게 노려보았다. 순분은 머쓱해 웃음기를 거둬들였다.

"이 철없는 것을 어쩔 거나. 그래. 너도 소문을 들어 잘 알고 있을 것 아니냐? 저 아랫집 일령이도 잡혀갔단다. 물 길어 가다가 처녀공출에 걸려 어딘가로 끌려갔대. 어디 일령이 뿐이겠냐? 온 천지가 난린데."

일령이라면 순분도 잘 알았다. 저보다 두 살 위인 아이. 가끔 고 살이나 냇가에서 마주치던 아이였다. 하긴 일령이 뿐만 아니었다. 윗집 영순이는 처녀공출을 피해 일찌감치 시집을 갔고, 옥자는 처녀공출을 피하지 못하고 트럭 짐칸에 실려 마을을 떠났다. 우물가에서 자주 만나던 아이들도 어느 날부턴가는 모습을 드러내지 않았다. 시집을 간 것도 아니었고, 어느 부잣집 애보기로 간 것도 아니었고, 식모살이 간 것도 아니었다. 누군가는 공장에 돈 벌러 갔고, 또 누군가는 공부하러 갔다고 했지만 그걸 믿는 이는 아무도 없었다. 그렇게 떠난 아이들의 소식은 아무도 몰랐다. 아니, 알 수 없었다. 그 아이들의 부모는 입을 굳게 다물었고, 고개를 외로 튼 채 그저 모른다고만 답했다. 다만 흉흉한 소리들이 사람들의 귀를 어지럽히고 마음을 어지럽혔다.

순분은 자꾸만 미끄러졌다. 허방을 딛듯 어떤 때는 발이 쑥 꺼졌고, 어떤 때는 비탈을 잘못 디뎌 엉덩방아를 찧으며 미끄러져 내렸다.

"얘가 오늘따라 왜 이래? 정신 차려!"

그런 순분이 마땅치 않았는지 어머니는 미간을 구기며 야단쳤다. 순분은 그런 어머니가 서운했다. 자신인들 넘어지고 싶어 넘어졌겠는가? 이상하게 무언가가 자꾸만 발밑에서 자신의 발목을 잡아채는 것만 같아 넘어지고 거꾸러졌던 것이다. 하지만 서운함도 잠시, 순분은 저를 끌고 가는 어머니가 짠하기만 했다.

농사를 지어봤자 겨우 목숨줄이나 부지할 수 있을 뿐. 어머니는 늘 배가 고팠다. 기껏 수확해 봤자 남는 것이 없었다. 추수가 끝나면 절반 넘게 땅주인이 가져가고, 나머지는 공출이라고 해서 나라에 바쳐야 했다. 그 공출이라는 것이 무지막지했다. 그렇게 다 가져가 버리면 가족들은 굶어죽는다고 빌어 봐도 소용없고, 뺏기지 않겠다고 대들어도 소용없었다. 버팅기다가 어디 어긋나게 맞아 몸만 상할 뿐. 남의 눈 피해 꽁꽁 숨겨보아도 소용없었다. 소작농들을 감시하는 경찰 끄나풀들의 눈은 사방에 있었다. 땅에도 있었고 하늘에도 있었고 사방에도 있었다.

소작농들이 땅강아지처럼 열심히 땅을 파고, 땅속을 뒤져도 손에 쥘 수 있는 것이라곤 낟알 껍질에 겨우 죽지 않을 만큼의 양이었다. 그걸로 다음 수확 때까지 살아내야 했다. 초근목피. 풀뿌리를 캐고 나무껍질을 벗겨 물 부어 푹 삶아 허기진 배를 달래고 주린 배를 채워야 했다. 하지만 질기디 질긴 것이 목숨이었다. 누렇게 부황이 들린 얼굴로 겨울을 살고 보릿고개를 넘었지만 죽지는 않았다. 죽는 것이 소원이라고 주문처럼 외웠지만 죽지 못했다.

아버지는 다음해 봄이면 어김없이 땅을 갈고 파종을 했다. 그리 고생스럽게 지어 일경에 다 뺏기느니 차라리 초근목피로 연명하다 죽겠다고 불평을 했지만 아버지는 봄이 되면 몸이 근질거려 기어이 땅을 파고 씨를 뿌렸다.

어머니에게 팔목을 붙잡혀 끌려가듯 딸려가던 순분은 우뚝 걸음을 멈추고 온 길을 뒤돌아보았다.

"엄마. 잠깐만. 도망쳐올 때 거기다 감자가 든 소쿠리 두고 왔는데 찾아가지고 가야겠다.”

“아이고, 이것아. 아직도 네가 정신을 못 차렸구나. 지금 그게 대수냐? 잡혀 가느냐 마느냐 하는 판국에.”

대수라니. 먹는 것은, 먹을거리는 곧 생사와 결부된 일인데, 대수라니. 그 감자 한 톨을 숨기기 위해 얼마나 많은 시간을 가슴 졸이며 보냈는데 대수라니. 그 감자는 가족들의 생명줄이나 마찬가지였다.

“그래도, 금방이면 돼.”

“이것아, 그러다 또 남의 눈에 띄면?”

“여기서 멀지 않아. 금방이면 돼.”

“아이고, 이 철없는 것아. 그렇게 말했는데도 아직 네가 세상물정을 모르는 모양이구나. 정신 차려! 이것아!”

어머니는 우악스럽게 순분을 잡아끌고 가던 길을 재촉했다. 그 힘에 순분은 하마터면 앞으로 넘어질 뻔했다. 순분은 두고 온 그 감자들이 못내 아쉬웠다. 들고 뛸 걸 그랬다. 나비에 정신만 팔지 않았어도 감자를 두고 오는 일은 없었을 것이다.

산비탈에서 내려와 고샅으로 접어들 때 어머니는 행여 누가 볼세라 발을 재게 놀렸다. 어머니의 발걸음은 그 어느 때보다 빨랐다. 아무도 믿을 수 없었고, 아무나 믿으면 안 되었기에.

집으로 돌아온 어머니는 정지간의 짚단 뒤를 치우더니 그 속을 손가락으로 가리켰다.

“당분간 여기 꼼짝 말고 숨어 있어야 한다. 누가 와서 너를 불러도 절대 밖으로 나오면 안 된다. 이제부터 너는 이 집안에 없다. 알았냐? 너는 이제 없는 거다. 나나 아버지가 불러도 밖으로 나오면 안 돼. 밥도 안에서 먹어. 그리고 용변도 안에서 봐. 요강을 넣어줄 테니까. 절대 밖으로 나오면 안 된다. 알겠지?"

어머니는 으름장을 놓듯 이야기했다.

어머니가 가리킨 그곳엔 진한 어둠이 눅진하게 고여 있었다. 그 안에는 겨우 한 사람이 비집고 들어갈 만한 공간이 만들어져 있었다. 그곳이 마치 묘혈 같아 순분은 섬찟했다.

"어서 들어가지 않고 뭐해?"

어머니는 순분을 재촉했다. 어머니의 채근에 쫓겨 순분은 그 어둠 속으로 몸을 숨겼다. 순분이 안으로 들어가자마자 어머니는 짚으로 위를 덮어 흔적을 없앴다.

숨을 쉴 때마다 빨려 들어온 먼지들로 콧속이 간지러웠다. 에취! 그 간지러움에 재채기가 터져 나왔다. 툭툭. 어머니가 짚단을 손으로 쳤다. 재채기도 하지 마라는 신호였다. 순분은 그 신호에 코를 움켜잡고 간지러움을 참아냈다. 여기에 이렇게 얼마나 있어야 할까. 하루? 이틀? 한 달? 알 수 없는 시간들이었다.

4
또 하나의 어둠

"순분아! 순분아!"

깜박 잠이 들었던 모양이었다. 저를 부르는 소리에 순분은 고개를 들었다. 그러다 욱, 저도 모르게 짧게 신음을 내뱉고 말았다. 무언가 잘 벼리어진 날로 자신의 뼈 마디마디를 도려내는 듯 날카로운 통증이 숨을 잘랐다.

순분은 통증을 달래가며 천천히 몸의 관절들을 폈다. 고개와 팔, 그리고 허리와 다리까지. 하지만 움직이기가 여의치 않았다. 움직일 때마다 무언가가 손등을 긁거나 어딘가에 부딪쳤고, 그나마 무언가에 막혀 곧게 펼 수 없었다. 여기가 어딜까? 옹색하디 옹색한 공간. 분명 방은 아니었다. 격자무늬 살 위로 한지가 발린 방문도 보이지 않았다. 게다가 어스름도 아닌, 짙은 어둠이 고여 있는 곳.

그제야 순분은 자신이 있는 곳이 어디인 줄 알아차렸다. 짚단더미 뒤, 그래 그랬었지. 짚단더미 뒤에 숨어 있었지. 저도 모르게 그곳에서 잠이 든 모양이었다. 알고 나니 와락, 덤벼들던 두려움이 조금은 가셨다. 대신 굳어진 관절을 천천히 돌려 풀며 순분은 의식에 남아 있던 졸음을 걷어냈다.

꿈은 꾸지 않았다. 그 옹색한 공간은 꿈도 거세한 모양이었다. 대신 막막한 고요만이 가득차 있었다. 아니, 어쩌면 그 고요는 두려움이거나 적막함이거나 알 수 없는 불안함이었는지도 모른다. 미래를 예측할 수 없다는 거. 그것은 바닥과 깊이를 알 수 없는 두려움을 가져다주었다.

사위는 고요하고도 적막했다. 몇 시쯤 되었을까. 하긴 그 안에서 시간은 무의미했다.

"순분아. 순분아."

그때 짚단더미 저쪽에서 자신을 부르는 소리가 다시 들렸다. 어머니였다. 한껏 목소리를 낮춰 부르는 소리는 그저 바람소리로만 들렸다.

"나와. 나와서 자."

어머니가 조심스럽게 불렀다. 순분은 가만가만 지푸라기들을 헤치고 밖으로 나왔다. 움직일 때마다 풀풀 날리는 먼지가 콧속과 입속으로 빨려 들어왔다. 그 먼지에 재채기가 일었다. 에취!

"얘가, 왜 이렇게 조심성이 없어."

순분의 재채기에 어머니가 화들짝 놀라 치마로 순분을 덮어 씌

었다. 하지만 대답 대신 연신 재채기가 터져 나왔다. 에취! 재채기
는 비명이나 다름없었다. 에취!

"아이고, 얘가, 얘가."

어머니는 어쩔 줄 몰라 했다. 어머니의 속고의 속에서 지린 땀
냄새가 났다. 삶의 냄새였고, 어머니의 냄새였다. 계속되는 재채기
에 콧물이 대롱거렸다. 순분은 그런 콧물을 팔로 쓱 문질러 닦고
아직 칼칼하게 남아 있는 목 안의 먼지들을 침과 함께 뱉어냈다.

"잠이라도 편히 자야지. 내일 아침 날이 밝기 전에 다시 숨어
라."

어머니는 짚단에서 빠져나온 순분을 등 뒤에 숨긴 채 정지간에
서 나와 밖을 살폈다.

들키지 않기 위해 어둠속에서 또 다른 어둠으로 움직이는 순분
의 움직임이 조심스럽고도 은밀했다. 순분은 어머니를 따라 잔뜩
허리를 굽힌 채 땅에 다붙듯 방으로 들어갔다. 가서도 불도 켜지
않고 어둠으로 움직였다.

어머니와 순분은 사방을 손으로 더듬어가며 이불 속으로 파고
들었다. 아버지는 벽에 바짝 몸을 붙이면서 모녀에게 더 넓은 자
리를 내어주었다.

"어여, 한숨 자고 날 밝기 전에 다시 들어가거라."

어머니가 속삭였다. 밤말은 쥐가 듣고 낮말은 새가 듣는다 했
으니, 한마디 한마디 내뱉는 말이 조심스러웠다. 어디 어느 곳에
서 누군가 이곳에 귀와 눈을 가져다대고 자신들의 일거수일투족

을 감시하고 있을지도 모르니 조심하고, 조심하고 또 조심할 일이었다.

이불 속에 누워 순분은 큼큼거렸다. 그 들숨 안에 흙벽의 냄새와 아버지의 땀 냄새와 어머니의 살 냄새가 뒤섞여 들어왔다. 기약할 수 없는 내일은 이 어둠마저도 애틋하게 만들었다.

"빨리 너를 시집보내야 할 텐데 큰일이구나. 하다못해 상처한 데라도 있으면 보낼 텐데……."

아버지가 어둠 속에서 한숨처럼 내뱉은 말이었다. 아버지의 말에 어머니는 아무 말도 하지 않고 순분의 손을 잡고는 손등을 쓸어내렸다.

"짐승도 짝 지울 때 이러지는 않겠소."

어머니의 말에 아버지는 모로 돌아눕는 것으로 대답을 대신했다. 자신의 손등을 쓰다듬는 어머니의 손이 가늘게 떨렸다.

처녀공출. 도대체 처녀들을 데리고 가 무얼 할까? 어느 집 애보개로 삼을까, 아니면 전쟁 중에 부상당한 군인들을 치료하는 간호부로 삼을까. 생각은 생각을 물고 이어졌다. 그 미로 같은 생각 끝에 잠이 있었다. 건강하디 건강한 육신은 잠마저도 질겼다. 죽음과도 같은 잠이었다. 그렇게 죽음은 늘 가까이 다른 형태로 순분의 곁을 맴돌고 있었다.

얼마나 잤을까. 누군가 순분을 깨웠다. 순분은 선뜻 그 잠에서 빠져나올 수 없었다. 하지만 잠을 깨우는 그 억센 손길은 기어이 순분을 잠에서 끌어냈다.

"이제 그만 숨어라. 아침이야."

순분은 가늘게 눈을 뜨고 사방을 둘러보았다. 장지에 푸른빛의 박명이 엉겨 있었다. 순분은 그제야 상황을 알아차렸다. 이제 다시 그 묘혈 같은 짚더미 속으로 숨어들어야 할 시간이었다. 순분은 눈가에 잠을 매달고 다시 정지간 지푸라기 속으로 숨어들었다. 거기서 완벽하게 하나의 지푸라기가 되어야 했고, 어둠이 되어야 했다. 사람이면 안 되었다.

"누가 부른다고 절대 나와서는 안 된다."

순분은 어머니의 말을 꽁무니에 매달고 다시 풀썩풀썩 먼지가 날리는 지푸라기들을 헤집고 안으로 들어섰다. 그곳에서 둥글게 몸을 말고 숨을 죽였다. 그 안에 들어있는 동안 할 수 있는 것은 아무것도 없었다. 조는 것 외에는. 순분은 졸고 졸고 또 졸았다. 그래도 시간이 남았다. 아니, 시간이 멈추어 있는 듯했다.

헌데, 나비였다. 분명 나비였다. 어느 순간 나비가 보였다. 처음에 순분은 제 눈을 의심했다. 하얀 나비. 어떻게 이 어둠 속에 숨어들었을까. 아니, 이 지푸라기 속에 들어올 수 있었을까. 나비는 겹겹이 쌓인 지푸라기 사이를 요리조리 잘도 피해 날아다녔다. 아니, 순분은 자신이 본 게 진짜 나비인지, 아닌지 알 수 없었다. 그저 나비를 보았고, 그 나비에 홀리듯 밖으로 나왔다. 어머니가 그토록 단단히 일렀건만 순분은 나비에 마음이 빼앗겨 먼지로 매캐한 지푸라기 속에서 빠져나와 부엌문을 나섰다.

어둠 속에 있다 밖으로 나온 탓인지 순간, 앞이 보이지 않았다.

5
트럭에 태워지다

         온통 세상이 깜깜했다. 정수리 위에서 눈부시게 쏟아지는 그 환한 빛살들이 모두 어둠이었다. 순분은 저도 모르게 눈을 질끈 감아버렸다. 얼마동안 그러고 서 있었을까. 암순응에 이어, 손차양을 만들어 햇빛을 가리고 가느스름하게 눈을 떴을 때 두 남자가 순분을 보고 웃고 있었다.

    "누, 누구세요?"

    순분은 저도 모르게 뒷걸음질치며 물었다. 한 사람은 연한 풀물색이 도는 황갈색 군복차림이었고, 다른 한 사람은 마을이장이었다.

    "잡았다, 요년. 쥐새끼처럼 숨는다고 못 찾을 줄 알았나?"

    독기를 품은 군인의 음성에서 쇳소리가 느껴졌다. 순분은 두렵다 못해 심장이 멎을 것만 같았다.

"몇 살이지?"

군인이 느물거리는 얼굴로 순분에게 물었다. 순분은 그가 한 걸음 다가오면 한 걸음 뒤로 물러났고, 두 걸음 다가오면 두 걸음 물러났다. 하지만 군인의 보폭은 순분의 걸음보다 훨씬 컸고, 그만큼 거리는 가까워졌다. 손만 뻗으면 금방이라도 순분의 팔목을 잡아챌 수 있는 간격이었다.

순분은 달아나려 했지만 더 이상 꼼작할 수 없었다. 발이 떨어지지 않았다. 마치 땅속에 뿌리를 깊게 내린 나무처럼 그 자리에 우뚝 서서 두 남자를 두렵게 쳐다보고만 있었다. 남의 눈에 띄지 않도록 꽁꽁 숨어 있어. 무슨 일이 있어도 밖으로 나오면 안 된다. 아버지의 주의가 귓가에 맴돌았다. 도망쳐야 했다. 순분은 온몸의 힘을 아래로 실어 보냈다. 나비처럼, 자신의 손을 피해 도망치던 나비처럼 저들로부터 도망쳐야 했다. 순분이 막 한발을 내딛으려고 하는데, 그때 둔중한 무언가가 순분의 뒷덜미를 잡아챘다.

갈고리 같고, 미늘 같은 그 무엇. 차갑고 억센 느낌의 그 아귀가 아프게 목을 할퀴고 파고들었다.

"이 쥐새끼 같은 년. 또 어디로 도망가려고?"

버둥거렸지만 그 그악스러운 손에서 벗어날 수 없었다. 도망치려 하면 할수록 목덜미를 움켜 쥔 그 손은 더욱 거세게 순분의 목을 그러잡았다. 투투둑. 그 힘을 이기지 못하고 저고리 솔기가 뜯어지는 소리가 났다.

"놔줘요. 제발, 제발 놓아줘요."

순분은 숨이 막히는 소리로 애원했다.

"네가 도망칠 수 있을 것 같아? 네년이 도망쳐 봤자 어디를 가겠어."

짧은 챙이 있는 모자를 눌러 쓴 군인이 말했고, 이장은 풀물색이 든 군복차림의 남자가 하는 양을 지켜보고 있었다. 군인의 억센 손이 목덜미에서 팔로 내려왔다.

"이거 놔요."

순분은 자신의 팔을 억세게 그러잡고 있는 군인의 손에서 벗어나려 활갯짓을 쳤다. 하지만 악력은 보기보다 세서 순분이 뿌리치면 뿌리칠수록 그 손은 더욱 단단히 죄어 들어왔다.

"아파요. 아프단 말이에요."

순분은 다른 한 손으로 군인의 손을 떼어냈다. 하지만 역부족이었다. 그러고 보니 나비는 보이지 않았다. 정말 나비이긴 했을까? 헛것을 본 것은 아니었을까?

"위대한 대 일본제국 황제의 명령을 거역한 자에게는 죽음뿐이다."

군인의 말에 온몸의 힘이 풀려버렸다. 죽음뿐이라니! 순분의 저항이 수그러들었다고 생각했는지 군인은 그때까지 우악스럽게 쥐고 있던 순분의 팔을 놓았다.

"고분고분 말을 들어야지. 그래, 집에 누구 있나?"

군인이 방 쪽을 일별하며 물었다. 하지만 방문은 닫혀 있었다. 살기 위해서는 일하지 않으면 안 되는 핍색한 나날들이었고, 그

곤궁한 형편에 쫓겨 어머니 아버지는 날이 밝기 무섭게 들에 나
갔었다. 그렇게 아침에 나가 허리 한 번 제대로 펴보지 못하고 일
을 해도 형편은 좀처럼 나아지지 않았다. 가을 소출이 아무리 풍
성하다 한들, 풍년이 들었다 한들 손에 쥐는 것은 겨우 몇 되박의
쌀이 전부였다. 그 삶에 미래는 꿈꿀 수 없었다. 그저 붙어 있는
목숨이었기에 살아야 했고, 살아지니까 사는 목숨이었다.

"아무도 없어요."

순분의 말은 아랑곳하지 않고 그는 안방 가까이 다가가서는 안
을 기웃거렸다.

"흠……."

아무도 없다는 것을 확인한 군인은 의뭉한 웃음을 지으며 순분
을 뒤돌아보았다.

"너! 돈 벌고 싶지 않아?"

조금 전까지 순분을 위협하고 닦아세우던 사박스러움은 찾아
볼 수 없었다. 그 말투에 은근함까지 깃들어 있었다. 돈이라니요?
순분은 눈으로 물었다.

"네가 어떻게 하느냐에 따라 돈을 벌 수 있다. 어떤가? 돈을 벌
텐가?"

그 부드러운 음성이 순분의 호기심을 자극했다.

"돈요?"

호기심에 그렇게 물었지만 순분은 무언가 찜찜했다.

"그래, 돈. 돈 말이야. 그것도 많이. 아주 많이."

순분이 관심을 보이자 군인은 입가에 미소까지 지으며 부드럽게 말했다.

"네가 마음만 먹는다면 아주 돈을 많이 벌 수 있어. 비행기를 만드는 공장이야. 공장은 일본에 있고, 월급은 빠지지 않고 나올 거야. 그곳에 가면 친구들도 만날 수 있을 거야. 돈 벌러 온 친구들이 많거든."

"돈을 많이 벌 수 있다구요?"

순분은 되물었다. 군인은 눈가에 웃음을 가득 담은 채 그렇다고 대답했다.

"올해 몇 살이지?"

그가 순분의 위아래를 훑어 내렸다.

"열다섯 살이요. 열다섯 살."

순분은 생급스럽게 대답했다. 행여 자신에게 온 기회를 놓칠세라, 저들이 자신을 두고 가버릴세라 순분은 마음이 바빴다.

"열다섯 살이라……흠."

군인은 순분의 주위를 돌며 순분의 체격과 몸피를 꼼꼼히 훑어 내렸다. 동그란 얼굴에 콧대가 낮고 통통한 몸피의 순분을 그는 흡족하게 바라보았다.

"크기는 한데. 요시! 좋아. 가자."

군인은 만족한 표정으로 크게 한 번 고개를 끄덕였다.

순분은 돈을 벌고 싶었다. 돈을 벌면 할 일이 많았다. 순분은 자신이 돈을 벌면 가장 먼저 아버지에게 땅을 사드리고 싶었다. 평

생을 땅에 다붙어 살아온 아버지에게 처음으로 당신의 이름으로 된 땅을 사서 갈게 하고, 거기에 뼈를 묻게 해드리고 싶었다. 마름으로 살아온 아버지에게 자존감을 찾아주고, 진정한 수확의 기쁨을 선물해 주고 싶었다. 이제껏 당신의 손으로 돌을 골라내고 땅을 갈고 파종을 하고 수확한 그 땅을, 아버지의 땀과 수고와 한숨이 거름으로 쌓이고 쌓인 그 땅을, 아버지에게 안겨드리고 싶었다. 봄이면 햇빛 푸지게 고이고 여름이면 푸른 파도 일렁이고 가을이면 황금빛으로 빛나는 땅. 아버지는 그 땅을 목숨보다도 더 소중하게 여기셨다. 누가 시키지 않아도 봄이면 몸이 알아서 먼저 그 땅으로 이끌었다. 그 손에 얼음이 들고 또 옹이가 지고 뺨은 칼날 같은 바람에 트고 아무리 허리가 굽어도 땅을 바라보는 아버지의 마음은 한없이 넉넉하고 행복했다.

순분은 아버지의 목숨이나 다름없는 그 땅을 사고 싶었다. 아버지 어머니가 돌아가시면 그 땅 한 귀퉁이에 묻어드리고 싶었다. 그 땅에 영원한 집을 마련해 드리고 싶었다.

순분은 그 생각에 명치끝이 뻐근해지면서 벌써 스스로가 대견해졌다. 제 한 몸 고생해서 아버지 어머니가 행복할 수 있다면 그것으로 족했다.

"비행기를 만드는 공장이라고 하셨어요? 정말 돈을 주나요?"

순분은 반짝 눈을 뜨며 확인하듯 물었다.

"그렇다니까. 힘든 일도 아니지. 생각해 봐. 네 손으로 멋진 비행기를 만든다는 거. 재밌지 않겠니? 게다가 네가 마음만 먹는다면 학교도 다닐 수 있어. 낮에는 일하고 밤에는 공부할 수도 있지. 그건 네가 할 요량에 따라 달라져. 어때? 가지 않으련?"

"정말인가요?"

"그렇다니까. 네 친구들도 간다고 했어. 네가 결정만 하면 그 아이들이랑 함께 갈 거야. 그러니 외롭지도 않을 거야. 동무가 있으니까 말이야."

"정말이죠?"

순분은 확인하고, 확인하고 또 확인했다. 거듭 물을 때마다 군인은 아버지처럼 자상한 표정으로 대답했고, 은근히 종용했다. 순분은 진짜냐는 표정으로 이장을 돌아보았다. 이장은 순분의 시선을 받아내며 고개를 끄덕였다.

"일도 힘들지 않아. 단지 비행기 부속품을 조립하는 일이야. 끼워 맞추기만 하는 일이니 어렵지도 않아."

"좋아요. 가겠어요."

순분은 결기에 차 대답했다. 돈을 번다는 생각에 벌써 오금에는 짱짱한 힘이 실렸다.

싸리 울타리 밑 흙이 부드럽게 부풀어 올라 있었다. 붉게 기름진 땅. 나 없을 때 아버지는 저곳에 봉숭아 씨앗을 뿌릴 것이다. 그러면 봉숭아꽃은 타래로 피어올라 한 계절을 환하게 밝혀주다 스러져가겠지.

아버지는 꽃을 좋아했다. 무뚝뚝한 남자의 가슴속 어디에 그런 말랑말랑한 감성이 들어 있는지 모르지만 아버지는 봄만 되면 싸리 울타리 밑에 지난 가을에 받아둔 봉숭아 씨앗을 뿌렸다. 하얗게 센 머리는 억셌고, 땅을 골라내느라 옹이가 진 손은 투박했지만 아버지는 씨앗을 들고 햇빛 환하게 고인 울타리 밑으로 내려섰다. 그런 아버지의 한 손에는 호미가, 또 다른 한 손에는 꽃씨가 들려 있었다. 울타리로 다가간 아버지는 겨우내 언 땅을 헤집었다. 타탁타탁. 아버지의 손끝에서 땅이 파헤쳐지고 흙이 가루로 날아올랐다. 헤집어진 그 땅에 아버지는 까만 들깨 같은 그 씨앗들을 뿌리면서 행여 까치들이 쪼아 먹을까, 흙을 정성스레 덮어두었다. 그 표정이 사뭇 경건하기까지 했다.

어머니는 그런 아버지를 보고 눈을 흘기며 큰 소리로 타박했다.

"그럴 시간 있으면 낮잠이나 한 숨 더 자소. 꽃은 뭔 놈의 꽃이여. 살기도 팍팍한데."

하지만 그 음성 속에 가시는 느껴지지 않았다. 씨를 뿌리고 흙을 덮는 남편의 등을 훑는 어머니의 눈길에는 미움보다는 애정이 더 눅진하게 들어 있었다.

아버지는 여름 내내 울타리 밑에서 꽃을 피울 봉숭아를 생각하며 어머니의 잔소리를 흘려들었다. 순분도 좋았다. 따뜻한 햇빛이 음지를 덥히고 간질간질 아지랑이 피어오르는 날, 나른한 눈빛으로 아버지가 봉숭아 꽃씨를 뿌리는 것을 순분은 지켜보았다. 저 까만 씨앗이 벌어져 순을 틔우고 비에 쑥쑥 키를 높여서는 한 여름 내내 빨갛고 하얀 꽃잎을 매달 때, 어느 날엔가는 한웅큼 꽃잎을 따서 손톱에 봉숭아물도 들이고, 다음을 기약하며 씨도 받아 두었다.

올해도 아버지는 싸리 울타리 밑에 봉숭아 씨앗을 뿌릴 것이다. 행여 새들이 쪼아 먹을까 봐 꼼꼼히 흙을 덮고 물도 줄 것이다. 세 번이면 되었다. 아니, 그 꽃이 네 번 피면 돌아올 것이다. 씨가 씨를 낳고, 그 씨가 다시 씨를 맺고 나서 다시 꽃을 피울 때, 그때 돌아올 것이다. 그러고 나서 시집갈 것이다. 연지곤지 찍고 청색 저고리에 홍색 치마를 입고 가마타고 시집갈 것이다. 신랑될 사람이 누구인지 모르지만 그 사람이랑 호호백발 늙어갈 것이다. 어머니 아버지처럼 그렇게. 자신이 벌어온 돈으로 땅을 사서 아버지께 드리면 아버지는 어떤 표정을 지을까. 지금껏 일구어온 땅은 다른 느낌으로 다가들 것이다. 농부에게 땅은 그런 것이다. 목숨과도 같은 존재.

순분은 그 땅을 아버지에게 선물해 드리고 싶었다.

"오늘 저녁에 부모님께 말씀드리고 내일 떠나겠어요. 헌데 아버지는 반대하실 수도 있어요."

순분은 마치 자신이 다 큰 어른처럼 너볏하게 대답했다.

"아니야. 그럴 시간 없어. 지금 당장 가야 해. 그렇지 않으면 다른 사람이 네 자리를 차지해 버릴 거야."

이장이 군인의 눈치를 보면서 이야기했다.

"그래도 어머니 아버지는 보고 가야겠어요."

순분은 아무래도 곤란하다는 표정을 지었다.

"그럴 시간 없다니까. 지금 차가 기다리고 있어. 늦으면 안 돼."

조금 전의 부드러운 말투와는 달리 이번에는 사뭇 위협적이었다. 아니, 군인의 그 말은 명령이었다. 군인의 표정에서 어느새 부드러움과 달콤함은 사라지고 없었다. 대신 위협과 표독스러움만이 자리하고 있었다. 챙 아래 그늘에 싸인 눈에서 뿜어져 나오는 그 날카롭고도 사나운 눈빛이 오금까지 저리게 했다.

"그래도 이렇게 말없이 갈 순 없어요."

순분은 뒤로 물러서며 대답했다. 여차하면 방으로 뛰어 들어가 문을 닫아 걸 심산이었다. 하지만 그들은 순분보다 빨랐다. 코에 닿을 듯 성큼 다가선 군인은 눈을 부라리며 순분을 위협했다.

"좋은 말로 하니 안 되겠군. 요시!"

"왜 이러세요?"

순분은 그를 밀쳐내며 뒷걸음질쳤다.

순간의 돌변에 순분은 사태를 직감했다. 갑자기 속이 메슥거리고 울렁거렸다. 이건 아니었다. 무언가 잘못된 게야. 하지만 상황을 어떻게 정리해 볼 사이도 없이 순분은 토끼몰이 당하듯 이장의 손에 떠밀려 집 밖에 세워져 있던 트럭 짐칸으로 내몰렸다. 가지 않겠다고, 싫다고 그러니 제발 놓아달라고 버티었지만 두 명의 남자를 이겨낼 수 없었다. 그들은 막무가내였고 위협적이었다.

처녀공출. 순분은 그제야 처녀공출에 걸려들었다는 사실을 깨달았다. 소문으로만 떠돌던 그 흉측한 일이 자신에게 닥칠 줄이야! 그 불행한 일은 그저 남의 일인 줄로만 알았다. 아니, 설마하니 그런 일이 있을까 의심하기도 했다. 그러니 때 되면 좋은 남자 만나 시집가기만을 기다리고 꿈꾸었다. 어머니처럼, 언니처럼, 그리고 세상의 모든 여자들처럼 그렇게 시집가고, 아이 낳고, 그렇게 그렇게 늙어갈 줄 알았다.

순분은 짚단 던져지듯, 그렇게 하나의 더미로 트럭 짐칸에 태워졌다. 짐칸에서 뒤를 돌아볼 때, 집은 늙고 허약한 짐승처럼 그렇게 힘없이 엎디어 있었다. 그 지붕 위로 오후의 햇빛이 나른하게 내려와 있었고, 그 햇빛을 이불처럼 덮고 있는 낡고 작은 집은 조는 듯 땅에 다붙어 있었다. 작년 늦가을 새롭게 인 초가지붕이 그 햇빛에 푸근해 보였다. 봄볕이 눈 시리게 밝았다.

돌아올게. 꼭 돌아올게. 봉숭아꽃이 네 번 필 때, 그때 꼭 올게. 헌데 정말 돌아올 수 있을까? 순분의 눈가가 촉촉이 젖어들고 있었다. 태어나 한 번도 떠나본 적이 없는 집이었다.

자신이 없어진 줄 알면 어머니 아버지는 어떤 표정을 지으실까.

절대 밖으로 나오면 안 된다. 넌 이제부터 없는 아이다. 그러니 네 그림자도 조심해야 한다. 기척도 내서는 안 되고 소리도 내서는 안 된다. 그렇게 당부하고 주의를 주었는데, 그 당부와 주의를 지키지 못한 것이 내내 죄송하고 속상했다.

6
이별

트럭 짐칸에는 또 다른 아이들이 있었다. 아직 풋것의 기미가 그대로 남아 있는 아이들이었다. 한 명은 짐칸에 태워질 때 실랑이를 벌였는지 옷고름이 뜯겨져 있었고 한쪽 눈가가 발갛게 물들어 있었다. 다른 한 명의 아이는 키는 작지만 흰 피부에 통통하니 귀여운 얼굴을 하고 있었다. 그들은 공포에 질린 눈빛으로 트럭 짐칸에 태워지는 순분을 바라보았다. 순분이 짐짝처럼 짐칸으로 던져질 때 그들은 엉덩이를 옆으로 밀어 순분이 있을 공간을 만들었다.

저를 바라보는 한 아이는 눈이 통통 부어 있었고, 한 아이는 무연한 낯빛이었다. 어쩌다가 이 아이들이 여기 잡혀와 있는지 알 수 없으나 순분은 혼자가 아니라는 사실만으로도 얼마간 마음이 놓였다. 비록 피를 나눈 혈연의 자매는 아니지만 그래도 이 아이들이 있어 속내를 나누고, 두려움도 나눌 수 있을 것이다. 그것이 고마웠다.

순분이 올라타자마자 트럭은 이내 거칠게 날숨을 토해내더니 달리기 시작했다. 울퉁불퉁, 노면이 고르지 않은 시골길을 달리는 트럭은 유난히 흔들렸고, 아이들은 이리저리 쏠리면서 떨어지지 않게 트럭의 난간을 단단히 붙잡고 있어야 했다. 시골길을 달리는 트럭의 진동에 엉덩이가 얼얼하니 아팠다. 바람은 왜 또 그리 사나운지. 바람이 얼굴을 할퀴고 코를 막고 입을 막고 눈을 가렸다. 가느다랗게 실눈으로 바람을 피하면서 먼지 속에 멀어지는 마을을 바라보는 순분의 시선이 차지고도 차졌다.

트럭이 지나온 길엔 뿌연 먼지가 연무처럼 일었다. 그 먼지가 흐릿하게 풍경을 지웠다. 태어나서 한 번도 벗어나본 적이 없는 마을이었고 떠나본 적이 없는 가족이었고, 집이었다. 헌데 그것도 부모님에게 제대로 된 인사도 드리지 못하고 떠나오는 길이었다. 그 길이 마음에 걸렸다.

순분은 트럭 짐칸 아래, 부옇게 먼지가 이는 길을 내려다보았다. 뛰어내리면 어떻게 될까? 과연 뛰어내릴 수나 있을까? 자신의 키보다 높은 높이에서, 그것도 움직이는 차 안에서 뛰어내리는 것은 불가능해 보였다. 내려다보면 볼수록 자꾸만 밀려가는 땅이 어지럼증을 일으켰다.

"우리는 어디로 가게 될까?"

작고 귀여운 한 아이가 혼잣말처럼 물었다.

"군수공장이라고 하던데? 비행기 부품 만드는 공장 말이야."

순분이 냉큼 대답했다. 어쩌면 그 대답에는 저들의 말이 사실인지 아닌지 이 아이들에게 확인하고 싶은 마음이 더 컸을 것이다.

"그랬어? 나한테는 간호부가 될 거라고 했는데……."

작고 귀여운 아이가 말했다. 순분은 왠지 다른 그 말이 찜찜하게 마음에 남았다. 비행기 공장과 간호부. 누구의 말이 맞을까.

"너는? 너는 뭐라 했어?"

순분이 다른 아이에게 물었지만 그 아이는 무언가 골똘한 생각에 사로잡혀 순분의 물음을 놓쳤다.

"일본은 여기서 얼마나 될까? 배를 타고 며칠이나 간다는데……."

작고 귀여운 아이가 다시 혼잣말하듯 중얼거렸다. 아직 이름도 모르는 그 아이들은 미구에 자신들에게 닥쳐올 일에 대해 걱정하고 있었다.

"난 금옥이라고 해."

그 아이가 순분과 다른 아이를 번갈아 바라보며 자신의 이름을 말했다. 그 아이의 눈에 눈물자국과 함께 불안이 눅진하게 배어 있었다.

"난 순분이야. 순분이."

순분이 대답했다. 다른 아이는 봉녀라고 했다. 봉녀는 생각보다 어깨가 단단하고 넓었다. 큰 골격에 어울리게 이목구비도 굵

직했다.

"정말 돈을 벌 수 있을까?"

순분은 반신반의의 심정으로 물었다. 그 물음에 금옥이 대답했다.

"몰라. 난 친구네 집에 다녀오다 잡혀 끌려왔어."

"어쩌다가?"

"친구 아버지가 일본인 집에서 불을 때는 일을 하는데 그날도 난 그 친구를 보러 갔었어. 보배라는 아이인데, 보배하고는 하루도 안 보면 못 살 만큼 친해. 그날도 난 보배한테 놀러갔다가 돌아오는 길이었지. 한데 국방색 당꼬바지 입은 한국 사람이랑 일본 헌병이 나에게 잠깐 와 보라는 거야. 난 영문을 몰랐어. 어머니가 위안부 공출 조심하라고 얘기했지만 난 위안부 공출이 무슨 말인지도 몰랐으니까……."

그렇게 금옥이라는 아이는 친구네 집에 놀러갔다 오는 길에 잡혀왔다고 했다.

"그들이 나를 데리고 어디론가 가는데, 그 길은 일본사람들만 지나다니는 골목이었어. 그리고는 나를 어느 일본인 집에 가두었어. 이층 다다미방이었는데, 난 그곳에서 사흘을 지냈어. 그리고 이 트럭에 실려 왔어. 간호부로 취직시켜 준다고. 아마 우리 집에서는 난리가 났을 거야. 나간 애가 들어오지도 않고 어디서 죽었는지 살았는지 기별조차 없으니……."

금옥은 깊게 한숨을 내쉬었다.

"난 숨어 있다가 잡혀왔어. 비행기 공장에서 일을 하면 월급을 준다고 해서…… 정말 돈을 벌 수 있을까? 내가 가는 곳이 비행기 공장일까? 넌? 넌 어쩌다가 여기까지 왔니?"

순분이 봉녀를 향해 물었다. 하지만 봉녀는 아무 대답도 하지 않았다. 그런 아이의 얼굴표정이 고집스럽고도 당차 보였다.

트럭은 구불구불, 산동네를 휘감아 돌고 신작로를 내처 달리고도 한참을 더 달렸다. 그 사이에도 몇 군데의 마을을 더 돌았고 어느 집 안마당을 기웃거리기도 했다. 그 안마당은 사람 대신 햇빛이 주인이었고 새들이 주인이었고 바람이 주인이었고 비쩍 마른 개들이 주인이었다. 개들은 칼을 찬 군인을 보고 짖지도 않았다. 군인과 이장이 집안으로 들어서면 개들은 맹렬히 짖는 대신 꼬리를 사타구니 속으로 밀어 넣은 채 눈치를 보며 슬금슬금 뒤로 물러나거나 마룻장 밑으로 몸을 숨겼다.

구멍이 숭숭 난 문짝을 열어젖히고 안을 들여다보았지만 방안에 있는 것은 적막한 어둠뿐, 사람의 기척은 없었다. 그들은 집 뒤란도 뒤져보고 정지간도 열어보고 측간도 열어보았다. 하지만 그들은 집안에 가라앉아 있는 괴괴한 적막감만 흔들어놓았을 뿐 원하는 것은 얻지 못한 채 빈손으로 돌아왔다.

이장이 돌아오면서 코 한쪽을 엄지로 막고 콧물을 풀어냈다.

"이것들이 다 어디로 숨은 게야? 쥐새끼 같은 것들!"

군인은 미간을 찌푸리면서 행여나 싶어 방금 되돌아나온 뒤를 다시 돌아보았다. 하지만 여전히 마당에는 햇빛과 바람만 푸지게 놀고 있었다.

그들이 타자마자 트럭은 다시 거칠게 숨을 토해내며 움직이기 시작했다.

"시집 안 간 여자아이들을 잡으러 다니는 걸 거야. 우리 같은 애들 말이야."

금옥이 말했다. 이상하게 그 말이 불안하게 들렸다. 정말, 아이들을 데려다 무얼할까. 순분은 해소되지 않은 의혹에 가슴이 답답했다.

그렇게 얼마나 달렸을까. 저기 멀리 붉은 벽돌 건물이 보였다. 선명한 붉은 벽돌 건물은 주변의 낡고 퇴락한 인가와 상가들 사이에서 느닷없어 보였다. 그 완고하고도 사방의 각이 직각으로 살아 있는 붉은 색의 건물은 보는 것만으로도 위압감과 두려움을 안겨주었다. 순분과 아이들은 이제 되돌아갈 수 없다는 사실을 알았다.

7
붉은 벽돌 건물

벽돌로 지어진 경찰서 안은 냉기로 가득했다. 순분과 아이들은 경찰서 안 구석진 방으로 끌려 들어갔다. 천장과 가까운 쪽에 쪽창이 하나 나있는 작은 사각의 방이었다. 그곳에서 아이들은 나란히 벽에 등을 기댄 채 무릎을 세우고 앉았다. 벽의 차가운 기운이 그대로 등으로 전해졌다. 양회벽으로부터 스며드는 한기에 순분은 소름이 돋았다. 금옥도 추운지 팔을 엇질러 양팔을 쓸어내렸다. 주변을 둘러보았지만 그 방안에는 한기를 막을 만한 그 어떤 것도 눈에 띄지 않았다.

쪽창 너머로 어스름이 내리고 있었다. 먹이를 찾아 둥지를 떠났던 새들도 집으로 돌아올 시간이었다. 그 어스름이 순분의 두려움을 배가시키고, 눈물보를 자극했다.

지금쯤 어머니 아버지는 자신의 실종을 알아채셨을 것이다. 자신이 숨어 있던 지푸라기 더미들을 있는 대로 다 들어내 놓고, 행여나 싶어 본 곳을 보고 또 보며 애타게 찾고 계실 터이다. 하지만 그 수고는 번번이 헛것으로 돌아가고 대신 텅 빈 공간만이 어머니 아버지의 눈에 밟힐 것이다. 그곳에 있어야 했다. 하나의 더미로, 한 덩어리의 어둠으로. 그렇게 그곳에서 숨죽이며 어머니 아버지를 기다려야 했다. 나비를 쫓아 그곳에서 나오지 말았어야 했다. 뒤늦은 후회가 써레처럼 순분의 가슴을 훑고 지나갔다.

봉녀와 금옥은 무력한 표정으로 굽혀 세운 무릎에 얼굴을 묻고 있었다. 가끔 초점 없는 눈을 들어 주위를 둘러보다가 이내 다시 무릎에 얼굴을 묻었다. 그러고 보니 누군가에게 맞았는지 봉녀의 눈가가 붉게 물들어 있었다. 눈가만이 아니었다. 왼쪽 입가도 보랏빛으로 부풀어 올라 있었고 입술 가장자리에는 피가 딱지로 말라붙어 있었다.

집과 가족으로부터 격리된다는 것. 그것은 삶이냐 죽음이냐의 문제였다. 그때였다. 끙. 입을 굳게 다물고 있던 봉녀가 희미하게 신음을 빼물었다.

"어디 아파?"

순분은 봉녀를 살피며 물었다. 하지만 봉녀는 고개를 가로저었다. 하지만 미간에 다시 희미하게 주름이 지는 것이 어디 아픈 모양이었다.

"이리 기대."

순분은 봉녀에게 제 어깨를 내주었다. 봉녀가 그런 순분을 바라보더니 웃는 듯 마는 듯한 얼굴로 자세를 고쳐 앉았다. 허리를 곧추세우고 가슴팍에 두 무릎이 닿도록 바짝 끌어당겨서는 다시 무릎에 고개를 묻었다. 하지만 이상하게 그 웃는 얼굴이 우는 얼굴처럼 보였다. 순분은 그게 마음에 더 걸렸다. 대신 금옥이 순분의 어깨에 얼굴을 기댔다.

"집에 가고 싶다. 지금쯤 엄마랑 가족들은 뭘 할까? 슬퍼하겠지? 내가 없어져서……."

금옥이 혼잣말로 말했다.

"나도 가고 싶어…… 우리 다시 집에 돌아갈 수 있을까? 갈 수 있겠지? 꼭 그렇게 되겠지?"

순분이 확인하듯 물었지만 금옥은 대답하지 않았다. 대답 대신 금옥은 손가락으로 바닥에 무언가를 그렸고 봉녀는 무릎에 얼굴을 묻은 채 꿈쩍도 하지 않았다. 정말 자신들은 앞으로 어떻게 될까. 순분은 알 수 없는 내일이 마냥 불안하기만 했다.

경찰서 안은 분주했다. 전화기는 날카롭게 울리고 제복을 입은 사내는 전화기를 귀에 대고 부동의 직립자세로 통화를 하다가 어떤 때는 벌게진 얼굴로 고함을 쳐댔다. 갓을 씌운 알전구는 책상 쪽으로 낮게 내려와 있고 외짝문이 달린 한쪽 방에는 서류가 들어 있는 책꽂이와 책상이 놓여 있었다.

순분은 살면서 자신이 경찰서에 오게 되리라고는 한 번도 생각해 보지 않았다. 경찰서. 그곳은 말만으로도 심장이 옥죄고 오금이 저리는 곳이었다. 헌데 이렇게 끌려와서 갇혀 있다니.

그때 빼꼼히 열린 문밖으로 트럭이 요란하게 다가와 멈추어 서는 것이 보였다. 자신들이 타고 온 트럭보다 훨씬 더 크고 견고해 보였다. 그 트럭이 멈추는가 싶더니 이내 새된 소리가 날아왔다.

"다들 내린다! 빨리! 빨리! 이 굼벵이 같은 것들아! 빨리 내리란 말이다! 빨리! 빨리! 이 더러운 조센징들!"

순분은 고개를 쭉 빼고 트럭을 지켜보았다.

헌병 한 명이 트럭의 몸체를 탕탕 치며, 트럭에 탄 사람들을 채근했다. 그 소리에 트럭 짐칸에서 앞서거니 뒤서거니 남자들이 뛰어내렸다. 차려입은 옷들이 허술한 것이 느닷없이 잡혀온 모양이었다. 어떤 이는 밭을 갈다 어떤 이는 길을 가다 어떤 이는 집안에 있다가 잡혀왔을 것이다.

"무슨 일이야?"

금옥이 순분의 옆으로 따라붙더니 고개를 쭉 빼고는 트럭을 바라보았다.

"저들도 잡혀왔나 봐."

순분은 알았다. 경찰서에는 젊은 남자들을 잡아오는 노무직원들이 있다는 사실을. 그들은 마을을 돌아다니며 젊은 남자들을 잡아들였고, 그렇게 잡혀온 남자들은 어딘가로 보내졌다. 어떤 이는 공장으로 보내졌고, 어떤 이는 터널을 뚫는 곳으로 보내졌고, 어떤 이는 전장으로 보내졌다. 한 번 잡혀간 이들은 돌아오지 않았다. 그들은 모두 총알받이였고, 소모품들이었다.

"다들 굼벵이들이냐? 빨리 빨리 하지 못해? 게을러터진 것들!"

헌병은 풀쩍풀쩍 트럭에서 뛰어내리는 남자들 사이를 돌아다니며 아무에게나 발을 날렸다. 퍽퍽. 짱짱하게 힘이 실린 그 발길질에 남자들은 나동그라지거나 배를 움켜쥔 채 허리를 꺾으며 주저앉았다.

"빨리해. 이 새끼들아!"

그 소리에 쫓겨 남자들은 토끼몰이 당하듯 한쪽으로 몰려갔다.

그들의 표정이 겁에 질려 있었다. 다들 비쩍 마르고, 추레했다. 순분과 함께 금옥의 시선은 그들을 쫓았고, 봉녀는 여전히 두 무릎 사이에 얼굴을 묻은 채 꿈쩍도 하지 않았다.

남자들이 다 내렸는가 싶었는데, 그 뒤로 한 무리의 여자애들이 따라 내렸다. 아니 끌려 나왔다. 자신 또래의 아이들이었다.

"애들이야. 저것 봐!"

순분이 저도 모르게 낮게 소리쳤다.

"쟤들도 잡혀왔겠지? 그렇겠지?"

이번에는 금옥이 이를 부딪치며 물었다. 추운 모양이었다. 순분은 대답 대신 그들이 하는 양을 지켜보았다. 넋이 나간 듯 멍한 표정을 짓고 있는 아이도 있고, 금방이라도 울음을 터트릴 것만 같은 얼굴의 아이도 있었다. 또 체념한 듯 아무 표정도 없는 아이도 있었고, 슬금슬금 경찰의 눈치를 보며 움직이는 아이도 있었다.

헌병은 남자와 여자아이들을 따로 세웠다.

"자! 너희들은 저리로 선다. 남자들은 이리로 오고!"

그 소리가 쩌렁쩌렁 밤을 울렸다. 그 소리와 그 손가락이 가리키는 대로 사람들은 굼뜨게 움직였다. 헌병이 그 모양에 험악한 표정으로 다가오더니 또다시 남자들을 발로 찼다. 남자들은 그 발길질을 피해 몸을 돌렸다.

"이 빠가야로! 썩어빠진 정신으로 도대체 무얼 하겠다는 게야?"

헌병의 입과 손과 발은 잠시도 쉬지 않았다.

그 사이 한 순사가 창고 안에서 커다란 보퉁이를 안고 나와서는 남자들 앞에 섰다. 그리고 바닥에 보퉁이를 던지듯 내려놓았다.

"자 이걸로 갈아입는다. 새 옷을 지급해 주는 천황폐하께 감사해라. 이제부터 너희들은 자랑스런 신민으로 살아갈 것이다. 그러니 자나깨나 천황폐하를 위해 살아야 하고, 천황폐하를 위해 일해야 한다. 만약 명령을 거역하거나 반항하거나 도망치는 자에게는 죽음만이 있을 뿐이다. 알겠나?"

헌병의 말에 순사는 가지고 나온 짐 보퉁이의 매듭을 풀기 시작했다. 매듭이 풀리자 그 안에서 차곡차곡 개켜진 옷들이 모습을 드러냈다. 황갈색의 옷들. 한 공장에서 나온 그것들은 모양도 색도 다 같았다.

"일렬로 선다. 그리고 차례로 받아간다."

그들은 명령대로 차례차례 옷을 받아가고, 명령대로 그 옷으로 갈아입었다. 따개비 모자에 모두 같은 작업복들이었다.

"에구머니나 망칙해라."

금옥이 얼른 고개를 돌렸고, 순분도 눈을 감아버렸다. 한 여름 땡볕에서 웃통을 벗고 논밭을 갈던 남자들을 보긴 했지만 이렇게 논밭이 아닌 곳에서 거의 맨몸이나 다름없는 남자들을 본 적은 없었다. 모두 같은 옷으로 갈아입으니 누가 누군지 알 수 없었다.

"다 입었나? 입었으면 따라온다. 행여 도망갈 생각은 하지 않는 것이 좋다. 도망치다 잡히는 날에는 목숨을 부지하기 어려울 것이다."

칼을 찬 헌병은 위협적으로 이야기했다. 그리고 그들을 이끌고 곡물창고로 갔다.

헌데 그때 남자들 사이에서 누군가가 소리쳤다.

"집에다 소식 좀 전해주세요. 저 괜찮다고. 여기 있다고. 조만간 집에 가겠다고 말예요."

그 말에 헌병은 얼굴을 우그러뜨리며 소리가 나는 쪽을 향해 다가갔다.

"누구야? 방금 누가 뭐라 했나?"

"집에서 걱정할 겁니다. 그러니 여기 있다는 말만 좀 전해주십시오."

헌병은 한 남자 앞에 우뚝 멈춰 섰다. 남자들의 시선이 모두 그 헌병과 남자에게로 모아졌다. 남자 앞에 선 헌병은 그의 위아래를 훑어 내렸다. 그 시선에 독기가 창창했다.

"다시 한 번 말해 보아라. 뭐라고 했나?"

"집에다……"

남자는 뒷말을 잇지 못했다. 순간 날아온 군화발이 정확히 그의 무릎을 가격했던 것이다. 욱. 그는 짧은 비명을 내지르며 무릎이 꺾인 채 땅바닥에 주저앉았다. 다시 한 번 헌병의 군화발이 땅바닥에 꿇어앉은 그의 허벅지를 내리찍었다. 악! 이번에는 비명이 크고도 날카로웠다.

"다시 한 번 말해 보아라."

"아, 아닙니다."

남자는 신음을 깨물며 대답했다.

"잘 보았지? 이곳에서는 필요 없는 말을 하면 이렇게 된다. 질문은 금지다!"

헌병은 의기양양한 표정으로 남자들을 휘둘러보았다. 남자들의 눈빛이 체념으로 물러졌다. 헌병은 그 눈빛에 희미하게 미소를 지으며 순사를 향해 데려가라는 턱짓을 했다.

"자, 따라온다."

그 턱짓에 순사는 앞장서 걸었다. 남자들은 그를 따라 말없이 움직였고 군홧발로 허벅지를 가격당한 조금 전의 그 남자는 절룩이며 무리를 따라갔다.

"저 나쁜 놈들!"

금옥이 이를 악문 소리를 냈다.

다른 순사가 여자아이들을 이끌고 순분이 있는 쪽으로 오고 있었다. 아이들은 움츠린 채 겁에 질린 표정을 하고 있었다.

"온다. 이리로 온다. 저 아이들도 잡혀온 모양이야."

금옥이 엉덩이를 밀어 뒤로 물러나며 말했다. 봉녀는 눈을 들어 그 아이들을 바라보았다.

이어 문이 확 열리더니 아이들이 들어왔다. 아이들이 들어온 문으로 봄밤의 차가운 냉기도 함께 딸려 들어왔다. 그 찬바람에 금옥이 또 후두둑, 진저리를 쳤다.

8
경찰서 안

마당에서 일어나던 소란도 잠잠해지고, 어둠은 그새 더 농밀한 점도로 무겁게 내려앉아 있었다. 집에서 보던 어둠처럼 별빛 품은 어둠도 아니었고, 달빛 어린 어둠도 아니었다. 발 한 번 내딛으면 그 어둠 속에 몸을 숨기고 있는 괴수가 와락 삼켜 버릴 것만 같은 두려움과 공포가 느껴지는 어둠이었다.

경찰서 안도 밤이 되자 한낮의 분주함에서 벗어나 괴괴한 정적이 가라앉아 있었다. 하지만 가끔, 그 괴괴한 정적을 뒤흔들고 신음 같은 소리가 날아왔다. 그 신음이 순분의 마음을 후벼팠다. 불안함에 잠은 오지 않았다. 두려움과 추위가 의식을 벼리고 육신을 고단하게 만들 뿐이었다.

옆에 있던 금옥이 순분의 팔에 제 팔을 끼워 넣으며 몸을 밀착해왔다.

"추워."

춥기는 순분도 마찬가지였다. 얇은 면 저고리와 치마 하나로 봄밤의 한기를 이겨내기는 버거웠다.

"집에 가고 싶어."

금옥의 말에 순분은 말없이 금옥의 팔을 안으로 잡아끌었다. 금옥의 따뜻하고도 여린 팔이 가슴팍 아래서 느껴졌다.

"지금쯤 엄마 아버지는 뭘 하고 있을까? 아직도 나를 기다리고 계시겠지? 그렇겠지?"

금옥이 혼잣말하듯 말했다.

"그만들하고 자둬. 그렇지 않으면 힘들 거야."

봉녀가 가라앉은 음성으로 말했다. 이상하게 그 말투에 거스를 수 없는 힘이 느껴졌다. 봉녀의 말이 떨어지자마자 금옥은 순분의 어깨에 다시 머리를 기댔다. 그녀의 숨결과 체온이 턱밑에서 따뜻하게 엉겼다. 어머니와는 또 다른 체취였고, 온기였다. 그들이 순분에게는 어머니 같았고 언니 같았고 동생 같았다. 순분은 금옥과 봉녀가 있어 다행이라고 생각했다. 나중에 들어온 다른 아이들 역시 이 상황이 믿기지 않는 듯 잠을 이루지 못하고 자꾸만 몸을 뒤척이거나 훌쩍이고 있었다. 훌쩍임이 나중에는 늘킨 울음으로 변해갔다. 날숨과 들숨이 자꾸만 울음에 말려들어가면서 숨이 잘리고, 끊겼다. 그 울음이 그 방에 있는 아이들의 마음을 더 무겁게 만들었다.

"잠이 안 와. 내일은 무슨 일이 기다리고 있을까."

한참동안 입을 다문 채 눈을 감고 있던 금옥이 또다시 입을 열었다. 아무래도 내일이 걱정되는 모양이었다.

"자."

순분이 낮게 이야기했다.

"잠이 안 와."

"자려고 해 봐."

"해 봤지만 안 돼. 자려고 하면 할수록 엄마 생각만 나."

금옥의 말끝에 물기가 섞여들었다.

"잠이 안 오면 눈이라도 감고 있어. 내일은 더 힘든 날이 될 테니까."

자는 줄 알았던 봉녀가 다시 가라앉은 음성으로 말했다. 그 음성의 결이 갈라지면서 거친 소리를 냈다. 조금 전부터 아무 소리도 없는 것이 자는 줄로만 알았는데, 그녀 역시 깨어 있었던 모양이다.

"엄마가 보고 싶어."

다시 금옥이 말했다.

"자!"

금옥의 말에 봉녀는 명령하듯 받았다. 봉녀의 말에 금옥은 입을 다물고는 대신 한 번씩 훌쩍였다. 순분은 그런 금옥의 팔을 가만히 쓸어내렸다. 다른 아이들 역시 잠을 이루지 못했다. 한뎃잠이 낯설고 불편한지 자꾸만 몸을 뒤척이며 훌쩍였다.

경찰서 쪽창 너머에는 여전히 개펄 같은 어둠이 진득하게 엉겨 있었다. 콜록콜록! 한 아이가 잔기침을 해대고 있었다. 들어올 때부터 그 아이는 기침을 해댔다. 잔병치레가 많았는지 유난히 작고 낯빛이 창백한 아이였다. 그 아이의 기침소리가 가만가만 어둠을 휘저어놓았다.

그 와중에 잠이 찾아왔던가. 저도 모르게 순분은 깜박 잠이 들었다. 그렇게 찾아온 잠이 전신을 무력하게 만들었다. 그 쪽잠 속에서 순분은 무슨 소리인가를 들었다. 처음에는 꿈인 듯 생시인 듯 긴가민가했다. 소리는 나지막했고, 간헐적이었다. 무슨 소리일까. 바람소리일까. 하지만 순분은 잠에 취해 그 소리를 분간해 낼 수 없었다.

소리는 계속해서 이어졌다. 소리는 점점 더 커졌고, 또렷하게 잡혔다. 울음이었다. 누군가 울고 있었다. 도대체 무슨 일일까. 어머니가 울고 계실까. 어머니가 왜 우는 걸까. 일어나서 어머니를 달래드려야지.

순분은 힘겹게 눈꺼풀을 밀어올렸다. 가느다랗게 뜬 실눈에 흐릿하게 세상이 밟혔다. 마치 보늬를 씌운 듯 안개가 낀 듯 그렇게 세상이 어둠 속에서 흐릿하게 제 경계를 드러내고 있었다. 헌데 무언가 예전 같지가 않았다. 여기가 어디지? 익숙한 방안의 풍경 대신 알 수없는 사물들이 눈앞에서 흔들렸다. 아이들이 송 옹그리고 있었고, 알전구 하나가 천장에서 길게 내려와 있었다. 그리고 벽 위쪽에 나있는 자그마한 쪽창이 눈에 밟힐 때쯤에서야 순분은 자신이 있는 곳이 어디인지 알아차렸다.

경찰서 안이었다. 눈앞에 펼쳐진 풍경에 순분은 지난 일들이 소상히 떠올랐다.

그래, 그래었지. 자신은 나비를 쫓다가 잡혀왔었지.

순분은 화들짝 잠이 달아났다. 이내 조금 전부터 귓가에 맴돌던 소리의 정체도 밝혀졌다. 흐느낌이었다. 한 아이가 소리 죽여 울고 있었다. 저들끼리 서로 기대 체온을 나누고 두려움을 나누고 있던 아이들 가운데서 한 아이가 울고 있었다. 하지만 그 울음은 시작이었다. 그 울음에 전염이 된 듯 그 울음에 추임새를 넣듯 아이들이 하나 둘 잠에서 깨어나 다시 훌쩍였다. 그녀들이 당장에 할 수 있는 건 우는 일밖에 없었다. 우는 것 말고 할 수 있는 것이 아무것도 없었다. 한 아이로 시작된 울음은 이내 역병처럼 다른 아이들에게로 번져갔다. 그 슬픔이, 그 울음이 다른 슬픔을 자아내고, 그 울음이 다른 울음을 길어냈다.

그때였다. 철커덩. 철창 문이 열리더니 불이 켜졌다. 그 환한 빛살이 쨍쨍한 송곳처럼 망막을 찔러댔다. 겁에 질린 아이들의 눈시울이 붉게 젖어 있었다.

"이년들이 지금 무슨 지랄들이야. 잠을 자라면 곱게 잘 일이지 이 밤에 울긴 왜 울어! 이것들은 좋은 말로 해서는 안 된다니까."

서장은 눈알을 부라리며 아이들을 둘러보았다. 그 서슬 푸른 서장의 눈빛을 피해 아이들은 서로의 등에 얼굴을 묻으며 남은 울음을 안으로 삼켰다.

그러다 아이들 가운데서 한 아이가 느닷없이 일어났다. 아니, 일으켜 세워졌다. 한 갈래로 땋은 머리채가 서장의 손에 그악스럽게 잡혀서는 들려 세워진 것이다. 머리채를 잡힌 아이는 고개가 뒤로 젖혀져서는 끌려나왔다.

"아파요."

아이는 서장의 손에 잡힌 머리카락을 두 손으로 붙잡으며 비명처럼 소리를 질렀다. 한밤의 그 비명은 갑작스러웠고, 갑작스러운 만큼 더 불길하게 대기를 갈랐다.

아이들은 그 비명에 놀라 서로를 부둥켜안은 채 곁눈질로 사태를 지켜보았다. 머리채를 잡힌 아이의 눈이 두려움으로 커져서는 불안하게 흔들렸다. 그 눈이 마치 소의 눈을 닮아 있었다.

"아파요. 제발……"

하지만 서장은 머리채를 잡은 채 아이를 끌어냈고, 아이는 질질 끌리다시피 무리에서 떨어져 나갔다. 버둥거리느라 고무신은 벗겨져 따로 뒹굴고 흰 버선은 맨땅을 쓸었다.

아이는 끌려가지 않으려 힘껏 버텼다. 아이의 완강한 저항이 힘에 부쳤는지 서장은 얼굴이 붉으락푸르락해서는 그 아이를 거칠게 밀쳤다. 이 쌍년! 그 힘이 얼마나 셌는지 아이는 벽에 부딪쳤다 그 반동으로 튕겨져 나왔다. 그리곤 무언가 불빛에 번쩍거렸다. 칼이었다. 칼집에서 칼을 빼든 서장은 잠시도 주저하지 않고 그 아이를 향해 내리쳤다. 아이들은 반사적으로 눈을 질끈 감으며 새된 비명을 질러댔다. 그리고 순간 정적이 찾아왔다.

정적을 깨트린 건 서장의 구두소리였다. 그 소리에 아이들은 감았던 눈을 뜨고는 엉덩이를 밀어 뒤로 물러났다. 그 눈에 두려움이 가득했다.

그 아이의 옷고름이 잘려나가 있었다. 옷고름만 잘려나갔나 싶었는데, 이내 잘려진 그 옷고름 사이로 피가 배어나오고 있었다. 붉은 그 얼룩이 점점 커져 가고 넓어져 갔다. 피에 젖은 저고리가 아이의 몸에 들러붙었다. 아이는 울지도 않고 반쯤 입을 벌린 채 얼이 빠져서는 주저앉아 있었다. 그 틈에도 피는 계속 배어나오고 있었다. 아이는 통증조차 느끼지 못하는 것 같았다. 다른 아이들도 사색이 되어서는 아무 말도 하지 않았다. 아니, 하지 못했다.

"이제야 말귀를 알아듣는군."

서장은 그제야 만족스럽다는 듯 입가에 비열한 미소를 머금고는 두려움에 질려 있는 아이들을 찬찬히 둘러보았다. 아이들은 그 시선을 피해 고개를 돌리거나 눈을 내리깔았다. 순분은 그 순간 자신이 어디론가 사라져버렸으면 좋겠다고 생각했다. 펑하니 땅속으로 꺼지든 하늘로 솟구치든, 서장의 눈에 띄지 않는 곳으로 사라져버렸으면 좋겠다고 생각했다.

서장이 다시 한 아이를 지목했다.

"너!"

한 아이를 가리키는 서장의 시선이 대못처럼 날카로웠다. 아이들의 시선이 서장의 손가락을 따라갔다.

"너!"

순분은 가슴이 서늘해졌다. 자신인가? 저 손가락 끝이 가리키는 사람이 자신인가? 분명 그 손가락이 향한 건 순분이 있는 쪽이었다.

"너 말이야, 너!"

순분은 가슴이 뛰었다. 아니, 심장이 그 박동을 이기지 못하고 터져버릴 것만 같았다. 금방이라도 오줌이 새나올 듯 방광이 탱탱히 부풀었고, 통증까지 느껴졌다. 나야? 저 사람이 가리킨 게 나야? 순분은 그 손가락이 지목하는 사람이 자신이 맞는지 확인하느라 아이들을 돌아보았다. 그때 금옥이 순분의 등 뒤로 숨었다.

"너! 이리 나와!"

손가락 끝이 가리킨 건 자신이 아니라 옆에 있던 금옥이었다. 순분은 저도 모르게 어깨를 움츠리고 몸을 틀었다.

"숨을 수 있을 것 같아? 이 쥐새끼 같은 것!"

서장은 눈을 부라리며 성큼성큼 순분과 금옥에게로 다가왔다. 순분의 뒤에 숨어 있던 금옥은 서장이 가까이 다가오자 엉금엉금 기어 서장을 피해 달아났다. 하지만 그 좁은 공간에는 마땅히 숨을 곳도 없었다.

얼마 가지 못하고 금옥은 서장에게 잡혀 끌려 나갔다. 그녀는 팔을 잡혀 끌려가면서 버둥거렸다. 놔줘요. 제발요. 겨드랑이가 찢겨질듯 그녀는 버텼지만 서장의 힘을 당해낼 수는 없었다.

금옥이 끌려 나가고 나자 아이들은 무연한 표정으로 말을 잃은 채 앉아 있었다. 그 표정들이 복잡했다. 자신이 아니라는 안도감과 자신도 언제 어느 때 불쑥 잡혀갈지 모른다는 두려움과 그녀를 돕지 못한 미안함이 한데 뒤섞여 아이들은 입을 굳게 다문 채 서로의 시선을 피하고 있었다.

그때였다. 고막을 찢는 비명이 벽 너머에서 날아왔다. 이러지 마세요. 제발요. 아아악! 금옥의 소리였다. 순분은 저도 모르게 두 손으로 귀를 막았다. 무언가 벽에 부딪치는 듯 차가운 양회벽 너머에서 비명과 함께 둔중한 소리도 넘어왔다.

순분은 더 세게 귀를 막았다. 하지만 꽉 틀어막아도 금옥의 비명은 틈새를 비집고 새들어왔다. 아아악! 악! 그 비명이 순분의 내부를 난도질하는 것만 같았다.

이것은 꿈일 게야. 그것도 지독한 악몽이야. 순분은 스스로에게 되뇌었다. 이 꿈에서 깨고 나면 예전처럼 부드러운 어머니의 웃음과 맑은 햇살과 평온한 아침이 기다리고 있을 것이다. 지루할 정도로 낯익은 일상이 언제 그랬냐는 듯 짜잔, 펼쳐질 것이다. 그럴 것이다. 분명. 그럴 것이다. 하지만 어떻게 이 악몽에서 벗어날 수 있을까. 제발 부탁이에요. 누가 나를 이 꿈에서 꺼내주세요. 이 꿈에서 나가게 해주세요. 제발요. 순분은 귀를 틀어막은 채 중얼거렸다. 얼마나 지났을까. 한동안 이어지던 금옥의 비명은 더 이상 들려오지 않았다. 그 고요가 불안했다. 언제든 깨질 고요였다.

그 고요와 불안 속에서도 아침은 어김없이 찾아왔다. 하지만 달라진 건 없었다. 순분의 바람과는 달리 악몽은 그대로 계속되었다. 쪽창 너머로 비쳐드는 햇살이, 이 아침이 원망스러운 적이 또 없었다. 간밤에 잘려나간 옷고름과 함께 가슴에 자상을 입은 아이는 밤새 통증으로 잠을 이루지 못했다. 아이들이 자신들의 치마를 찢어 상처에 대고 피를 막았지만 가슴의 피는 좀처럼 멈추지 않았다. 살갗이 벌어진 것을 순분은 처음 보았다. 그 갈라진 틈이 유난히 크고 도드라져 보였다. 하지만 순분과 아이들은 그 아이에게 해줄 수 있는 것이 아무것도 없었다. 힘내. 그 위로는 무력하고 소용없었다. 당장에 그 아이에게 필요한 건 약과 적절한 치료였지만 아이들에게는 그 어떤 것도 없었고, 해줄 수 있는 방법도 없었다.

다시 철창이 열리고, 순사가 나타났다. 간밤에 잠을 설쳤는지 그의 얼굴이 푸석푸석해 보였고, 입가에는 하얗게 침이 말라붙어 있었다.

"자, 밖으로 나온다. 빨리 서둘러라."

순분은 자리에서 일어났다. 아이들도 행여 불똥이라도 떨어질까 봐 서로의 눈치를 보며 자리에서 일어났다. 하지만 저녁내 움츠리고 있던 관절들은 뻣뻣하게 굳어서는 잘 펴지지 않았다. 아직 한창때였지만 노숙에 가까운 한뎃잠은 자유로운 움직임마저 앗아갔다.

"굼벵이 같은 년들아. 빨리 빨리 움직이지 못해? 가야 할 길이 멀다!"

일어나는데, 툭툭 관절 사이사이에서 맑은 파열음 같은 소리들이 살아났다. 가슴에 자상을 입은 아이도 다른 아이들의 부축을 받으며 자리에서 일어났다. 다행스럽게도 피는 멈춰 있었다. 대신 그 피가 꾸덕꾸덕 말라 저고리는 풀을 먹인 듯 빳빳하게 굳어 있었다. 그 피를 먹은 저고리가 자꾸만 상처를 건드리고 쓰적거리는 통에 아이는 움직일 때마다 미간을 찌푸리며 짧은 신음을 빼물었다.

봉녀가 그 아이의 팔을 붙잡고 한 무리로 앞서가는 아이들 뒤를 따랐다. 순사는 아이들을 뒤에서 내몰았다. 고함 한 번에 발길질 한 번이 뒤따랐다. 어떤 때는 발길질이 먼저일 때도 있었다. 순분과 아이들은 그 무자비한 발길질을 피해 서둘러 밖으로 나왔다.

환한 이 아침이 여느 아침과는 달라 보였다. 이제까지 한 번도 경험해 보지 못한 아침이었고, 햇빛이었다. 순분은 아침이 또 다른 두려움이 될 수 있다는 사실을 그제야 알았다. 어둠만 두려운 것이 아니었다. 아침도 때로는 두려움을 잉태하고, 그 두려움은 더 큰 두려움을 낳는다는 것도 알았다. 그 환한 아침이, 그 눈부신 아침이 그저 두렵고 원망스러웠다.

밖으로 나오자 트럭이 기다리고 있었다. 지난밤에 남자들을 태우고 온 그 트럭이었다. 그새 남자들은 다른 곳으로 옮겨졌는지 보이지 않았다. 그러고 보니 이른 아침, 쪽창에 푸른 박명이 엉길 때쯤 소란스러운 소리를 들은 것도 같았다. 잠깐, 아주 잠깐 저도 모르게 깊은 잠에 빠져들었고, 그때 그들은 어디론가 이동해 간 모양이었다. 그 혼몽 속에서 들었던 것이 사실이었던 모양이었다.

"빨리 빨리 움직인다. 가야 할 길이 멀다. 우물쭈물할 시간이 없단 말이얏!"

순사가 신경질을 부리듯 아이들을 재촉했다. 순분은 아이들을 따라 그 트럭 짐칸으로 올라탔다. 거기에, 그 트럭 안에 어젯밤 서장에게 끌려갔던 금옥이 있었다. 순분은 반가운 마음에 아이들을 제치고 재게 금옥의 곁으로 다가갔다.

"괜찮아? 어디 다친 데는 없어?"

순분이 반가움과 걱정이 섞인 얼굴로 물었지만 금옥은 말없이 고개만 끄덕일 뿐이었다. 그 모습이 기진한 듯 보였다.

순분은 금옥의 옆에 자리를 잡고 앉고, 봉녀는 가슴에 상처를 입은 아이를 옆에 두고 앉았다. 이내 트럭은 푸릉푸릉, 딸꾹질 같은 거친 숨을 토해내더니 경찰서 마당을 빠져나갔다. 아이들은 자신들이 어디로 가는지도 모르고, 자신들 앞에 어떤 운명이 기다리고 있는지도 알 수 없었다. 그렇게 아이들을 태운 트럭은 마을들을 돌고 돌아 먼 길을 갔다. 마을에서 점점 멀어져갈 때, 순분은 저도 모르게 눈물이 났다. 어떤 아이는 화가 난 표정으로 입을 굳게 다문 채 앞만 노려보고 있었고, 어떤 아이는 늘킨 울음으로 어깨가 들썩였다. 또 어떤 아이는 무덤덤한 표정으로 아이들을 돌아보았고, 어떤 아이는 트럭 짐칸에 모로 누워 멀미를 달랬다.

또 나비였다. 자신을 이끌던 나비. 순분의 머리 위로 그 나비가 따라왔다. 희디흰 날개를 펄럭이며 순분을 따라왔다. 하지만 아이들은 그 나비를 보지 못했다. 그 흰나비는, 그 하얀 날개가 미끈하면서도 빛이 나는 나비는, 오로지 순분의 눈에만 보였다. 하얀 가루를 날리며 그 나비가 순분을 따라왔다.

순분은 눈물 가득한 눈으로 그 나비를 쳐다보았다.

9
기차로 갈아타다

순분과 아이들을 기다린 것은 기차였다.
쇠로 만든 까만 몸체에 육중한 쇠바퀴를 지닌 기차는 순분과 아
이들의 호기심을 자극했다. 저 무겁디무거운 쇠바퀴가 어떻게 구
를까 싶기도 했지만 반들반들 닳고 닳은 그것들은 쇠로 만든 레
일 위에서 금방이라도 미끄러질 듯 미끈해 보였다. 행선지는 보
이지 않았다. 지네 같은 몸통을 이끌고 달리고 달려 당도하는 곳
이 어디인지 누구도 이야기해 주지 않았다.

"자 이제부터 기차에 올라탄다. 쓸 데 없는 잡담은 금한다. 소
란을 피우는 것도 용서치 않는다. 그러니 일사불란하게 움직인
다."

이곳까지 올 동안 트럭은 세 군데의 경찰서를 더 들렀고 들를
때마다 아이들이 늘어났다. 옆에 있던 금옥이 순분의 손을 꽉 잡

았다.

"도망칠까?"

금옥이 복화술처럼 말했다. 순분은 주위를 둘러보았다. 주변에는 자신들이 타고 온 트럭 말고도 여러 대의 트럭이 정차해 있었고 칼을 찬 헌병들과 군인들이 부산스럽게 움직이며 사방을 경계하거나 기차에 올라타는 사람들을 단속하고 있었다.

"구경만 하지 말고 어서 옮겨 타란 말이야. 몇 번을 말해야 알겠나?"

군인은 살쾡이 같은 눈을 번득이며 아이들을 기차로 내몰았다. 한 아이가 발딱 일어서더니 먼저 트럭에서 내려 기차로 향했다. 그 아이는 트럭 안에서 여느 아이와는 달라 보였다. 마지막 들른 세 번째 경찰서에서 동행하게 된 그 아이는 두려운 표정 없이 어딘지 설레보이기까지 했다. 입성도 다른 아이들과는 달리 노란 블라우스에 빨간 치마를 입고 구두를 신고 있었다. 한 번도 물에 빨아보지 않은 듯 진솔의 풀기와 색감이 그대로 남아 있는 옷들이었다.

그 아이는 말했다. 일본인의 집에서 식모로 일하는 친구한테 놀러갔는데, 그 집 주인이 나를 보더니 예쁘다고 했어. 그리고는 나를 옷가게로 데려가더니 이 옷을 사주었어. 아저씨가 그랬어. 자기가 소개해 주는 사람을 따라가면 얼마든지 이런 예쁜 옷을 사 입을 수 있다고. 나는 이런 예쁜 옷들이 좋아. 너무 행복해. 이 옷을 입고 있으면 마치 내가 귀한 사람이 된 것만 같아. 그래서 온 거야. 돈을 벌러. 돈벌어서 이런 옷들 마음껏 사입을 거야. 공주가 되고 싶어. 노란 블라우스의 구김을 바로잡으며 말하는 아이의 얼굴에는 묘한 자부심이 흘렀다. 아이의 이름은 미자였다. 요시코. 갸름한 얼굴에 눈과 코와 입이 찰흙으로 곱게 빚어놓은 듯 오밀조밀해서 멀리서도 눈에 띄는 아이였다. 요시코는 하루라도 빨리 돈을 벌어 갖고 싶은 것을 모두 다 샀으면 했다. 할 수만 있다면, 될 수만 있다면 배우가 되고 싶다고 했다. 그 희망이, 그 욕망이 요시코의 예쁜 얼굴에서 설렘으로 자리했다.

요시코의 뒤를 이어 아이들은 마지못해 트럭 짐칸에서 뛰어내려 기차로 올라탔다. 그 모양이 마치 낱장으로 떨어지는 목련꽃잎 같았고, 바람에 휩쓸리는 벚꽃 같았다. 봉녀는 가슴에 자상을 입은 그 아이를 놓칠세라 손을 꼭 붙잡고 트럭에서 내려 기차로 올라탔다. 봉녀의 부축을 받은 아이는 통증에 번번이 이맛살을 찌푸렸다. 피가 굳어 갑피처럼 꾸덕꾸덕해진 저고리가 연신 상처를 쓸어내리는 통에 조금만 움직여도 아픈 듯 아이는 미간을 찌푸렸다.

순분은 아이들에게 곁묻어 기차에 올라탔다. 태어나서 처음 본 기차였고, 살면서 처음 타보는 것이었다. 트럭을 타고도 한참을 달려왔는데, 이 기차로는 또 얼마나 가야 할까. 그만큼 어머니 아버지하고는 멀어질 테고, 이제까지의 삶과도 멀어지고, 또 돌아가야 할 길도 멀어질 테지. 그 멀어진 거리만큼이나 깊은 절망감이 찾아왔다. 게다가 앞날에 무엇이 기다리고 있을지 알 수 없어 그 길이 더 불안했고, 두려웠다.

　순분은 저도 모르게 자꾸 뒤를 돌아보았다. 저 뒤의 자성에 이끌려 자꾸만 목이 돌아가고, 눈이 갔다. 자신이 지나왔던 곳, 지수화풍으로 우주를 떠돌다 어느 날 문득 어머니의 자궁에 들어앉고, 숨을 타고 성장했던 그곳. 어머니 아버지가 있는 집으로 마음은 역주행했다.

　헌데 금옥의 발걸음이 어딘지 부자연스러웠다. 걸음을 뗄 때마다 금옥의 미간에 깊은 주름이 잡혔다가 사라지는 것이 여느 때와 달랐다.

　"어디 아파?"

　순분이 금옥의 표정을 살피며 물었다. 하지만 금옥은 대답하지 않았다. 간밤에 무슨 일을 당한 것이 분명했다. 그 비명, 한 아이의 옷고름을 자르고 살까지 긋고 지나간 그 칼자국은 어떤 대답보다 더 극명하게 금옥에게 있었을 정황을 대변해 주고 있었다. 그리고 보니 금옥의 다리와 손목에 파란 멍이 들어 있었다. 순분은 그저 짐작만 했을 뿐, 더 이상 묻지 않았다. 더 캐물었으면 금옥은 마지못해 이야기해 주었을지도 모르지만 돌아올 대답이 무서웠다. 그러니 차라리 듣지 않는 것이 나을 수도 있음이었다.

　"어때? 괜찮을까?"

　대신 순분은 걱정스러운 표정으로 자상을 입은 아이를 바라보며 봉녀에게 물었다. 그 물음에 봉녀는 대답하지 않았고, 자상을 입은 아이는 입술을 감쳐물면서 통증을 참아내고 있었다.

"다 탔나?"

군인은 아이들의 수를 셌다. 한참 만에 아이들이 다 탄 것을 확인하자 짐칸의 문이 닫혔다.

"귀옥이 보고 싶어⋯⋯."

기차가 천천히 움직이기 시작하자 금옥이 혼잣말처럼 중얼거렸다. 어머니도 아니고 아버지도 아니고, 귀옥이었다. 귀옥이 누구냐고 묻기도 전에 금옥의 혼잣말은 이어졌다.

"내 동생 귀옥이⋯⋯ 지금쯤 나를 눈 빠지게 기다리고 있을 거야. 어머니 아버지가 일하러 가면 귀옥이는 내가 돌보아야 했어. 그 아이는 어머니보다 나를 더 따랐어. 헌데 이제 누가 귀옥이를 봐줄까⋯⋯."

금옥은 세운 무릎에 팔을 올리고 그 팔에 턱을 괸 자세로 말을 이었다. 그녀의 시선은 멀리 날아갔지만 맺힌 것은 없었다. 그 초점없는 응시가 마냥 울연했다.

엉덩이를 타고 올라오는 기차의 진동이 등뼈를 타고 전신으로 퍼져나갔다. 어디로 가는지 순분은 짐작조차 할 수 없었다. 사방은 막혀 있었다. 의자도 없는 짐칸의 벽체, 벌어진 틈 사이로 햇빛이 긴 막대 모양으로 잘려 들어왔다. 그 잘린 햇빛이 아이들의 얼굴에 얼룩무늬를 만들었다. 그 햇볕에 어떤 아이들의 얼굴에서 솜털이 반짝였고, 어떤 아이들의 얼굴에서는 얼룩진 눈물자국이 드러났다.

아이들은 번갈아가면서 그 틈 사이에 눈을 가져다대고 밖의 풍경을 훔쳐보았다. 휙휙, 지나치는 풍경들은 낯이 익으면서도 생경했다. 깊은 골짝을 지나다가도 어느 순간 한쪽으로 너른 들판이 펼쳐졌다가 또 어느 순간에는 강을 지나기도 했다.

그 작은 틈으로 한동안 밖을 보다 보면 명치끝에서부터 꾸역꾸역 어지럼증이 올라왔다. 멀미였다. 처음 겪어보는 그 어지럼증에 순분과 아이들은 거위침을 삼키며 뒤로 물러나 앉았다. 그 멀미가 가시면 아이들은 다시 틈 사이로 눈을 가져다댔다. 이제 영영 볼 수 없을 풍경인 것처럼 아이들은 애달픈 마음으로 지나치는 풍경을 눈에 담았다. 또다시 볼 수 있을까? 아이들은 불안한 예감으로 슬픈 표정을 지었다. 그 틈으로 새들어온 햇빛이 전부일 뿐, 외부와 차단된 기차 안에는 어둠이 도사리고 있었고, 그 어둠 속에는 알 수 없는 냄새들이 눅진하게 고여 있었다.

그들은 하루에 한 번 주먹밥에 다꾸앙을 내주었다. 차디찬 주먹밥은 찰기가 없어 모래처럼 푸슬거렸지만 그나마 먹지 않으면 내일을 기약할 수 없었기에 순분과 아이들은 꾸역꾸역 입속으로 밀어 넣었다. 기차는 달리고 달렸다.

달리는 동안 어떤 아이는 참지 못하고 그 짐칸 안에서 용변을 보고, 어떤 아이는 속의 것을 게워냈다. 지린내가 나고 퀴퀴한 냄새가 진동했지만 그들은 상관하지 않았다. 불평이나 불만을 토로하는 것도 허용되지 않았으므로. 아이들은 처음에는 호들갑스럽게 그 오물들을 피하다가도 어느 순간부터 얼굴을 찡그리지도 않고 그것들을 대수롭지 않게 견뎌냈다. 죽을지도 모른다는 막연한 불안감과 가족으로부터 분리됐다는 두려움에 비하면 더러움 정도는 아무것도 아니었다. 게다가 정작 자신들도 속이 편하지 않았다. 언제, 어느 때고 느닷없이 속엣것들을 대책없이 쏟아놓을지 몰랐으므로 슬그머니 불평을 삼켰다. 열서너 살부터 열대여섯 살의 아이들은 사람이 아니라, 짐승이었다. 장터에 팔려가는 가축들처럼 아이들은 더 이상 살아 있는 사람이 아니었고, 어느 집 딸들도 아니었다. 그저 사람의 형상을 한 살아 있는 동물에 지나지 않았다.

덜컹덜컹, 일정한 리듬과 주기로 흔들리던 기차가 천천히 속도를 늦추었다. 졸다깨다를 반복했지만 불안과 긴장이 육신의 신경들을 극도로 예민하게 벼려놓은 탓에 그 졸음마저 편치 않았고, 외부의 자그마한 변화 역시 몸은 즉각 감지해냈다. 속도를 줄인 기차가 멈춤과 동시에 아이들은 깊은 한숨을 내쉬며 웅크리고 있느라 굳어진 관절들을 풀어냈다. 이제 잠깐 내릴 것이다. 그들은 용변을 보러갈 아이들을 모으고, 길게 줄을 세워 자신들의 시야에 아이들을 잡아둔 채 희디흰 알궁둥이를 까고 용변을 보도록 할 것이다. 그때가 아니면 언제 다시 기차가 멈출지 몰라 당장에는 용변이 급하지 않더라도 미리 다녀와야 했다.

"용변 볼 사람은 나온다. 빨리 빨리. 굼벵이처럼 행동하다간 맞는다."

언제나처럼 명령은 짧고도 위압적이었다. 아이들은 자리에서 엉거주춤 일어났다. 너무 오래 무릎을 구부리고 있었던 탓에 펴는 데도 시간이 걸렸다. 곳곳에서 작은 신음이 터져 나왔다. 울음은 그쳤지만 언젠가 다시 터질 울음보였다. 아이들의 울음은 전염성이 있어서 누군가 한 번 터트리면 그것을 신호로 다시 터졌다. 하지만 아이들은 그 울음조차도 시원하게 울지 못했다. 무자비한 채찍과 시퍼렇게 벼려진 칼이 자신들의 머리 위에서 번득였으므로 울음조차도 입술을 깨물며 속울음을 울어야만 했다. 그 울음들이 다른 아이의 울음을 길어 올리고, 그 울음과 슬픔이 다시 다른 아이의 울음을 끌어올렸다. 그 울음의 다른 이름은, 절망이었다.

순분도 자리에서 일어났다. 투두둑, 오래 접혀진 관절에서 소리가 났다. 몸이 힘들어하고 있었다.

"같이 가."

순분이 일어서자 금옥이 따라 일어났다.

"너는? 너는 안 갈 거야?"

순분이 봉녀에게 물었다. 순분의 물음에 봉녀는 마지못한 듯 자리에서 일어났다.

화물칸을 빠져나오자 꽃샘바람이 와락 달려들었다. 바람은 냉랭했지만 햇살은 눈이 부셨다. 하지만 그 햇살에 온기는 없었다. 순분은 반눈으로 한꺼번에 쳐들어오는 햇살을 걸러내며 바람을 들이마셨다. 그 바람결이 날카로웠다. 추운 듯 금옥이 부르르 몸을 떨었다. 그런 금옥의 얼굴이 푸른색으로 변해갔다.

"멀리 가지 마라. 곧 출발한다!"

군인들의 재촉에 아이들은 맞춤한 자리를 찾아 이리저리 눈길을 돌렸다. 아이들은 자신들을 감시하는 그들에게 흰 궁둥이를 보여주며 참았던 용변을 보았다. 부끄러웠지만 부끄러워 할 수 없었다. 옷에 지리지 않으려면 그들에게 소도 같은 희디흰 알궁둥이를 내보여주어야만 했다.

　"자. 이제 그만 기차에 올라탄다! 갈 길이 멀다. 그러니 어서 서둘러라!"

　그것도 잠깐. 소변줄기가 채 끊어지기도 전에 그들은 아이들을 채근하고 닦달했다. 그때였다. 그악스런 호루라기 소리가 고막을 울렸다. 그 소리가 어느 때보다도 날카로웠고 새됐다.

　"거기 서!"

　다들 호루라기 소리와 고함에 놀라 소리가 나는 쪽으로 시선을 돌렸다. 저기 저쪽에서, 한 아이가 기차 반대방향으로 내달리고 있었다. 풀밭은 낮은 산으로 이어져 있었고, 세 명의 군인들이 흰 저고리에 검은 치마를 입은 아이의 뒤를 쫓아가고 있었다. 그 아이가 마치 나비 같았다. 흰나비. 순분은 있는 힘을 다해 도망가는 그 아이의 뒷모습에서 나비를 보았다.

　"들어가! 들어가란 말이얏!"

　놀란 눈으로 도망치는 아이를 쫓고 있는 아이들을 군인들이 기차 안으로 내몰았다. 아이들은 기차 쪽으로 밀려나면서도 도망치는 아이를 지켜보았다. 빨리! 빨리! 좀 더 빨리 달려! 아이들은 발을 구르며 조바심을 냈지만 아이는 얼마 가지 못하고 군인들에게 잡히고 말았다.

아이를 잡은 군인은 그 아이와 실랑이할 시간이 없었다. 아이를 대체할 또 다른 아이들은 얼마든지 많았으므로 그들은 더 이상 그 아이를 필요로 하지 않았다. 허공을 가른 건, 아이를 가른 건 칼이었다. 한 군인이 허리춤에 차고 있던 칼을 뽑아들고, 아이의 목을 내리쳤다.

칼이 허공을 가름과 동시에, 칼이 아이의 목을 벰과 동시에 이를 지켜보던 아이들의 비명이 허공을 갈랐다. 동시에 채찍이 비명을 내지르는 아이들에게 무차별적으로 내리쳐졌다. 순분은 저도 모르게 진저리를 쳤다.

칼을 맞은 아이는 순간 뒤를 돌아보는가 싶더니 이내 고꾸라졌다. 얼룩이 묻은 하얀 저고리 사이로 핏물이 번져 나왔다. 선혈이었다. 붉디붉은. 해당화보다도, 동백꽃보다 더 붉은 피. 앞으로 고꾸라진 아이는 더 이상 움직임이 없었다.

아이의 주검은 그대로 버려졌다. 누구도 아이의 주검을 거두려 하지 않았다. 그 주검은 그대로 방치되어 산짐승의 먹이가 되거나 그대로 육탈이 돼 땅으로 스며들 것이다. 아니면 수목의 거름으로 빨려들거나. 하지만 아이의 혼만큼은 이승을 날아날아, 제 고향으로 돌아갈 것이다. 아이는 죽음으로 자유를 얻었다.

아이의 죽음을 지켜본 아이들의 얼굴이 창백했다. 죽음은 늘 자신들의 주변을 맴돌고 있었다. 언제 어느 때고 저들은 자신들의 목숨을 거두어갈 것이다. 저들의 변덕에 따라 저들이 마음먹기에 따라, 죽음은 순간 제 정체를 드러내며 목숨을 앗아갈 것이다. 그 사실에 몸 안의 터럭들이 일제히 곤두섰다.

"봐라. 도망간 년은 저렇듯 죽음을 당할 거다. 그러니 도망갈 테면 도망가거라!"

아이의 등을 내리친 군인은 독기 품은 눈으로 아이들을 돌아보며 으름장을 놓았다. 그 협박이 거짓이 아님을 순분과 아이들은 알았다. 저 살기등등한 눈, 아무렇지 않게 한 아이의 숨통을 끊어놓은 저 칼의 흉악하고도 야비한 잔인함이라니. 언제든 저 칼은 자신들의 목숨을 거두어갈 준비가 돼 있다는 사실을 순분은 알았다. 언제든 아무렇지 않게, 그렇게.

그 칼의 위협 앞에서 울음도 얼어붙었는지 나오지 않았다.

"들어가!"

아이들은 채찍에 밀려 다시 화물칸 안으로 앞서거니 뒤서거니 올라탔다. 채찍은 잠시도 쉬지 않았다. 휫휫, 허공을 가르는 그 음산한 소리가 사방에서 들려왔고, 그 소리에 쫓겨 순분과 아이들은 다시 어둑하고도 냄새가 나는 화물칸 안으로 들어왔다.

다시 기차는 움직이기 시작했다. 한 아이가 죽었지만 기차는 머뭇거리지 않았다. 한 아이가 죽었지만 시간은 애석해하거나 슬퍼하지 않았다. 한 아이가 죽었지만 아무도 애도하지 않았다. 아이의 흔적은 금방 지워졌지만 대신 그 아이는 다른 아이들의 의식 속으로 깊숙이 침잠해 들어가 그곳에 똬리를 틀고 아이들과 함께 했다. 언제든 자신들도 그 아이처럼 될 수 있으리라. 그 아이는 미래의 자신들이었다. 언제든 그 아이처럼 허망하게 빼앗길 목숨이었다.

덜컹덜컹. 기차는 쉼 없이 나아갔다. 미지의 세상으로. 그 기차가 닿는 곳에 무엇이 기다리고 있을지 화물칸 안에 웅크리고 있는 순분과 아이들은 알지 못했다.

순분은 눈을 감아버렸다. 차라리 눈을 감으면 꿈이라도 꿀 수 있을 터이다. 꿈을 통해 나비를 만날 수도 있고 그리운 어머니 아버지를 만날 수도 있고 친구들을 만날 수도 있고 고향의 풍경을 볼 수도 있을 터이다. 하지만 감은 눈 안에 떠오르는 건 조금 전 칼을 맞고 쓰러진 아이의 모습이었다. 숨이 끊어지기 직전의 그 무연한 눈빛.

"우리가 살아 돌아갈 수 있을까?"

순분의 옆에 있던 한 아이가 끌어안은 무릎에 고개를 묻고 있다가 고개만 돌려 순분에게 나직하게 물었다. 오랫동안 말을 하지 않았던 탓인지 그녀의 음성이 탁하게 갈라졌다. 순분은 그 물음에 대답을 하지 못했다.

"어쩌다가 넌 여기에 왔니?"

다시 그 아이가 물었다.

"나비를 따라갔다가 붙들려왔어. 넌?"

"아버지가 아파서 약 지으러 갔다가 잡혀왔어."

"그랬구나. 다른 사람은 없었어? 꼭 네가 약을 사러 가야 했니?"

"오빠가 두 명 있었지만 큰오빠는 강제 징용 가고, 작은오빠는 징용을 피하려고 숨었어. 나밖에 없었어."

그 아이는 고개를 들어 천장을 쳐다보았다. 둥근 얼굴에 콧방울은 넓었지만 낯빛이 하얀 게 그런대로 귀티가 느껴지는 아이였다.

둘의 대화에 다른 아이가 끼어들었다.

"나는 집에서 가마니를 짜고 있다가 잡혀왔어. 여느 날처럼 가마니를 짜고 있는데 그들이 집에 들이닥쳐서는 다짜고짜 내 팔을 잡아끌고 왔어."

"난 공부를 시켜준다는 말을 믿고 따라왔어."

아이들은 하나 둘 자신들이 여기까지 오게 된 경위를 이야기했다.

"난 돈 벌고 싶어서 왔어. 공장에서 일하면 돈을 준대. 그걸로 하고 싶은 일이 많았거든……."

다른 한 아이가 혼잣말처럼 말했다. 얼굴이 까무잡잡하고 눈이 작은 아이는 체구도 작아 영락없이 어린 아이였다.

"내가 돈을 벌면 어머니 아버지도 조금 편해질지도 몰라……."

그 아이는 한 지점을 응시하며 힘없이 뒷말을 이었다.

"정말 공장에서 일하게 될까?"

그 아이의 말을 받아 순분이 물었다.

"나한테는 간호부가 될 거라 했어. 정말 우리는 전장에서 부상병들을 치료하는 간호부가 될까?"

이번에는 다른 아이가 끼어들었다.

"아니야. 그렇지 않아. 이렇게 잡혀간 아이들은 모두 위안부가 될 거래."

또 다른 아이가 울먹이는 소리로 간호부가 될 거라는 아이의 말을 반박했다.

위안부라니. 위안부가 뭐하는 거니? 무슨 일을 하는 거지? 아이들의 시선이 불안하게 그 아이에게 향했다. 위안부는 군인들을 위안하는 거래. 위안이라니? 위안이 무슨 말이야? 그 아이가 울가망한 소리로 대답했다. 몰라 나도.

한 아이의 울먹임을 신호로 여기저기서 훌쩍이는 소리가 들렸다. 미자도, 요시코도 아이들의 울음에 어쩔 수 없이 얼굴 한쪽이 일그러지더니 그렁그렁 눈물이 맺혔다. 집에 가고 싶어…… 옆에서 금옥이 혼잣말로 중얼거렸다. 나도 그래. 엄마 아버지가 보고 싶어…… 순분이 금옥의 혼잣말을 받았다.

아이들은 모두 자신들의 내일이 궁금했다. 하지만 누구 한 명 자신 있게 아이들이 가는 곳을 말하지 못했다.

10
군수품, 혹은 간이매점보급품

아이들과 순분이 내린 곳은 부산이었다. 순분에게 바다는 처음이었고, 바다가 처음인 만큼 부산도 처음이었다. 처음인 것이 어디 바다와 부산뿐이던가. 기차도 처음이었고 트럭도 처음이었고 경찰서도 처음이었다. 또 집을 떠나 이렇게 멀리 나와 본 것도 처음이었다. 모든 것이 처음이었고, 처음이었다. 처음이라는 그 첫 경험에 들어 있는 다양한 감정들, 이를테면 설렘이거나 두려움이거나 흥분이거나 호기심 같은 것들. 그것들은 살갗을 간지럽게 만들고 터럭들을 곤두서게 만들고 가슴을 두근거리게 했지만, 순분은 그 같은 감정보다는 우선 처음이라 두려웠고 처음이라 무서웠고 처음이라 불안했다.

태어나서 지금까지 순분은 부모님 그늘 아래서만 살았다. 그 고향 마을. 멀리 완만한 능선으로 물러앉은 앞산과 바람을 막아

주던 야트막한 뒷산, 햇살이 고요하게 머물러 있던 집 앞 들판과 키 큰 은행나무가 길게 그림자를 드리우고 있던 고샅, 그 들판을 가로지르며 게으르게 흐르던 냇물과 물가로 가지를 내려트리고 있던 버드나무들…… 순분은 그곳이 그리웠다. 곳곳에 전설들이 살아 있던 곳. 그 이야기들은 순분과 마을의 아이들을 더 너볏하고도 튼실하게 키워낸 자양분이었다. 아이들은 전설을 먹고 자랐다.

한 처녀가 빠져 죽은 저수지는 그 뒤로 가끔 출몰한다는 그 여자의 혼령으로 인해 공포의 장소가 됐고, 앞산에서 솥적다 솥적다 우는 소쩍새는 한 해 농사를 가늠하게 만들어줬고, 뒷산 절벽은 한 부인의 애달픈 이야기를 정조로 풀어내고 있었다. 그것들이 어머니대에서, 어머니의 어머니대에서, 또 어머니의 어머니의 어머니대에서 살아 전해왔듯이 순분도 역시 그걸 표지 삼아 단단하게 여물어갔다.

이제까지 한 번도 그곳을 떠나 살아본 적이 없었다. 언젠가는 떠나야 했지만 지금, 이렇게는 아니었다. 시집갈 때 한 남자를 만나 남은 생을 살기 위해, 설레는 마음으로 다시 한 생을 살러 그렇게 떠날 줄 알았다. 이렇게 느닷없이, 고약하게 떠나게 되리라고는 한 번도 생각해 보지 않았었다.

순분은 또다시 이 모든 것이 꿈이길 바랐다. 정말, 이건 꿈일 거야. 악몽 중의 악몽일 거야. 그러니 눈만 감았다 뜨면 짜잔, 마법처럼 다시 모든 것이 제자리에 있을 것이다. 눈을 뜨면 어머니 아버지가 여전히 자신을 사랑스러운 눈으로 바라보고 있을 테고, 집 앞 들판을 가로지르는 개울은 늘 그렇듯 게으르게 흐르고 있을 것이다. 그러니 두려워하지 말자. 꿈에서 깨어나면 돼. 하지만 아무리 눈을 감았다 떠도 그것들은 아득히 멀기만 했다.

부산은 순분이 살던 곳과는 달라도 한참 달랐다. 사람도 많았고, 대기에는 비릿한 짠 냄새가 배어 있었고 바람도 눅눅했다. 그게 바다냄새라는 것을 나중에야 알았다. 순분이 살던 곳은 구수한 흙냄새와 상큼한 수목의 냄새와 사방에 퍼져 있는 햇살이 전부였지만 부산은 짠 냄새와 눅진한 바람과 헌데 엉켜 있는 차와 사람들이 순분의 눈과 귀를 어지럽혔다. 그 생경함이 순분의 불안을 더욱 부추겼다. 부모님과 함께라면야 처음 보는 큰 도시가 그저 신기하고 설렜겠지만 지금의 순분에게 부산은 그저 두렵고 불안하기만 한 낯선 곳이었다.

아이들은 부산항에서 기다리고 있던 또 다른 군인과 헌병에게 인계되었다. 군수품 혹은 간이매점보급품이라는 항목으로. 아이들은 그들에게 군수품이거나 간이매점보급품이었다.

"빨리 빨리 움직인다. 이 게으른 것들. 움직이는 것 좀 봐라."

여지없이 군인의 욕설이 날아왔다. 한 무리로 서성이는 아이들을 보고 일본인들이 힐끔거리며 지나갔다. 어떤 이들은 마치 오물이라도 보는 듯 눈살을 찌푸리기도 했다. 순분은 앞서가는 아이의 뒤를 따르면서 자꾸 뒤를 돌아보았다. 정말 돈을 벌어 와서 아버지에게 땅을 사드릴 수 있을까? 그럴 수 있을까?

“엄마가 보고 싶어.”

뒤따라오던 금옥이 혼잣말하듯 말했다. 그녀의 어깨가 축 처져 있었고, 걸음걸이가 힘이 없었다. 며칠째 씻지 못한 얼굴에는 눈물자국이 얼룩으로 남아 있었고, 입술은 말라 하얀 각질이 일어나 있었다.

“우물거리다가 또 저들에게 맞을라. 힘내.”

순분이 그런 금옥을 잡아끌며 다른 아이들과 보폭을 맞추었다.

“우리 정말 돌아올 수 있을까? 길을 잃어버리면 어떻게 하지?”

금옥이 금방이라도 울 듯한 표정을 지었다. 그 말에 순분은 대답할 수 없었다. 봉녀는 아무 말 없이 가슴에 자상을 입은 아이를 부축해 걸어가고 있었다. 그 아이의 걸음걸이가 다른 아이들에 비해 느리고도 힘들어 보였다. 걷는 것이 고통스러운 듯 아이는 연신 얼굴을 찡그렸다.

“봉녀는 꼭 어른 같아.”

금옥이 그런 봉녀를 보며 말했다.

“잡담금지!”

언제 왔는지 한 군인이 금옥이 곁에 서서 눈을 부라리며 서 있었다. 군인의 말에 금옥은 놀라 입을 다물고 아이들 뒤로 바짝 붙어섰다.

“이 굼벵이들아. 그래 가지고 무슨 일을 할 수 있겠나? 응?”

군인은 매사에 위압적이고 위협적이었다. 굳이 고함을 치지 않아도 될 일을 욕설과 함께 소리를 질러댔다. 여차하면 칼을 휘두를 기세였다. 위협이 아니었다. 이미 그들은 한 명의 아이 목숨을 거두었고, 한 명은 자상으로 살이 벌어져서는 그 열려 버린 몸으로 쿨쿨, 목숨이 새어나가고 있었다.

순분과 아이들은 부두에 정박해 있는 거대한 철선 앞으로 끌려 갔다. 순분의 눈이 휘둥그레 벌어졌다. 아니 순분만이 아니었다. 금옥도 그 자리에 우뚝 서서는 믿기지 않는다는 얼굴로 그 괴물 같은 배를 바라보았다. 쇳덩이로 만든 저 무거운 것이 가라앉지 않고 물 위에 떠 있다니. 순분은 그저 신기하기만 했다.

"빨리 빨리 탄다! 꾸물거릴 시간 없다!"

군인이 눈을 부라리며 배 안으로 아이들을 몰아넣었다.

쉿쉿, 거대한 철선은 연신 희디흰 증기를 토해내고 있었고, 사람들은 부지런히 배와 뭍 사이를 오르내렸다.

그때였다. 한 아이가 두 발을 짱짱히 딛고 타지 않겠다고 고집을 부렸다. 군인 두 명이 각기 아이의 팔 하나씩을 잡고 끌었지만 아이는 완강히 버텼다.

"안 갈래요. 집에 갈래요. 보내주세요."

아이의 울음이 부두를 울렸다. 아이는 힘껏 버텼지만 그들의 힘을 당해낼 수는 없었다. 아이는 질질 끌려갔다. 제발 보내주세요. 제발요…… 아이의 발에서 고무신이 벗겨지고 버선이 벗겨지고 종내는 주저앉아 엉덩이로 버텼지만 역부족이었다. 아버지의 약을 사러 갔다가 잡혀왔다는 아이였다. 오빠가 강제 징용되고 아픈 아버지를 수발할 수 있는 사람은 자신뿐이라고 말하던 아이였다. 저들의 손에서 빠져나오려 아이는 막무가내로 버둥거렸다. 그 바람에 아이의 치마가 찢겨지고 아이의 옷고름이 찢어지고 저고리가 벗겨졌다. 하지만 그들은 멈추지 않았다.

"보내줘요. 제발. 전 돈도 소용없어요. 그러니 집으로 보내줘요."

"이년이 좋은 말로 하니까, 요시. 갈 수 있다면 가봐라. 더 이상 네년을 잡지 않을 테니까. 가! 가란 말이닷!"

그 아이를 강제로 끌고 가던 군인들 중 한 명이 아이의 머리채를 쥐어 잡더니 그대로 질질 끌고 부둣가로 갔다. 아이는 비명을 지르며 끌려갔다. 그것도 잠시. 이내 아이의 모습이 부두에서 사라져버렸다. 아이를 부둣가로 끌고 간 군인은 보란 듯 아이를 바다로 밀쳐버린 것이다. 아주 잠깐 동안의 일이었다.

순분은 제 눈을 의심했다. 자신이 본 것이 사실일까? 혹여 헛것을 본 것은 아닐까. 하지만 사실이었다. 아이는 바다에서 허우적거렸다. 살려줘요. 살려줘요. 아이의 머리통이 수면 밑으로 사라졌다가 솟구치듯 떠올랐다 다시 수면 밑으로 가라앉길 반복했다. 아이의 머리가 보이지 않는 지점에서 파문이 일었다. 한 아이가 달려가 아이의 손을 잡고 끌어올리려 했지만 이내 그 아이 또한 바다 속으로 곤두박질쳤다. 아이를 바다 속에 빠트렸던 군인은 아이의 팔을 잡고 도와주려 한 아이마저 바다 속으로 밀어 버린 것이다. 아이들을 통제하기 위해서는 몇 명쯤 본보기와 경계 삼을 제물과 희생양이 필요했고, 그 아이들이 바로 본보기였고 제

물이었고 희생양이었다. 한 번 문제를 일으킨 사람은 언제든 문제를 일으킬 소지가 다분했으므로, 그들은 처음부터 그들을 본보기로 삼아 다른 아이들의 반항심을 잘라버리려 했다.

"봤지? 누구든 가고 싶은 사람이 있으면 말하라! 그러면 보내주겠다."

아이들은 눈을 내리깔았다. 저들과 눈도 마주치지 못했다.

봉녀가 걱정된 순분은 그녀의 얼굴을 훔쳐보았다. 봉녀는 얼굴이 굳어서는 입을 사리물고 있었다. 마치 무슨 일을 저지를 것만 같은 그 표정이 어딘지 위태로워 보였다. 순분은 봉녀의 손을 잡았다. 그리고 봉녀를 잡은 손아귀에 힘을 주었다. 참아. 나는 너 없으면 안돼. 그러니 제발, 조금만 참아. 그 악력이 전하는 순분의 마음이었다.

아이들은 그들이 시키는 대로 차례차례 배에 올랐다. 체념이었고 자포자기였다. 순분도 배에 올랐다. 배에 발을 내딛자 출렁, 뭍과는 다른 느낌으로 다가들었다. 발밑이 밀리는 듯 단단한 땅이 아닌 물컹한 그 무언가를 딛는 듯 그렇게 몸이 흔들렸다. 늪 같고, 수렁 같은 세상. 순분은 그 출렁이는 느낌이 자신의 미래를 예견하는 것 같아 더욱 우울해졌다.

잔교를 건널 때 아이들의 표정은 무연했다. 그 무연함은 공포와도 같았다. 조만간 닥칠 일들에 대한 두려움. 뭍과 배는 곧 이승과 저승의 차이라는 사실을 아이들은 알았다. 죽음은 흔했으므로. 여차하면 죽어나갔고, 사는 것보다 죽는 것이 더 쉬운 곳이 이곳이라는 사실을 아이들은 알았으므로. 그리고 앞으로의 삶은 이보다 더 지독하고 참혹할 것이라는 사실도 아이들은 알았다. 누가 가르쳐 주지 않아도 아이들은 본능적으로 죽음의 기운을 온몸으로 느낄 수 있었다.

순분은 요시코가 궁금했다. 그 아이는 어떤 마음일까. 다른 아이들의 잇단 죽음과 미지의 세상으로 데려갈 이 거대한 철선 앞에서 그 아이는 어떤 표정을 지을까. 순분은 요시코를 찾았다. 요시코는 저 앞쪽에서 철선으로 통하는 잔교를 건너고 있었다. 그 등이, 노란 블라우스를 입은 요시코가 철망 안을 향해 날아드는 나비처럼 보였다.

그 큰 철선 화물칸 안에는 순분의 일행 말고도 또 다른 아이들이 무리지어 있었다. 어디에 저 많은 아이들이 있었을까. 아이들의 표정 또한 순분이 함께 온 아이들과 조금도 다를 바가 없었다. 저들도 협박이나 위협을 받고 끌려온 아이들이 분명했다.

봉녀는 상처를 입은 아이를 앞히고 그 옆에 앉았다. 지혈은 됐지만 시간이 흐를수록 칼이 긋고 지나간 자리는 상처가 덧나 벌어졌다. 퉁퉁 부어 곪기 시작한 상처에서는 진물과 함께 노란 농이 흘러내리고 있었다. 그 상처가 끔찍했다.

아이는 아픈 듯 미간을 찌푸린 채 연신 땀을 흘리고 있었다.

순분은 무릎걸음으로 그 아이에게 다가갔다. 어디 깨끗한 헝겊이라도 있다면 흐르는 농을 닦아주고 싶었지만 쓸 만한 천조각도 찾아볼 수 없었다.

"괜찮을까?"

순분은 그 아이의 상처와 봉녀를 번갈아 바라보며 봉녀에게 물었다. 봉녀는 대답하지 않았다. 대답이 없는 것이 순분은 마음에 더 걸렸다.

"좀 봐."

순분은 그 아이의 옷을 젖히고 상처를 들여다봤다. 생각보다 상처는 더 심했다. 상처에는 누런 농이 가득 차 있었고, 어느 한쪽에서는 그 농이 촛농처럼 흘러내리고 있었다. 순분은 상처로 입을 가져갔다. 그리고 봉녀가 말릴 새도 없이 그 상처에서 고름을 빨아냈다.

입 안에서 고약한 냄새와 함께 진득한 액체가 고였다. 순분은 저도 모르게 그 냄새에 미간을 찌푸렸다. 그리고는 농을 입 안 가득 문 채 뱉을 곳을 찾았다.

"세상에 어쩜 사람을 이 지경으로 만들어놓을까. 집에서 기르는 짐승도 아프면 약을 주고 보살펴 줄 텐데. 죽일 놈들……."

금옥이 언제 다가왔는지 안타까워했다. 괜찮아. 안 해도 돼. 순분이 그 상처에서 농을 빨아낼 때마다 아이는 진땀을 흘리며 순분을 말렸다.

"깨끗한 수건이 없을까? 좀 닦아내야 할 것 같아."

순분이 봉녀와 금옥을 바라보며 말했다. 그런 순분의 입가에 핏물이 돌았다. 순분은 상처에서 나는 역한 냄새 따위는 상관없었다. 아이가 살 수만 있다면, 아이의 상처가 아물 수만 있다면 그

보다 더 한 것도 할 수 있었다. 이 아이 대신 자신이 끌려갈 수도 있었다. 이 아이가 있었기에 자신은 무사할 수 있었다. 그러니 어찌 모르쇠로 내버려둘 수 있을까. 상처에서는 다시 피가 나오고 있었다. 하지만 어디에서도 깨끗한 수건이나 헝겊은 구할 수 없었다. 아이들의 옷도 며칠 동안 갈아입지 못해 더러웠고, 상처를 닦아낼 만한 다른 마땅한 것도 보이지 않았다.

"고마워……."

아이는 자신의 상처를 내려다보며 힘없이 말했다.

순분은 입가를 손등으로 훔쳐내며 그 아이의 옆에 나란히 앉았다. 그리고 그 아이가 자신의 어깨에 머리를 기댈 수 있도록 맞춤하게 높이를 맞추었다. 봉녀는 옆에서 굳은 표정으로 아무 말도 하지 않았다.

"네 꿈은 뭐야?"

순분이 물었다. 순분의 어깨에 머리를 기대던 아이는 꿈이 뭐냐는 물음에 문득 고개가 들렸다가 이내 순분의 어깨로 내려왔다.

순분이 먼저 혼잣말처럼 말했다.

"내 꿈은 아주 평범해. 언니나 엄마처럼 시집가서 잘 사는 것이 내 꿈이었어. 남편 사랑받고 자식 낳고, 다른 여자들이 살았던 것처럼 그렇게 살고 싶었어. 식구들이 먹을 밥을 짓고 개울가에서 빨래도 하고 푸성귀도 가꾸고 자꾸만 엇나가는 아이들을 혼내기도 하고 가끔씩 목청 높여 싸우기도 하면서 말이야…… 그렇게 살 거라고 믿었어. 우습지? 너는? 네 꿈은 뭐야?"

순분은 그녀의 손등을 쓰다듬으며 다시 물었다. 대답보다 먼저 아이의 눈가에서 주루룩 눈물이 흘러내렸다.

"나는 가수가 되고 싶었어. 이난영 같은 가수 말이야. 아버지는 힘들 때마다 이난영의 노래를 읊조리곤 했어. 노래로 통증을 달랬지. 아버지만이 아니었어. 노래는 마을 사람들에게 위로가 되었지. 나는 그런 노래를 부르고 싶었어. 통증을 잊게 하고 사람들에게 위로를 주는 그런 노래 말이야. 하지만 이제는……."

그 아이는 울먹이며 말했다.

"불러줘. 너도 노래를 부르며 아픈 거를 잊어 봐."

순분이 말했다.

"못하겠어."

아이는 기어이 흐느껴 울었다.

되새처럼 자그마한 아이가 부르는 노래는 어떤 느낌일까. 새소리처럼 청아하고 경쾌할까? 아니면 생김새와는 달리 청승맞을까? 아이의 아버지가 노래로 삶의 신산함과 통증을 달랜 것처럼 아이도 노래로 통증을 이겨내 보라고 채근하고 싶었지만 더 이상 아이에게 노래를 불러 보라는 말은 하지 못했다.

뿌우웅. 출항을 알리는 뱃고동 소리가 길게 울렸다. 이제 떠나는 모양이었다. 그 소리를 신호로 아이들은 참았던 울음을 터트렸다. 여기저기서 훌쩍이는 소리가 들려왔다. 이제 정말 더는 돌아갈 수 없는, 돌아가지 못하는 고향이었다.

순분도 애써 다잡고 있던 마음이 뿌우웅, 기적소리에 풀려서는 어쩔 수 없이 눈가가 젖어들었다. 코끝도 매웠다. 예서 못 간다, 안 간다, 뛰어내릴까? 차라리 죽어 혼이라도 고향에 남는다면 덜 외롭고 덜 무서울 것이다. 운이 좋다면 살아남을 수도 있을 것이다.

뿌우웅. 다시 기적이 울었다. 공명을 끌고 퍼져나가는 소리는 음험하고도 구슬펐다.

그때였다. 한 아이가 자리에서 벌떡 일어나더니 다른 아이들을 제치고 출입구 쪽으로 다급하게 나아갔지만 이내 군인들에게 제지당했다. 아이는 내동댕이치듯 아이들에게로 내쳐졌다.

"내려줘요. 집에 갈래요. 가야 해요. 어머니가 기다릴 거예요. 내가 안 가면 어머니는 상심해서 죽어버릴 거예요. 제발 보내줘요."

아이는 빌며 애원했다.

아이들의 젖은 시선이 그 아이에게로 모아졌다. 이미 전의를 잃어버린 눈이었고, 삶을 포기해 버린 듯한 눈빛이었다. 돈을 벌기 위해 왔다는 요시코처럼 그중 몇 명, 알 수 없는 미래에 대해 새로운 기대를 품는 결기 어린 시선도 있었지만 그 역시 어느 순간에는 두려움으로 갈마들었다.

아무도 아이들의 내일에 대해 말해주는 이는 없었다. 아니, 조금 전 모자에 반짝이는 계급장을 단 군인은 아이들을 둘러보며 훈시를 했다.

"너희들은 대 일본제국의 신민으로서 성전에 동원되었다. 그러니 너희들이 명심할 것은 너희들의 나라, 대 일본제국에 충성을 다해야 한다는 것이다. 나라가 있고 너희들이 있다. 나라가 없으면 너희들도 없다. 그러니 무엇이든 나라가 우선이다. 너희들은 그다음이다. 그러니 첫 번째도 나라, 두 번째도 나라, 세 번째도 나라다. 나라를 위해서 무엇을 할 것인가 스스로 묻고 행동하라! 이렇듯 나라에 충성할 수 있는 기회를 가진 것에 대해 너희들은 영광으로 알아야 할 것이다!"

무얼 영광으로 알란 말인가. 순분은 알 수 없었다. 순분은 한 번도 자신의 나라가 일본이라고 생각해 본 적이 없었다. 자신의 나라는 한국이었고, 자신의 고향은 한국의 어느 작은 마을이었다. 그리고 자신이 해야 할 일은 조신하게 있다가 시집가서 한 가정을 이루는 것이었다. 그것이면 됐다. 더 큰 꿈도 없었고 더 큰 야망도 없었고 이루고 싶은 일도 없었다. 어머니처럼 언니처럼 이웃 아주머니처럼, 그렇게 살고 싶었다. 그런 터수에 나라는 뭐고 또 영광은 뭐란 말인가.

순분은 잘못되어도 무언가 크게 잘못되고 있다는 사실을 깨달았다. 다른 아이들도 순분과 같은 표정이었다.

11

아이의 죽음

배 위에서 저녁을 맞고 밤을 보내고 다시 아침을 맞았다. 그 아침이 다시 낮이 되고 저녁이 되고 밤이 되고 다시 아침으로 이어졌다. 하루에 한 번, 밥은 소금으로 버무린 주먹밥이 주어졌다. 돌이 씹히고 푸슬푸슬 떨어지는 뭉친 밥을 입으로 가져가면서 아이들은 죽지 않기 위해 먹었고 죽지 않기 위해 잠을 잤고, 죽지 않기 위해 꿈을 버렸다. 멀미를 이기지 못한 아이들은 속의 것을 게워내며 물 한 모금 넘기지 못했다. 멀미에 축 늘어졌지만 배에서 내릴 수는 없었다. 배에서 내릴 수 있는 길은 두 가지였다. 목적지에 도착했을 때가 그 하나였고, 다른 하나는 죽어야만 가능한 일이었다.

자신들의 운명에 순응하다가도 아이들은 어느 순간, 억울한 표정을 지었다. 도대체 왜? 내가 왜? 원하지도 않았는데 왜 가족으로부터 강제로 유리된 채 이 배 안에 있어야 하는지 아이들은 이해할 수 없었다. 잘못이라면, 죄라면 식민지의 딸로 태어난 것밖에 없었다. 식민지 무지렁이의 딸. 야비다리라도 부리는 집안의 딸이었더라면 이 화물칸에 실리는 불운은 피할 수 있었을지도 모른다. 야비다리에 자세하는 이들은 일찌감치 자신들의 딸들은 방비를 세우거나 싹수가 보이는 청년을 골라 급하게 출가시켰을 것이다. 그런 부모를 갖지 못한 아이들은 모두 공출의 대상이었다. 사람으로서 마땅히 누려야 할 존엄성과 존귀함은 식민지 딸에게는 해당되지 않았다.

화물칸에 짐짝처럼 태워진 아이들은 공기 나쁜 그곳에서 하얗게 낯빛이 변해갔지만 바깥출입은 통제되었다. 용변을 보는 일조차 자유롭지 못했고, 물 한 모금 제대로 마실 수 없었다.

순분은 밖이 궁금했다. 그 망망대해, 하늘과 바다와 구름뿐인 그 단조로운 풍경이 보고 싶었다. 시야를 긋는 수평선과 반짝이는 물비늘로 마치 살아 꿈틀대는 것만 같은 바다와 바람이 몰고 가는 구름도 보고 싶었다. 하지만 보고 싶다고 해서 볼 수 있는 것들이 아니었다. 그 자연의 흠향마저도 그들이 허락해야만 누릴 수 있는 사치였다.

저들에게 잡혀온 뒤로 자신의 목숨은 자신의 것이 아니었고, 자신의 몸도 자신의 것이 아니었다. 자신의 내일도 자신의 것이 아니었고, 자신의 시간도 자신의 것이 아니었다. 자신은 그저 저들의 소유였고 재산이었고 부품 가운데 하나였을 뿐이다. 언젠가

쓸모없으면 폐기처분되고 말 소모품. 소모품에게는 사람으로서 가질 수 있는 가치나 존엄성은 부여되지 않았다. 인간이면 안 되었다. 사람이면 안 되었다. 아이들은 그것들 가운데 하나라도 원하면 안 되었다. 그들이 아이들에게 원하는 것은 더미였고 마루타였다. 그리고 살아 있는 몸뚱이뿐이었다. 말 잘 듣는 몸뚱이. 말귀를 알아듣는 몸뚱이. 시키는 대로 하는 몸뚱이.

내내 순분의 어깨에 기대어 가던 아이가 심상치 않았다. 신음도 흥감스러웠고, 아이에게서 전해지는 체온도 뜨거웠다. 환기가 제대로 되지 않은 화물칸에 오랫동안 갇혀 있어서 생긴 체열 때문이 아니었다. 아이는 진땀을 흘리고 있었고 입술은 침이 말라붙어 하얀 꽃이 피어 있었다. 상처에서는 악취까지 풍겼다. 주검에서 나는 냄새가 그럴까. 그렇듯 고약한 냄새였다.

순분이 만져 보니 생각보다 아이의 몸이 뜨거웠다.

"정신 차려."

순분의 소리에 아이는 힘겹게 실눈을 뜨고 순분을 바라보았다. 하지만 이내 눈은 감겼다.

"정신 차려."

순분은 다시 아이를 깨웠다. 하지만 이번에도 아이는 눈을 떴다가도 눈꺼풀이 무거운 듯 이내 감아버렸다.

"아무래도 이상해."

순분이 걱정스러운 표정으로 봉녀를 바라보았다. 봉녀는 이미 알고 있었다는 듯 아이를 바라보는 시선에 흔들림이 없었다. 당장 뭐라도 하지 않으면 이 아이가 잘못될 수 있다는 사실을 순분은 깨달았다.

"안 되겠다. 이 아이를 좀 받아 봐."

순분은 아이를 금옥에게 넘겨주고 자리에서 일어났다. 아이를 넘겨받은 금옥은 자신의 품에 아이의 머리를 받치며 순분을 향해 물었다.

"어디 가게?"

"약 좀 달라고 해봐야지."

"가지 마. 그러다 너까지 혼날라."

금옥이 걱정스러운 얼굴로 순분을 말렸다.

"그럼 이대로 보고만 있을 거야?"

"저들이 주란다고 줄 사람들이야? 오히려 일만 더 키울까 걱정이야."

"말이라도 해 봐야지. 혹시 줄지도 모르잖아."

"가지 마."

금옥은 순분을 붙잡았다.

"소용없어······."

금옥의 품에 안겨 있던 아이가 힘들게 순분의 치맛자락을 붙잡았다.

"가지 마. 소용없어."

몸에 남아 있는 힘을 다해 소리를 짜내는 듯 아이의 표정이 고통스러워 보였다.

"기다려 봐. 그러니 조금만 참아. 얼른 약 가져올게."

"소용없어……"

아이는 힘이 든 듯 고개를 저었다. 순분을 바라보는 아이의 눈에는 아무것도 들어 있지 않았다. 내일에 대한 걱정이나 두려움 혹은 살아야겠다는 욕망도 들어 있지 않았다. 아무런 감정도, 아무런 흔들림도 없는 공허한 눈빛이었다. 그저 모든 것을 다 놓아 버린 눈빛이었다.

"미안해. 너 때문에 순분이 잘못될까 봐 걱정돼서 그랬어."

가지 말라고 순분을 말린 것이 내심 미안했던 모양이었다. 금옥의 말에 그 아이의 시선이 순분에게서 금옥에게로 옮겨갔다. 금옥을 쳐다보는 아이의 눈빛이 힘이 없었다. 그 무력한 눈빛이 말했다. 알아. 이해해.

"기다려. 다녀올게."

그 모습을 바라보던 순분이 발딱 자리에서 일어났다.

"가지 마."

금옥이 다시 순분을 붙잡았지만 순분은 벌써 아이들을 헤치고 출입문 쪽으로 다가가고 있었다.

"약 좀 주세요. 아이가 죽어 가요. 그러니 약 좀 주세요."

순분은 화물칸 출입문을 두드렸다. 쾅! 쾅! 쾅! 그 소리에 아이들의 시선이 일제히 순분에게로 모아졌다. 순분은 더 세게 두드렸다. 쾅! 쾅! 쾅! 약 좀 주세요. 그 소리를 들었는지 출입문의 걸쇠 푸는 소리가 들려오더니 이내 출입문이 왈칵 열렸다.

"뭐야? 무슨 일인데 이리 소란을 피우는 게야?"

한 군인이 험악한 표정으로 들어오더니 순분의 위아래를 훑어내렸다.

"약 좀 주세요. 아이가 죽어 가요."

순분은 저도 모르게 두 손을 모아 애원했다.

"누구야? 누가 죽어 간단 말이야?"

순분의 말에 군인은 오종종 앉아 있는 아이들을 휘둘러보았다. 아이들은 뱀 같은 그자의 시선을 피해 얼굴을 돌리거나 슬그머니 고개를 숙였다. 순분은 아이들을 훑는 군인의 시선을 한 곳으로 인도했다.

"저 아이에요."

순분은 금옥의 품에 안기듯 기대 있는 그 아이를 손가락으로 가리켰다. 군인은 순분이 손가락으로 지목하는 아이를 향해 나아갔다.

아이들은 엉덩이를 밀어 군인에게 길을 터주었다. 그가 앞으로 나아갈 때마다 새로운 길이 생기고 그는 그 길로 성큼성큼 걸어갔다. 순분이 그 뒤를 따랐다.

그가 아이 앞에 도착했을 때 아이는 축 늘어져 있었다. 조금 전까지 자신을 바라보던 시선은 허공 어느 지점을 향하고 있었다. 순분은 화들짝 놀라 아이에게 다가가 흔들어 깨웠다.

"눈 떠 봐! 정신 차려!"

하지만 순분의 손끝에서 아이는 이리저리 힘없이 흔들렸다. 상처에서 배어나온 핏물과 농이 저고리를 누르스름하게 물들이고 있었다. 하지만 아이는 힘이 없었다. 힘들게 눈을 떠 자신을 바라보던 아이의 눈이 이번에는 감기지 않은 채 열려 있었다. 그 모습을 본 한 아이가 훌쩍이기 시작했고, 그 훌쩍임을 신호로 여기저기서 아이들이 훌쩍였다.

"조용히 하지 못해!"

흔들어 깨우는 순분의 손에도 기운을 차리지 못하고 축축 늘어지던 아이를 내려다보던 군인이 살기등등한 눈으로 아이들을 노려보며 소리쳤다. 그 소리에 놀라 어떤 아이들은 울음을 안으로 삼키고, 어떤 아이들은 손등으로 눈가의 눈물을 훔쳐냈다.

"끌어내!"

순분에게 군인은 턱짓을 하며 말했다.

순분은 그 아이를 업었다. 하지만 축 늘어진 아이는 생각보다 무거웠다. 오금에 짱짱히 힘을 주고 버텨봤지만 아이는 자꾸만 밑으로 흘러내렸고, 그 무게에 자꾸만 무릎이 꺾였다. 금옥이 아이를 업는 순분을 도왔다.

봉녀는 굳은 얼굴로 다른 곳을 바라보고만 있었다. 순분은 힘들게 아이를 업고 출입문으로 향했다. 등 쪽에서 아이의 따뜻한 체온이 전해졌다. 가느다랗게 숨결이 느껴지는 것도 같았다. 아직 살아 있구나. 아직 숨이 붙어……있어…… 아닌가? 순분은 자신할 수 없었다. 이 미약한 숨결이, 이 목숨이 그저 안쓰럽고 안타깝고 슬프기만 했다.

아이들이 옆으로 물러나며 순분에게 길을 만들어주었다. 순분은 그 길을 걸어 화물칸 밖으로 나왔다.

밖으로 나오자 후텁지근한 공기가 훅 하니, 콧속으로 빨려들어왔다. 그래도 밀폐된 화물칸의 공기보다는 상쾌했고, 신선했다. 퀴퀴한 냄새도 없었다. 다만 어디선가 비릿한 냄새만이 들숨을 따라 폐부 깊숙이 빨려 들어왔다.

수면에 햇빛이 반사되고 있었다. 눈이 부셨다. 수천수만의 고기떼가 반짝거렸다. 아니, 그것들은 바다의 비늘이었다. 바다가 생물이라면 저것은 비늘일 것이다. 아니면 수천의 나비떼인가. 어두컴컴한 실내에만 있다가 갑자기 확 트인 실외로 나오자 눈은, 망막은 한꺼번에 쳐들어오는 빛살들을 감당해 내기가 힘들었다.

"내려놔!"

순분은 그가 시키는 대로 아이를 등에서 내려놓았다. 스르륵, 아이는 힘없이 흘러내렸다. 그리고 보았다. 순분은. 그들은 바닥에 내려놓은 아이를 들더니 풍덩, 바다에 빠트려버렸다. 아이를 집어삼킨 바다는 잠깐 흰 포말로 그 아이의 존재를 확인시키더니 이내 언제 그랬냐는 듯 천연덕스럽게 물비늘을 일으키며 수면에 닿는 햇빛을 반사했다.

"너희들을 위해서야. 어차피 죽을 애. 그대로 두면 너희들의 위생에도 좋지 않아."

우두망찰 서 있는 순분에게 그자가 말했다.

"야! 너!"

그때 이 광경을 뒤에서 지켜보고 있던 한 군인이 그늘에서 나오며 순분을 불렀다. 그의 호출에 아이를 바다에 버렸던 군인은 한 발 뒤로 물러나며 부동의 차렷자세를 취했다.

"운이 좋았다 생각해! 친구가 네 대신 죽었다고 생각하면 친구가 고맙겠지. 하지만 언제나 대신 죽어줄 친구가 있는 건 아니지."

그가 다가왔다. 그의 벌겋게 달뜬 눈이 순분의 위아래를 훑어내렸다. 그런 그의 눈이 기이하게 번들거렸다.

순분은 뒷걸음질을 쳤다. 한 발, 한 발, 또 한 발, 그리고 또 한 발, 그러다 벽에 가로막혀 더 이상 물러날 수 없을 때에 이르자 그가 성큼 한 발을 내딛었다. 그의 군모 챙이 순분의 이마에 닿을 듯 거리가 바투 좁혀져 있었다.

순분은 숨도 제대로 쉴 수 없었다. 햇빛에 그을린 그의 얼굴에서 모공과 억센 수염들이 거칠게 자리하고 있었다. 그것들은 그가 말할 때마다 결을 따라 움찔거렸다.

"그년 맛있게 생겼군. 요시. 좋아."

오마에 오이시소오. 순분은 그 말이 무슨 말인지 알아들을 수 없었다. 점령국 일본은 식민지인 한국의 말을 금지하고 일본말을 쓰게 했지만 태중에서부터 들어온 모국어를 버리기란 쉽지가 않았다. 일본말을 배우는 것은 더 어려웠다.

"쓸 만해."

그는 검지로 순분의 턱을 치켜 올렸다. 턱 밑에서 전해오는 그의 손가락이 나무토막처럼 단단했고, 그 끝에서 억센 힘이 느껴졌다. 그의 뜨뜻한 숨결이 순분의 들숨에 빨려 콧속으로 들어왔다. 그 냄새가 역했다.

순분은 그 나뭇가지 같은 손끝에서 벗어날 엄두를 내지 못했다. 그저 비수처럼 날아오는 그의 시선을 피해 눈을 내리깔았을 뿐. 어쩌면 그 아이의 죽음이, 죽음에 이르게 한 그 아이의 저항이 순분에게서 일찌감치 저항의 의지를 앗아갔는지도 모른다. 여차하면 그 아이처럼 될지도 모른다는 불안과 두려움이 순분의 몸을 석상처럼 굳게 만들었다. 그 사이에도 들숨을 통해 빨려 들어오는 그의 뜨뜻하고도 습한 숨결이 순분에게 욕지기를 불러 일으켰다.

그는 옆에 서 있던 부하에게 명령했다.

"데리고 들어가!"

순분의 턱을 치켜세우던 그의 손가락이 치워지고 마침내 데려가라는 그의 명령이 떨어졌을 때, 순분의 오금에서 힘이 쑥 빠져 달아났다. 일시에 풀리는 그 힘 때문에 순분은 하마터면 그 자리에 주저앉을 뻔했다. 명령을 받은 부하는 순분의 겨드랑이에 손을 찔러 넣고는 잡아끌었다. 오금에 다시 힘을 실을 수가 없었다. 두려움 때문이었다. 순분은 질질 끌리듯 다시 화물칸으로 들어갔다.

하지만 그가 끌고 간 곳은 아이들이 들어 있는 화물칸이 아니었다. 화물칸과는 반대방향에 있는 작은 방이었다. 벽 쪽으로 비좁은 간이침대가 놓여 있고 그 옆으로 작은 책상이 놓여 있는 방이었다. 모든 것들은 파도에 휩쓸리지 않도록 바닥에 단단히 고정돼 있었다.

순분은 알았다. 왜 이곳인지. 왜 아이들이 있는 곳으로 데려가지 않고 이곳으로 데려왔는지. 여기서 벗어날 수 있는 길은 그 아이처럼 죽어야만 가능하다는 사실을 순분은 알았다. 죽을까? 죽어버릴까? 헌데 어떻게 죽지?

순분의 머릿속이 어지러울 때 그 방의 주인이 들어왔다. 그가 들어오자 방을 지키고 있던 부하는 상체가 흔들릴 정도로 거수경례를 붙이고는 방을 나갔다.

그는 순분을 바라보면서 자신의 바지벨트를 벗었다. 마음이 급했던지 벨트를 잡아 푸는 손길이 자꾸만 빗나갔다.

순분은 몸을 잔뜩 움츠린 채 구석으로 파고들었다.

"이리와. 너는 내 동생을 닮았어. 내 동생 말이야."

그가 바지를 벗어던지고 구석에 숨어 있던 순분에게 무릎걸음으로 다가왔다. 순분은 알몸으로 드러난 그의 하체를 차마 볼 수 없어 질끈 눈을 감아버렸다.

"말을 들으면 살 거고 그렇지 않으면 살아서 이 방에서 나가지 못할 거야. 네가 선택할 수 있는 것은 그것뿐이야."

그의 입에서 훅, 단내가 끼쳐왔다. 그 습하고도 뜨뜻한, 거기다 이상한 단내까지 풍기는 그의 입내가 욕지기를 불러왔다. 순분은 쥐처럼 구석으로 파고들었다. 하지만 그는 순분의 다리를 잡고 방안으로 끌어냈다. 순분은 끌려가지 않으려 힘껏 버텼지만 역부족이었다. 순분은 그저 더미처럼 끌려나왔다.

"안돼요. 이러지 마세요. 제발, 제발요."

순분은 발로 바닥을 밀치며 뒤로 물러났다. 바닥에 닿은 엉덩이가 아프게 쓸렸다. 그가 순분의 치마를 잡아챘다. 치마는 그의 손길에 힘없이 벗겨졌다. 이내 그가 순분의 몸 위로 올라탔다.

순분은 그를 밀쳐내려 했지만 그는 산처럼 꿈쩍도 하지 않았다. 그때였다. 무언가 단단한 것이 자신의 몸속으로 쑥 밀고 들어왔다. 그게 무엇인지 순분은 알았다. 발을 구르며 빠져나오려 했지만 그의 힘을 당해낼 수 없었다.

순분은 포기했다. 깊은 통증이 느껴졌으나 그는 순분의 통증 따위에는 아랑곳하지 않았다. 세상이 흔들렸다. 순분의 꿈이, 순분의 내일이 무참히 짓뭉개지고 있었다. 순분은 눈을 질끈 감았다. 눈앞에서 가쁜 숨을 토해내고 있는 일본군인으로부터 벗어나기 위해, 도망치기 위해. 그때 나비가 날아왔다. 나비야, 나비야. 어디 갔었니? 어디 갔다 이제 오니? 감은 눈 안에서 흰나비가 팔랑거렸다. 나비야, 가려거든 나를 데려가줘. 제발 이 지옥에서 나를 빼내줘.

12
사라진 미래

화물칸으로 돌아오자 아이들이 순분을 향해 눈으로 물었다. 어떻게 됐어? 그 아이는? 왜 너 혼자야? 아이는 어디로 간 거야? 순분은 그 시선에 눈물로 먼저 답했다. 말을 하지 않아도, 구구절절 설명하지 않아도 순분의 그 눈물 하나로 다들 눈치를 챘고, 알아들었다. 그리고 조만간 자신들에게 들이닥칠 현실이라는 사실을 알아차렸다. 그 아이의 운명과 다를 바 없는 자신들의 운명에 아이들은 깊은 한숨과 함께 표정이 어두워졌다.

"걔는? 걔는 어떻게 됐어?"

순분이 자리로 돌아오자 금옥이 기다렸다는 듯 낮은 어조로 물었다.

"보냈어."

"보내다니?"

"그냥 보냈어."

"그러니까 어떻게 했냐고?"

금옥은 집요하게 물었다.

"뭐가 그리 궁금해?"

갑자기 옆에 있던 봉녀가 금옥을 향해 퉁명스럽게 말했다. 느닷없는 힐난에 금옥은 시르죽은 표정을 지으며 무릎 위에 올려놓은 손등 위에 턱을 괴었다.

"그 아이는 이제 어디든 마음대로 갈 수 있을 거야. 그러니 걱정 마. 그 아이도 여기보다 거기가 더 편할 거야."

순분이 한 곳을 응시하며 이야기했다.

"편하긴. 물고기 밥이 됐겠지."

봉녀가 또다시 퉁명스럽게 순분의 말을 잘랐다. 그 말에 순분은 입을 다물었다. 그래, 물고기 밥이 되어도 좋았다. 예서 이렇게 치욕스럽게 살아가느니 차라리 물고기 밥이라도 돼 물고기 뱃속에서 물고기와 함께 유영하고, 물고기와 함께 가고 싶은 곳으로 가는 것이 더 나았다. 멀리 멀리, 바다를 헤엄치며 떠돌다가 어느 날 문득 어부의 그물에 잡혀서는 어머니 아버지의 밥상 위에 오르는 것도 나쁘지 않았다. 그러면 어머니 아버지 뱃속에서 어머니 아버지의 살이 되고, 눈이 돼서는 그렇게 어머니 아버지의 일부로 살아갈 수 있을 것이다. 그렇게만 된다면 더는 어머니 아버지와 떨어지지 않고 더는 두렵지도 않으며 안온하고, 평안할 것이다. 하지만 순분은 그 말을 입밖에 내어 말하지 않았다.

그 아이의 죽음 이후로 아이들은 아파도 아프다고 말하지 않았다. 자신이 아픈 것은 물론이고 다른 아이가 아파도 아프다고 이르지 않았다. 그저 참거나 숨기거나 견뎌냈다. 벌레에 물린 자리가 덧나 진물이 흐르고 고름이 잡히고 썩어 문드러져도 아이들은 그저 참았고 견뎌냈다.

아이들은 배멀미 때문에 하루하루가 힘들었다. 순분도 다르지 않았다. 출렁출렁. 땅이 주던 단단한 느낌 대신 무언가 느슨한 출렁다리를 건너는 듯 흔들리는 세상은 끊임없이 속의 것을 틀어 올렸다.

어떤 때는 하루에 한번 나누어주는 소금에 뭉친 주먹밥조차 제대로 넘길 수 없었다. 구토를 하면 채찍이 날아왔고, 반항하면 군홧발이 날아왔다. 그 군홧발에 자비는 없었다. 밟고 짓이기고 차는 그 냉혹함과 잔인함에 아이들은 점점 자신을 잃어갔다. 자신이 누구인지, 누구의 딸인지 둔감해져 갔다. 아이들은 살기 위해 지난 시간의 기억들을 버렸고 꿈꾸던 미래를 접었다. 그것들은 당장의 목숨을 위협하는 불온한 인자들이었다.

순분을 범한 그 군인은 밤마다 아이들을 찾았다. 금옥을 찾았고 수굿하니 말을 잘 듣는 아이를 찾았고 또 순분을 찾았다. 그 군인만이 아니었다. 군인들은 지루해 아이들을 불렀고 배 안에서의 무력한 시간들에 대한 보상이자 소일거리로서 아이들을 찾았다. 그 아이들이 불려 나갔다 돌아올 때면 아이들은 다른 아이들과 눈을 마주치지 못했다. 아이들은 알았다. 그 이유를. 왜 자신들을 당당히 바라보지 못하는지 왜 자꾸만 시선을 피하는지 서로 묻지 않고 듣지 않아야 오히려 더 편한 이유를.

요시코도 점점 말을 잃어갔다. 돈을 벌어 예쁜 옷을 사입고 배우가 되고 싶다던 요시코는, 미자는 유난히 자주 불려나갔다. 아이들은 요시코가 불려나갔다 들어올 때면 요시코의 표정을 살폈다. 가끔 요시코는 군인에게서 얻은 건빵을 아이들에게 나누어주곤 했다. 물 없이 먹는 건빵은 목에 걸렸지만 요시코가 주는 건빵은 유일한 간식거리이자 특식이었다. 하지만 봉녀는 끝내 그 건빵을 받지 않았다. 봉녀가 외면할 때마다 요시코는 무참한 듯 한동안 건빵을 든 손을 거두어들이지 못하고 말없이 손 안에 든 건빵만 내려다보았다.

얼마나 많은 낮이 지나고, 밤이 흐르고 또 아침이 밝았던가. 그렇듯 속절없이 날들이 흐르고 배 안에서의 생활이 익숙해져 갈 즈음, 어느 날 문득 여느 때와는 다른 부산함이 감지되었다. 귀를 먹먹하게 만들던 엔진소리가 멈추고 군인들의 움직임도 이전과는 달랐다. 멈췄어. 배가 멈췄어. 누군가 탄성처럼 내뱉었다. 아이들은 반사적으로 무릎걸음으로 걸어 틈 사이로 눈을 가져갔다. 정말 배는 뭍에 닿아 있었다.

"여기가 어딜까?"

"일본일까?"

"아니야. 그림에서 본 일본은 이렇게 생기지 않았어."

아이들은 돌아가며 틈 사이로 밖을 훔쳐보았다.

그간 여러 곳을 경유했고, 어딘지 모를 곳에 닿을 때마다 아이들은 줄어들거나 새로운 아이들이 들어왔다. 어떤 날은 폭풍우를 피해 이름 모를 섬에서 잠깐 머물렀고, 또 어떤 날은 어느 항구에 배를 대고 몇 명의 아이들을 데리고 나갔다. 그렇게 어떤 곳에서는 여섯 명, 어떤 곳에서는 열 명, 또 어느 곳에서는 그보다 많은 아이들이 배에서 내렸다. 그 아이들이 있던 자리가 허전했다.

다행히 금옥과 봉녀는 남아 있었다. 금옥은 여전히 천진한 눈망울을 굴리며 내일을 염려했고, 봉녀는 여전히 화가 난 듯 입을 꾹 다문 채 하루하루를 견뎠다.

완강하게 걸어 잠근 화물칸 밖에서 날아오는 소리가 이전과는 확실하게 달랐다. 발자국 소리도 예전 같지 않았고, 부하들을 독려하는 지휘관들의 명령도 더 잦고 수선스러웠다.

"우리도 내리나 봐."

누가 말해주지 않아도 아이들은 마침내 목적지에 다다랐음을 본능적으로 알아차렸다. 죽음이 흔한 곳에서는 직감과 본능이 예민하게 살아났고, 그 예민한 감각으로 아이들은 항해가 끝났다는 사실을 알아차렸다. 지리한 항해가 끝났다는 안도감보다는 예측할 수 없는 내일에 대한 불안함과 두려움이 아이들의 얼굴에 그늘로 어른거렸다. 돈을 벌어 예쁘게 치장하고 싶다던 요시코도 어쩔 수 없이 긴장한 얼굴로 굳어 있었다.

"여기가 어딜까?"

금옥이 사방을 둘러보며 말했다.

"모르겠어."

순분이 대답했다.

"근데 너무 더워."

상기된 금옥의 얼굴에서 땀이 흘러내리고 있었다. 숨을 쉴 때마다 뜨거운 열기가 훅하니 빨려 들어왔다. 기도를 타고 빨려 들어오는 그 열기에 숨이 막혔다. 한여름에 잉걸불이 타는 화덕 앞에 있는 것처럼 열기의 위세가 등등했다. 가만히 앉아 있어도 온몸에 땀이 흘러내렸다.

"일본은 우리보다 더 따뜻하다던데. 더운 것이 여기가 일본인가 봐."

"일본 아니야. 더 멀어. 더 먼 곳으로 왔어. 이제는 돌아갈 수 없어."

고집스럽게 입을 다물고 있던 봉녀가 순분의 말에 혼잣말하듯 중얼거렸다. 더 멀다니. 멀다는 게 도대체 얼마만큼의 거리인지 아이들 중 누구도 그 거리감에 대해 알거나 설명하지 못했다.

"왜? 왜 못 돌아가?"

금옥이 봉녀를 바라보며 물었다. 봉녀는 대답 대신 허공의 어느 지점을 뚫어져라 바라보았다. 그 표정이 잔뜩 화가 나 있는 듯 보였다. 돌아갈 수 없다는 봉녀의 말이 울음보를 건드렸나 금옥의 입가가 죽 찢어지더니 금세 흐느끼기 시작했다.

일본이든 아니든, 그게 무슨 상관있을까. 어두컴컴한 화물칸에 갇혀 있느라 어디로 왔는지 얼마만큼 왔는지 방향도 목적지도 거리도 알 수 없는데. 설령 안다 해도 혼자서는 돌아갈 수 없다는 물리적인 거리감에 아이들은 이미 자포자기 심정이 되었다. 그러니 그저 저들이 시키는 대로 저들이 가라는 대로 저들이 하라는 대로 하는 수밖에 없었다. 그래도 여차하면 부지하지 못할지도 모를 목숨이었다.

13
새로운 일

철컥. 드디어 화물칸 문이 열렸다. 순분은 그 소리가 또 하나의 세상이 열리는 소리처럼 들렸다. 아이들은 누가 시키지 않았어도 서로의 손을 잡았다. 찜통 같은 열기에도 불구하고 본능적인 두려움과 긴장으로 살갗에 소름이 돋았다.

"우리 헤어지지 말자. 이제부터 우리는 한 가족이야."

"살아도 같이 살고 죽어도 같이 죽어야 해."

"어떤 일이 있어도 우리는 같이 움직여야 해."

아이들은 서로를 향해 주문하고 다짐했다.

"이곳이 바로 너희들이 지낼 곳이다. 이제 내린다. 그러니 한 사람도 빠짐없이 내려라. 꾸물거리지 마라."

출구에서 한 군인이 소리쳤다. 그가 등지고 선 환한 빛 때문에 아이들은 반눈으로 그를 바라보았다. 하지만 반눈으로도 그는 어둠의 형체로만 밟혔다. 키가 작은 검은 실루엣에서 칼은 유난히 길게 느껴졌다.

"시키는 대로만 하면 살 것이고, 그렇지 않으면 죽음뿐이다. 그러니 살고 싶으면 말을 잘 들어라!"

허리춤에 찬 칼은 그가 걸을 때마다 걸리적거렸다. 그는 화물칸의 벽을 지휘봉으로 탕탕 치며 아이들을 독려하고 채근했다. 그 소리가 사박스럽고도 위협적이었다.

아이들은 그 소리에 쫓겨 밖으로 나왔다. 나오자마자 아이들은 순간 눈을 찡그렸다. 창살처럼 날아오는 햇빛에 눈이 부셔 제대로 눈을 뜰 수가 없었다. 그 햇빛에서 쇠냄새가 나는 듯했다. 아이들은 이맛살을 찌푸리며 그 햇빛 속으로 걸어 나왔다. 오랫동안 어두컴컴한 선실 안에서 지내오던 아이들은 느닷없는 그 환한 햇살에 두통까지 일었다.

"이곳까지 오느라 수고했다. 이곳은 전장이다. 대 일본제국이 꿈꾸는 대동아공영권을 위한 성전에 참여하게 됨을 감사하게 여겨라! 이제부터 너희는 성전에 임하는 한 명의 전사다! 그러니 최선을 다해 너희들 임무를 완수하라!"

성전이라니? 전사라니? 아이들은 영문을 모르겠다는 표정으로 서로에게 물었다.

"이제 너희들이 있을 곳으로 이동한다. 한 사람도 빠지지 말고 트럭에 타라. 빨리 빨리 움직여!"

아이들을 인수한 군인은 배에 있던 군인들보다 더 참을성이 없었다. 무조건 고함부터 쳤고, 욕설부터 내뱉었다.

순분과 아이들은 트럭 짐칸에 올라탔다. 열기로 얼굴이 벌겋게 달아올랐고, 가만있어도 땀이 흘러내렸다. 더운 것도 더운 것이었지만 후텁지근하니 습도가 높은 것이 금방 사람을 지치게 만들었다.

트럭은 달리고 달렸다. 길이 좋지 않아 트럭이 흔들릴 때마다 순분과 아이들은 엉덩이가 얼얼할 정도로 튀어 올랐다. 마을도 지나고 인적이 없는 들판도 가로질러 갔다. 마을의 집들은 고향에서 보던 것과는 달랐다. 풍경도 달랐고 사람도 달랐고 말도 달랐다. 그곳이 어디인지 순분은 짐작조차 할 수 없었다. 그렇게 아이들을 태운 트럭은 어디론가 하염없이 내달렸다. 수긋하게 가라앉던 멀미가 트럭에서 다시 살아났다. 옆에 있던 금옥이 입을 틀어막고 거위침을 흘렸다. 먹은 게 없어 나오는 것은 진득한 침밖에 없었다.

"죽을 것 같아."

금옥이 주먹으로 가슴을 쿵쿵 쳐대며 말했다. 그녀의 눈가가 멀미 때문인지 힘이 없어 보였다.

순분은 금옥의 등을 가볍게 치며 물었다.

"많이 힘들어?"

금옥이 대답 대신 고개를 끄덕였다.

"우리가 가고 있는 곳은 어디일까? 나한테는 비행기 만드는 공장이라고 했어. 정말 우리가 가는 곳에 비행기 공장이 있을까? 그럴까?"

금옥의 등을 때리면서 순분이 혼잣말처럼 말했다. 순분의 말에 대답하는 아이들은 없었다. 다들 스쳐 가는 풍경을 무연하게 바라볼 뿐. 풍경은 낯설었다. 나무도 한국의 나무와 달랐고, 산도 한국의 산과 달랐다. 그 낯선 풍경들을 보려니 문득 집이 그리웠다. 그리운 것들. 그것들이 눈에 삼삼하게 밟혔다.

지금쯤 어머니와 아버지는 뭘 하고 계실까? 아마도 여느 때처럼 논일과 밭일에 허리 한 번 펴지 못하고 일하고 계실 것이다. 그러다 가끔 내 생각에 어머니는 치맛자락을 들어 눈물을 찍어내겠지. 여기 꼭 숨어 있어. 나오면 안 된다. 정지간 지푸라기 더미 속에 자신을 숨길 때 단단히 이르던 어머니의 주의를 새겨들었어야 했다. 하지만 뒤늦은 후회는 소용없는 법.

"정말, 돈을 벌 수 있을까?"

반신반의하듯 아무래도 미심쩍다는 듯, 금옥이 순분을 향해 물었다.

"왜? 그랬잖아. 우리가 배를 탔을 때 대장이 나와서 그랬잖아. 돈을 벌 수 있다고. 말만 잘 들으면 돈을 벌게 해주겠다고."

금옥은 욕지기로 입 안에 고이는 거위침을 삼켜대며 물었다.

"돈은 무슨! 저들은 절대 그런 사람들이 아니야. 마을에서 떠도는 소문은 여자를 잡아먹는다고 했어."

옆에 있던 한 아이가 불퉁스럽게 내뱉었다.

"설마. 저들이 살인귀나 식인귀는 아닐 텐데, 잡아먹기야 하겠어?"

금옥이 울상을 지으며 그 아이의 말을 받았다.

"없는 말이 천리갈까?"

두 아이의 대화를 듣고 있던 순분이 혼잣말처럼 중얼거렸다.

살인귀, 식인귀, 야차, 두억시니, 갈가위…… 무자비하고도 극악한 단어들이 올가미처럼 목에 걸렸다. 설마…… 저들에게도 가족이 있을 것이다. 누이도 있을 테고, 어머니도 있을 터이다. 그러니 그 말은 사실이 아닐 것이다. 그냥 사람들이 지어낸 말일 것이다. 사람인 이상 어찌 그런 일을 저지를 수 있을까. 순분은 고개를 저었다.

날이 더웠다. 그냥 있어도 숨이 컥컥 막혔다. 오랫동안 씻지 못한 몸에서는 땀 냄새가 고약하게 올라왔고, 닿는 곳마다 끈적끈적하게 땀이 만져졌다. 그 땀들로 몸이 가려웠다. 아니, 당장의 생이 가려웠다.

얼마쯤 갔을까. 저쪽에서 드문드문 집들이 보이기 시작하더니 그 집들 뒤로 한 기다란 건물이 순분의 시선을 잡아끌었다. 가옥이라기보다는 차라리 임시막사에 가까웠다. 그 건물 주변으로 철조망이 겹겹으로 둘러쳐져 있었고, 양쪽으로는 높다란 경비초소가 있었다. 그 초소 안에는 총을 든 군인이 있었다. 그 철조망이 유난히 차갑고도 사나워 보였다. 순분은 그간의 미립으로 저 철조망 안에 든 그 막사가 자신들이 생활할 곳이라는 사실을 알아차렸다.

역시나 트럭은 그 기다란 가옥을 향해 달려가고 있었다.

해가 뉘엿뉘엿 기울고, 사방에 어스름이 깔리고 있었다. 이때쯤이면 늘 그랬다. 이른 아침 집을 나섰던 아버지 어머니가 지친 몸을 이끌고 집으로 돌아오고, 창공을 날던 새들도 바람을 버리고 둥지를 찾아 회귀했다. 신기하게도 새들은 아무리 멀리 날아갔어도 정확히 제 둥지를 찾아 돌아왔다. 석양 무렵, 쨍쨍히 빛나던 햇빛이 스러지고 세상이 황도광에 누렇게 물들어갈 때, 새들은 그렇게 어스름을 이고 무리지어 돌아와 동산에 들었다. 그때쯤이면 순분은 무언가 알 수 없는 애상에 사로잡히곤 했다.

새들이 돌아오는 시간이면 집안에는 활기가 돌았다. 어머니는 서둘러 아궁이에 불을 지피고 밥을 지었다. 땔감이 타면서 매캐한 연기가 코끝으로 파고 들고, 타탁타탁 잉걸불 속에서 들려오는 맑은 파열음은 까닭없는 애상을 달래주었다. 비록 넉넉하고 푸짐한 상은 아니지만 허기만 때울 수 있는 빈한한 저녁거리지만, 가족을 위해 한 끼 식사를 준비하는 어머니의 마음은 그 시간, 늘 따뜻하고 풍요로웠다. 그 어머니의 수고가 익어가고, 밥이 되는 시간이었다. 그 시간이었다. 지금이. 딱, 그때.

또 이렇게 하루가 가는구나. 극악함 속에서도 시간은 가고 날이 저물고 숨도 도는구나. 순분은 그 모든 것들이 눈물 나게 그리웠다. 동산으로 날아드는 새들과 아궁이에 불을 지피는 어머니와 땔감이 타는 매캐한 냄새와 어머니와 아버지가 두런거리는 소리들…… 지루할 정도로 매일 똑같이 되풀이 되던 그 모든 것들이 그립고, 또 그리웠다.

트럭은 철조망 안으로 들어서고 있었다. 넓은 연병장 가장자리에 기다란 막사가 있었고, 그 막사는 뒤편 산을 배경으로 음울하게 앉아 있었다. 어디에도 비행기는 보이지 않았다. 기다란 막사가 혹여 비행기를 만드는 공장인가 싶었는데, 아니었다. 기다란 가건물은 군인들이 생활하는 막사인 듯했고, 그 안에서 군인들이 호기심어린 시선으로 막 도착한 아이들을 바라보고 있었다.

"다들 내려라. 이곳이 너희들이 지낼 곳이다."

군인이 순분과 아이들을 채근했다. 그는 말끝마다 눈을 부라렸고, 말끝마다 위협적으로 지휘봉을 휘둘렀다.

아이들은 트럭에서 내렸다. 순분도 그들과 함께 내렸다. 여기저기 움푹 패고, 돌투성이인 길을 지나오느라 엉덩이는 아직도 얼얼하기만 했다. 연병장 출입구에서부터 여기저기 경비가 삼엄했다. 그들을 보는 것만으로도 등골이 서늘했다. 아이들은 어느 기다란 가옥 앞으로 이끌려갔다. 가옥이라기보다는 가건물 같은 단순한 구조의 공간이었다.

두 명의 군인이 다가와 순분과 아이들 앞에 섰다. 그는 기다란 가건물을 가리키며 아이들을 향해 말했다.

"여기가 너희들이 기거할 곳이다. 각자에게 방 하나씩 배정이 될 것이다. 방에는 너희들의 이름이 걸릴 것이다. 너희가 그 방의 주인이다. 고맙지 않은가? 대 일본제국의 배려에 감사해야 할 거다. 한 가지 주의할 점은 무단으로 방을 비워서는 안 된다는 것이다. 그 방을 이탈했을 때는 상응한 벌이 주어질 것이다. 이 점 명심하라!"

한 사람 앞에 방 하나씩이라니.

"이제부터 너희들이 해야 할 일은 절대 복종이다. 순순히 말을 들으면 살 것이요, 말을 듣지 않는 자에게 기다리는 것은 죽음뿐이다."

그가 말하는 동안 칼을 찬 군인은 순분과 아이들 주위를 천천히 돌며 한 명 한 명 샅샅이 훑어 내렸다. 그는 순분을 보더니 흡족한 듯 엷은 미소를 흘렸다. 그 미소가 온몸의 터럭들을 곤두서게 만들었다.

"너희들은 다시 태어나야 한다. 이제까지의 생활 습관도, 생각도, 가족도 다 버려야 한다. 너희의 가족은 여기 이곳에 있는 위대한 천황폐하의 황군들이다. 그들이 너희들의 가족이다. 그러니 그들을 성심성의껏 받들고 모셔라. 그들을 받드는 건 곧 천황폐하를 받드는 것과 같다. 그러니 한 점 허투루 해서는 안 된다. 반항하는 자에게는 죽음뿐이다. 너희들에게 옷이 지급될 것이다. 옷값은 열심히 일해서 갚아라. 다시 말해 공짜가 아니라는 말이다. 방에서는 그 옷을 입어라. 다른 옷은 안 된다."

앞이 트인 일본 잠옷, 네마키를 입으라는 말이었다. 그의 말은 계속됐다.

"여기서의 생활 규칙은 다음과 같다. 일곱 시에 기상해서 여덟 시까지 각자 씻고 청소한다. 그리고 필요에 따라 황군들의 군복을 세탁하거나 수선하는 일을 돕도록 한다. 아침 식사 시간은 아홉 시까지다. 아홉 시를 넘기면 먹을 수 없다. 그다음이 너희들이 진짜 해야 할 일이다. 위대한 황군들을 위해 봉사하는 시간이 바로 그것이다. 만약 이를 어길 경우 죽음이 기다리고 있을 것이다. 지켜야 할 것은 또 있다. 첫 번째! 함께 노는 것은 안 된다. 두 번째! 쓸데없는 잡담도 금지다. 세 번째! 어느 한 군인하고 가까이 해서도 안 된다. 네 번째! 여기서 너희들이 본 것은 어디에서도 발설해서는 안 된다. 그저 봐도 못 본 체, 들어도 못들은 체해야 한다. 도망치는 것도 안 된다. 잡히면 끔찍한 벌이 기다리고 있을 것이다. 이 규칙들을 지키면 살 것이고, 이 규칙들을 어기면 죽음밖에 없다. 알겠나?"

"비행기는? 비행기는 어디서 만드나요?"

순분은 그의 눈치를 보며 자신 없는 음성으로 물었다. 말하면서도 무서웠다. 순분의 물음에 그가 다가왔다.

"비행기라니?"

"비행기를 만드는 공장에서 일하게 될 거라고 했어요. 비행기 만드는 공장에 취직시켜 준다고……."

순분은 그의 눈빛에 기가 꺾여 뒷말을 제대로 잇지 못했다.

"비행기라……."

군인은 잠시 뜸을 들이다 말을 이었다.

"비행기를 만드는 일보다 더 큰일이고, 더 보람 있는 일이고,

더 쉬운 일이다. 그러니 다른 생각하지 말고 시키는 대로 하라! 말을 듣지 않을 때는 죽음이 기다리고 있을 것이다."

죽음. 그들이 말하는 죽음은 언제나 가까이 있었다. 죽음은 어디서든 흔했다. 인생에 한 번 맞이하는 죽음이 도처에 널려 있었다. 하긴 죽음이 흔한 게 어디 여기뿐이던가. 고향에 있을 때도 죽음은 흔했다. 여기저기서 부음이 날아들었고 곡소리가 바람에 꽃잎처럼 나부꼈다. 일경의 고문과 칼에 참혹하게 죽어나간 이들이 풍문으로 죽음을 알려왔고, 누군가 그 빈자리를 채우고 얼마 가지 않아 그들은 다시 부고로 소식을 전해왔다.

헌데 그 죽음이 코앞에 있었다. 순분의 눈앞에. 아이들의 코앞에. 여차하면 저들은 금방이라도 칼을 내리칠 기세로 아이들을 윽박지르고 겁을 주고 있었다.

저들에게 죽음은 아무것도 아니었다.

14
3호실

실내에 들자 먼저 퀴퀴한 냄새가 습하게 콧속으로 빨려들어 왔다. 곰팡이 냄새 같기도 하고, 나무가 썩어가는 냄새 같기도 한 그 퀴퀴한 냄새가 순분의 비위를 건드렸다. 하지만 불평할 수 없었다. 불평은 죽음을 부르는 호출기 가운데 하나였으므로.

다다미가 깔려 있는 방 안에는 두 장의 모포가 있고 그 위에 옷 한 벌이 놓여 있었다. 네마키였다. 그것이 전부였다. 다다미가 깔린 단출한 방. 그 생경하고도 살풍경한 방 안이 순분으로 하여금 알싸한 슬픔과 함께 두려움을 안겨주었다.

3호실. 순분에게 배정된 방이었다. 2호실에는 금옥이 들었고, 4호실에는 봉녀가 들었다. 봉녀와 금옥이 옆에 있는 것만으로 순분은 큰 위로가 되었다.

새로운 아이들이 왔다는 소식에 다른 방에 있던 아이들이 빼꼼히 얼굴을 내밀고 순분과 방금 도착한 아이들을 지켜보았다. 한 아이가 순분을 향해 손을 흔들어 보였다. 얼굴이 동그랗고 키가 작은 그녀는 한눈에 보기에도 한국에서 온 아이였다. 코가 펑퍼짐하게 콧마루가 옆으로 퍼져 있고, 키는 작으며 얼굴이 까만 이곳의 여자들과는 분명 다른 생김새였다. 어쩌다 여기까지 왔니? 너희들도 지지리 운이 없구나. 안됐어. 그 아이의 표정이 말하고 있었다. 순분은 그 아이에게 묻고 싶었다. 여기서 우리는 앞으로 무슨 일을 하게 되나요? 비행기를 만드는 일보다 더 큰일이고, 더 보람찬 일이라는데, 그 일이 뭔가요? 하지만 그때 땡강땡강. 종소리가 울리는가 싶더니 아이는 이내 방 안으로 모습을 감췄다.

　황도광도 사라지고, 초저녁 어스름이 짙게 깔리고 있었다.

　그때였다. 조금 전 모습을 감추었던 아이가 순분의 방 앞에 서 있었다. 언제 그렇게 기척도 없이 왔을까. 순분은 처음에 귀신을 본 듯 화들짝 놀라 낮게 비명까지 내질렀다.

　"미안해. 놀라게 할 생각은 없었어."

　그렇듯 놀라는 순분의 모습에 그녀는 머쓱해했다. 스물을 갓 넘겼을까 말까한 얼굴이었다.

　"너도 억세게 운이 없는 아이구나. 어쩌다 여기까지 오게 됐니?"

　그녀가 순분을 애처롭게 훑어 내리며 말했다. 달랑 홑겹의 네마키를 입은 그녀는 마치 친동기간을 대하듯, 친여동생을 대하듯 순분의 옆을 맴돌았다.

"한국은 어때? 어디서 왔어? 넌 몇 살이야?"

그녀는 궁금한 게 많은 듯 순분의 대답을 기다리지 않고 거푸 물었다.

"전 순천에서 왔어요. 전라도 순천요. 열다섯 살이에요."

"순천에서 왔구나. 난 상주에서 왔어. 경상도 상주. 거긴 지금 봄이겠다. 진달래, 개나리가 피었을라나? 우리 집 뒷산에 피던 진달래는 유난히 색이 고왔어. 그 진달래로 화전을 부쳐먹기도 했는데. 그 화전이 먹고 싶다……"

그녀는 먼 데를 바라보며 옛날의 일들을 더듬었다.

"여기서 우린 무슨 일을 하나요?"

순분은 궁금했다. 그게 가장 궁금했다. 순분의 물음에 그녀는 회상에서 빠져나와 순분의 얼굴을 빤히 바라보았다.

"정말 몰라서 묻는 거니?"

순분은 그녀의 말에 고개를 끄덕였다. 그녀는 잠시 순분을 말없이 바라보다 음울하게 대답했다.

"그냥. 여기서 시키는 대로만 해. 아무 생각하지 말고. 그러면 살 수 있어."

구체적으로 무슨 일을 하느냐는 순분의 물음에 그녀는 곧 알게 될 거라고 대답했다. 곧 알게 된다는 그 말이 찜찜하게 순분의 마음에 걸렸다.

"넌 어쩌다 여기까지 왔니?"

"나비요. 나비를 잡으려고 나비를 따라갔다가 붙잡혔어요."

그녀가 묻고 순분이 대답했다.

"나비가 너를 잡았구나."

그녀는 빨래를 하고 있다가 느닷없이 잡혀왔다고 했다. 열여덟 살 때. 혼담이 오간 사람이 있었는데 잡혀오는 바람에 끝이 났다고. 조금만 더 일찍 서둘렀더라면 이곳에 있지 않았을 거라며 아쉬워했다.

그녀의 말은 계속됐다.

"여기에는 그런 아이들이 많아. 너희처럼 잡혀오거나 속아서 온 아이들이 대부분이지. 공장에서 일한다거나 돈을 벌게 해준다고 속여서 데려왔지. 제 발로 따라온 아이들도 있긴 하지만 그런 아이들은 얼마 되지 않아. 하긴 어떻게 보면 여기도 공장이나 다름없지. 여기 있는 아이들 거의 모두가 한국에서 온 애들이야. 일본여자들도 있긴 하지. 그들은 다른 곳에서 살아. 그들을 조심해야 해. 아주 못됐어. 그러니 조심해."

땡강땡강. 조금 전 들었던 종이 다시 울렸다.

"식사배급시간이야. 식사배급이라고 그냥 공짜가 아냐. 너희들이 먹는 거, 입는 거 다 계산해서 받아갈 거야. 우리를 관리하는 일본인이 있는데 하나부터 열까지 다 계산할 거야. 돈을 벌게 해준다는 말도 믿지 마. 군표는 우리 손에 남겨두지 않아. 저들이 관리하지. 그 뒤에는 부대가 있어. 일본이 관리하지. 그러니 알고 있는 게 좋을 거야. 더 늦기 전에 가자. 가면서 다른 곳을 쳐다봐서는 안 돼. 알려고 해서도 안 돼. 그리고 이곳에서 한국말은 금지야. 한국 노래도 안 돼. 어기면 맞을 거야. 혼난다구."

여자는 서둘러 순분의 방을 나갔다.

순분은 여자를 따라가려다 몸을 틀어 금옥의 방 휘장을 걷고 들어갔다. 금옥은 다다미 한가운데서 울가망한 표정으로 덩그렇게 앉아 있었다.

"가자. 식사 시간이래."

금옥은 고개를 돌려 눈물 글썽인 얼굴로 순분을 바라보았다.

"밥은 먹어야지. 배가 고프면 더 눈물이 날 거야. 그러니 먹자. 먹고 힘내자."

순분의 말에 금옥은 느릿느릿 자리에서 일어나 순분을 따라나섰다. 순분은 이번에는 봉녀의 방으로 갔다. 봉녀는 바닥에 무릎을 세우고 앉아서는 화가 난 듯 입을 꾹 다물고 앉아 있었다. 그때 한 아이가 방마다 다니며 식사 시간임을 알렸다.

"우리 밥 먹으로 갈 텐데 같이 가자. 일단 아무 생각하지 말고 먹고 보자. 먹어야지 생각도 하지."

순분의 말에 봉녀는 아무런 대답이 없었다.

"일어나."

순분의 채근에도 봉녀는 꼼짝도 하지 않았다.

"우리랑 같이 가. 어서 일어나. 식사 시간이 끝나면 안 준대잖아. 그러니 어서 일어나."

금옥이 소매를 잡아끌자 봉녀는 마지못한 듯 자리에서 일어났다.

아이들은 쭈볏쭈볏, 배급소에서 나누어준 밥을 들고 앉을 자리를 찾아 두리번거렸다. 하지만 막상 밥을 받아들고 나니 순분은 입맛이 동하지 않았다. 더위를 먹었는지, 아니면 멀미가 가시지 않았는지 가슴이 답답한 게 영 먹히지가 않았다.

"왜? 안 들어가?"

금옥이 순분을 보고 걱정스럽게 물었다.

"못 먹겠어."

"먹어. 입맛 없다고 안 먹으면 더 입맛 잃어. 그러니 억지로라도 먹어 봐. 그러다 보면 입맛이 돌 거야."

금옥이 밥을 든 순분의 손을 순분의 입으로 밀며 이야기했다.

봉녀 역시 주먹밥을 받아들고 만지작거리고만 있었다.

"죽지 않으려면 먹어둬. 먹어야만 그나마 살 수 있어."

조금 전 순분의 방을 찾았던 아이가 밥을 들고만 있던 순분과 봉녀를 보고는 금옥의 말을 거들었다. 그리고는 눈짓으로 한 여자를 가리키면서 말했다. 기모노를 입은 여자였다. 그 여자는 장교들과 함께 위안소를 가로질러 부대 안으로 들어갔다.

"저 여자가 일본에서 온 여자야. 삿쿠나 필요한 게 있으면 저 여자한테 사면 돼. 하지만 너무 비싸. 아이들 일거수일투족을 감시하고 군인들에게 일러바치지. 그러니 저 여자 눈에 띄지 않는 게 좋아."

그녀의 말이 주먹밥과 함께 씹혔다. 순분과 금옥과 봉녀의 시선이 기모노를 입은 여자가 들어간 부대를 향해 있었다.

"우리가 먹는 거 공짜가 아니래. 밥값을 내야 한대……."

순분의 말에 금옥이 무슨 말이냐는 표정으로 순분을 바라보았다.

그때였다. 배급소가 있는 쪽이 소란스러웠다. 욕설과 함께 누군가 울면서 잘못을 빌었다.

"잘못했어요! 잘못했어요!"

무슨 영문인지는 모르지만 한 군인이 넘어져 있는 아이를 발로 차고 있었다. 군홧발은 무자비했다. 아이는 군홧발에 차이면서도 두 손을 모아 빌며 애원했다. 잘못했어요! 잘못했어요! 그 아이는 무얼 잘못했을까. 저렇게 당할 만큼 아이가 잘못한 게 뭘까? 다들 안타깝게 바라볼 뿐 그 아이를 도와주는 사람은 아무도 없었다.

순분은 차마 볼 수 없었다. 공연히 도와주러 나섰다간 저 아이나 자신이나 무사하지 못할 것이다. 차라리 모른 체하는 것이 저 아이에게 더 나을 수도 있다는 사실을 순분은 그동안의 경험으로 알았다.

배급받은 주먹밥을 만지작거리고만 있던 봉녀가 우걱우걱 입 안에 우겨넣고 있었다. 배가 고파서가 아니라 무언가 자신에게 화가 나 있음이었다. 순분은 그런 봉녀가 걱정되었다.

"먹어둬. 그렇지 않으면 힘들 거야."

여자가 남은 덩어리를 입 안에 마저 넣으며 주먹밥을 들고만 있던 순분에게 말했다. 순분은 마지못해 주먹밥을 입으로 가져갔다.

"다 먹었으면 돌아간다. 가서 이제 너희들의 임무에 충실한
다."

아이들은 서둘러 남은 밥을 물과 함께 삼키며 황급히 자리에서
일어났다.

15

또다시 나비를 만나다

작은 방에 덜렁 혼자 있으려니 눈물이 났다. 도대체 여기가 어딜까. 집으로부터 얼마나 멀리 떨어져 왔을까. 순분은 기가 막혔다. 탯줄을 묻은 고향과 자신을 낳아준 부모로부터 멀리 떨어져 있다는 사실 하나만으로도 순분은 불안하고 두려웠다. 옆방에 금옥과 봉녀가 있다는 것이 그나마 큰 위안이 되었지만 무시로 엄습해 오는 불안함까지는 없애주지 못했다. 어머니 아버지는 아직 나를 기다리고 있을까? 바람이 방문을 흔들면 행여 나일까 싶어 벌컥 문을 열어볼까? 밤에 쥐들이 쪽마루를 내달릴 때 내가 돌아왔을까 화들짝 잠에서 깨 문을 열어볼까? 순분은 어머니 아버지가 그리웠다. 그 살가운 눈빛, 푸근한 살냄새, 저를 부르는 소리. 다시 보고 들을 수 있을까? 순분은 행여 그것들을 잃을까, 잊을까 두려웠다. 엄마. 순분은 가만 소리

내 불러보았다. 엄마, 엄마, 엄마…… 그 소리를 들었을까.

똑똑. 금옥이 조심조심, 그리고 가만히 나무벽을 두드렸다. 똑똑. 순분이 대답했다. 똑똑. 이번에는 순분이 봉녀의 방을 두드려보았다. 똑똑. 봉녀 역시 답을 해주었다.

순분은 조금 전 위생소에서 받아온 작은 봉투를 꺼내 풀어보았다. 그 안에 든 물건은 지금까지 한 번도 보지 못한 것들이었다. 도대체 어디에 쓰는 물건인지도 알 수 없었다. 삿꾸. 작은 고무주머니 모양의 그것을 들고 이리저리 살펴보는데 휘장이 걷히면서 누군가가 불쑥 방으로 들어왔다. 허리에 긴 칼을 차고, 어깨에 누런 견장을 단 일본군 장교였다.

"흠. 새로 온 애로구나. 요시! 곱다니 생겼군. 요시! 요시! 이제부터 네 이름은 하루코다. 하루코. 좋지? 하루코."

소변이 마려운 사람처럼 바지단추를 푸는 그의 손길이 급하고도 바빴다. 바지를 벗고 윗옷마저 다 벗은 그가 알몸으로 순분에게 달려들었다. 순분은 기겁해 뒤로 물러났다.

"왜 이러세요? 이러지 마세요!"

이곳으로 오는 동안의 악몽 같은 시간들이 머릿속에 떠올라 순분은 애원했다. 배 안에서 불려나갈 때마다 치러야 했던 그 참담한 기억들에 순분은 몸서리를 치며 두 손을 모아 빌며 뒤로 물러났다. 그 시간들이 끝난 게 아니었다. 그제야 처녀공출이 갖는 의미와 은밀히 떠돌던 위안부의 정체를 순분은 알 수 있었다. 그러고 보니 자신들이 위안부였다. 군인들을 위안하는 여자들. 위안의 정체가 그들을 몸으로 받는 것이었다. 그 사실에 순분은 가슴이 무너져 내렸다.

"이리 와. 고분고분 말을 잘 들어야 너에게 좋을 거야. 그러니 절대 복종하라."

그가 순분을 잡아끌었다. 그 바람에 부욱, 솔기가 뜯어지는 소리가 나더니 그대로 맨살이 드러났다. 순분은 양팔을 엇질러 겨드랑이에 찔러 넣고 저항했다. 하지만 그는 물러서지 않았고, 한창때인 남자의 완력을 당해내기는 쉽지 않았다. 순분은 있는 힘을 다해 그를 발로 찼다.

"이 쌍년! 조센징 주제에 제국의 장교를 모욕하는가?"

순분은 그의 독기에 뒤로 물러났다. 하지만 비좁은 방은 더 이상 물러날 곳을 허용하지 않았다. 그가 칼을 꺼내들었다.

"위대한 제국의 장교를 위안할 줄 모르는 조센징은 죽여도 된다. 위대한 성전에 목숨 바치는 일본제국의 장교를 위해 충성을 다해도 시원찮을 판에 감히 반항을 해? 네년이 오늘 첫날인 점을 봐서 다시 한 번 기회를 주겠다. 어떻게 할 테냐! 내 말을 들을 테냐. 아니면 고집을 부릴 테냐! 선택하라. 내 말을 안 들을 때는 네년의 간을 꺼내먹겠다."

순분은 대답 대신 놈을 쏘아보았다. 그 순간 칼날이 몸을 스치는 듯했다. 허공을 가르는 칼의 소리도 들리는 듯했다. 모든 것은 찰나였고, 순간이었다.

순분은 눈을 질끈 감았다. 그리고 이내, 모든 것이 정지되었다.

소리도, 빛도, 움직임도 들리지 않았다. 세상의 끝이 이런 느낌일까. 통증을 느낀 건 한참 후였다.

눈을 떠보니 어깨 쪽에서 피가 배어나 옷을 적셨다. 순분의 결기가 그 열린 살 틈으로 빠져나가는 듯했다. 놈은 벌겋게 배어나는 피에도 불구하고 꼿꼿이 선 자신의 물건을 순분의 아랫도리에 쑤셔 넣고 있었다. 오히려 그 피에 놈은 흥분이 돼서는 만족한 표정을 지었다.

순분은 다리를 비틀며 놈을 거부했다.

"이년이 아직 정신을 못 차렸군. 정말 죽고 싶나?"

놈은 눈을 부라리며 순분의 목을 그러쥐었다. 숨이 컥 막혔다. 순분은 자신의 목을 억세게 쥔 놈의 손등을 할퀴며 발버둥을 쳤다. 순분의 저항이 거세면 거셀수록 놈은 악력에 더 힘을 실었다. 그렇게 숨이 넘어가려는 찰나 놈은 목을 쥔 손을 놓고 대신 순분의 허벅지를 다시 발로 찼다. 그 무자비한 발길질에 또다시 짱짱히 내려가 있던 힘이 풀렸다.

아래로부터 온몸을 찢는 통증이 밀려왔다. 어깨에 난 자상과는 또 다른 통증이었다. 봉녀의 방에서도 그녀의 비명이 들려왔다. 이어 또 다른 옆방에서도 비명들이 날아왔다. 금옥의 방에서도, 또 다른 방에서도. 비명은 연이어 날아왔다. 판자로 대충 칸을 만든 벽이 우당탕, 흔들렸다. 악! 아이들의 비명을 듣다 순분은 정신을 잃었다.

얼마나 지났을까. 정신을 차려보니 순분의 몸 위에 조금 전의 장교가 아닌, 다른 군인이 올라타 있었다. 순분이 그를 밀쳐내려 했지만 두 팔은 머리 위로 들려져 두 손이 묶여져 있었다.

순분은 놈의 턱을 물어뜯었다. 그러자 놈이 순분의 얼굴이 돌아가도록 뺨을 내리쳤다. 그 무지막지한 손길에 코피가 터졌다.

"죽고 싶어 환장했군."

그의 눈이 살기로 번들거렸다. 전투에서 그는 수없이 많은 사람들을 죽였을 것이다. 이 방 또한 그에게는 전장과 다름없을 터. 죽이거나 죽임을 당하는 곳이라면 모두가 전장이고, 제 목숨을 노리는 적들을 그들보다 먼저 죽였으니 그는 이제껏 목숨을 부지하고 있을 것이다. 그러니 그에게 죽이는 일쯤은 그리 어려운 일이 아닐 것이다. 살기로 번득이는 눈을 목도한 순분은 다시 정신을 잃었다.

깨어나 보니 그때까지도 팔이 묶여 있었다. 시간이 얼마나 흘렀는지, 자신이 얼마나 정신을 잃고 있었는지 가늠이 되지 않았다. 다행히 어깨에서 흐르는 피는 저절로 멈추어 피딱지가 앉아 있었다.

순분은 그제야 시키는 대로만 하면 죽지는 않는다는 여자의 말이 무얼 의미하는지 알 수 있었다. 그 사이에 또 다른 군인이 들어왔다. 그는 피범벅이 된 순분을 보고 말했다.

"기나따이! 기나따이!"

더럽다는 말이었다.

그는 더럽다면서도 앞서 간 군인들과 다르지 않았다. 이미 나간 다른 놈들과 같이 바지춤을 풀고 순분에게 덤벼들었다. 몇 명째인지도 몰랐다. 한 명, 두 명, 세 명, 네 명…… 숫자는 무의미했다. 이 몸 닳고 닳아 차라리 먼지가 되어 버렸으면 좋겠다고 순분은 생각했다. 닳고 닳아 개미처럼 작아지면 놈들 몰래 도망갈 수 있을지도 몰랐다.

순분은 소리 지를 힘도 남아 있지 않았고, 눈물도 남아 있지 않았다.

그렇게 첫 밤이 깊어가고 있었다.

16
머리를 자르다

모든 게 변해 버렸다.
살아온 날보다 앞으로 살아갈 날들이 더 많은 아이들의 하루하루
는 그렇게 무참히 훼손되고, 분절되었다. 방문 앞에 쳐둔 휘장 틈
사이로 아침 햇살이 눈부시게 들어왔다. 분주한 소리도 들려왔다.
내가 아직 살아 있구나. 순분은 살아 있음이 차라리 원망스러웠
다. 삶은 참으로 알 수 없었고, 당장의 삶은 비루했다.

　마치 관 속 같았다. 기다랗고 비좁은 방, 그 방 안에 누워 순분
은 가만히 숨을 내쉬고 들이마셨다. 이 숨이 끊어지면 고통도 사
라질까. 아니, 살아있으되 죽은 거나 다름없었다. 순분은 간밤의
일들을 생각하고 싶지 않았다. 죽는 것이 살아 있음보다 더 낫겠
다고 생각했지만 차마 죽을 수 없어, 죽는 것이 두려워 죽을 수도
없었다. 그 두려움이, 능욕을 참는 대가로 주어진 삶이 스스로에

게 부끄러웠지만 열다섯 순분에게 죽음은 아직 꿈이 될 수 없었다. 하지만 순분은 알았다. 조만간 그 죽음이 자신에게 꿈이 되리라는 사실을. 죽어야만 자신이 사는 길이라는 것을. 기실 지금도 죽음은 자신의 주변을 맴돌며 언제든 목숨을 앗아갈 기회만을 엿보고 있었다. 어쩌면 삶보다 죽음이 더 가까이 있는지도 몰랐다. 발 한 번 잘못 디디면 그 죽음의 수렁 속으로 빨려들 것이다.

옆방에서 봉녀의 울음이 들려왔다. 살아 있었구나. 밤새 비명을 지르고 신음을 뱉어내며 울던 봉녀이기에 살아 있는 기척이 더 반가웠다. 순분은 봉녀가 있어서 든든했다. 언제나 너볏해서 의지가 되었다.

그때 휘장이 열리더니 금옥이 엉금엉금 기어왔다.

"살아 있었구나."

금옥을 보자 눈물이 핑 돌았다. 금옥은 말없이 순분의 옆에 누워 순분의 손을 잡았다. 그 손이 희미하게 떨렸다.

"잘했어. 잘했어."

순분은 잘했다고 위로했지만 자신도 알 수 없었다. 무얼 잘했다는 것인지. 간밤을 잘 참아냈다는 말인지, 죽지 않고 살아줘서 잘했다는 말인지.

금옥은 아무 말도 하지 않았다. 순분 역시 할 말이 없었다. 둘은 말없이 그렇게 한동안 손을 잡고 누워 있었다. 하지만 그 말없는 침묵의 시간이 더 많은 말들을 담고 있었다. 말은 없었지만 순분은 알았다. 굳이 말을 하지 않아도 금옥의 마음을 알았다. 그런 탓에 순분은 금옥이 더 애잔하고 안쓰러웠다.

"근데 너 거기!"

금옥이 순분의 어깨에 생긴 상처를 보고 놀랐다.

"어디 봐."

금옥이 옷을 들추고 상처를 들여다봤다.

"상처는 깊지 않아 다행이네. 위생소에서 약 받아다 발라줄게."

"괜찮아. 냐두면 낫겠지. 걱정하지 마. 그나저나 봉녀는 어떻게 하고 있을까? 우리 봉녀에게 가보자."

순분은 휘장을 걷고 밖을 살폈다. 복도 끝에 있는 세수간에는 아이들이 길게 줄을 서 있었다. 순분은 그 틈을 이용해 얼른 봉녀의 방으로 건너갔다. 금옥도 그림자처럼 순분의 뒤를 따랐다.

밤새 비명을 지르고 저항하던 봉녀가 음부에 피를 흘린 채 울고 있었다. 분루든 오욕의 눈물이든 봉녀의 눈물을 보자 명치 끝에 통증이 일었다. 봉녀는 울지 않을 줄 알았다. 아니 울지 않기를 바랐다. 보다 더 굳건히 참아내고 이겨내서 금옥과 자신에게 든든한 버팀목이 돼 주기를 바랐다. 하지만 봉녀의 눈은 퉁퉁 불어 있었고, 코 끝도 빨갛게 부풀어 있었다. 그 사이에도 봉녀의 눈에서는 하염없이 눈물이 흘러내리고 있었다.

봉녀의 울음에 금옥도 따라 눈물을 흘렸다. 순분도 애써 참고 있던 눈물이 봉녀의 눈물을 신호로 봇물 터지듯 흘러내렸다.

"우지 마."

금옥이 봉녀를 위로했다.

"여기서 죽으면 개죽음보다 못해. 그러니 어떤 일이 있어도 참자. 참아야 해."

왜 그때 자신의 입에서 그런 말이 튀어나왔는지 순분은 알 수 없었다. 뭔가 봉녀에게서 그런 기운이 느껴졌다. 죽음의 기운 같은 거. 봉녀의 울음과 봉녀의 어둔 낯빛과 봉녀에게서 느껴지는 어떤 음울함이 마치 죽기를 결심한 사람의 표정처럼 보였다.

말은 그렇게 했지만 순분도 알 수 없었다. 개죽음보다도 못한 삶을 견디는 것이 최선인지, 아니면 개죽음일지라도 치욕스런 삶을 마감하는 것이 최선인지. 그 치욕을 견디며 사는 것보다 어쩌면 지금 당장 죽는 일이 더 나을 수도 있을 것이다. 하지만, 하지만……

순분은 아버지, 어머니가 보고 싶었다. 핍색하고 옹색하지만 그 안온한 집, 아버지의 웃음과 어머니의 따뜻한 손길이 그리웠다. 한겨울 아궁이에 넉넉히 불을 지핀 후, 뜨끈한 아랫목에 배를 깔고 엎드려 하얀 눈발이 날리는 밖을 내다보고 있노라면 무언가 알 수 없는 그리움이 가슴에 괴었다. 그게 무엇인지는 몰랐다. 그저 애잔한 어떤 느낌이 가슴에 차올라 종내는 일어나 눈 쌓인 마당으로 내려서곤 했다. 그 숫눈 진 마당에서 순분은 꾹꾹, 발로 빙 둘러 밟아 국화꽃을 만들거나 일자로 반듯한 발자국을 남기기도 했었다. 얼마 가지 않아 눈쌓인 마당은 순분이 만든 국화꽃과 발자국으로 가득했다. 그 눈, 그 차갑게 엉기던 그 눈들. 그 하얀 눈발이 그리웠고 봄이면 환하게 피어나던 진달래, 개나리도 보고

싶었다. 지금 생각해 보니 그것들이 꿈인가 싶었다. 살아 다시 그
것들을 볼 수 있을까?

휘장 사이로 비집고 들어온 아침 햇살이 그새 여물어져 있었
다. 하지만 고향집에서 보던 햇빛과는 느낌이 달랐고, 온도도 달
랐다. 아침의 일상도 달랐다. 게으르게 잠에 취해 있던 그 아침
들…… 이제 그런 아침은 만날 수 없을 것이다. 그때는 그 아침이
행복인지 몰랐다. 그제야 기를 쓰며 처녀공출을 피해 어딘가에
꽁꽁 숨거나 서둘러 시집을 가던 마을의 친구들이 생각났다. 그
들은 알았던 것이다. 처녀공출의 의미를.

"너희들 지금 뭐하는 게야? 빨리 빨리 움직여, 잊었니? 여기서
는 누구와도 친하게 지내거나 이야기를 나누면 안 된다는 것을
잊었어?"

휘장이 걷히며 불쑥 한 여자가 들어왔다. 이곳 위안소에 있는
아이들을 관리한다는 일본인 여자였다. 그녀는 셋이 함께 있는 순
분과 금옥과 봉녀를 보고는 흰자위를 드러내며 앙칼지게 말했다.

"함부로 자신의 방을 이탈해서는 안 된다는 규칙을 일러줬을
텐데. 이를 어기면 벌을 준다고도 했을 텐데. 좋아. 처음이라 이번
한 번은 눈감아 주겠어. 그러니 어서 빨리 씻고 청소하고 식사를
마치는 게 좋을 거야."

겁이 많은 금옥이 여자의 말에 쫓겨 어정쩡 일어나 자신의 방
으로 향했다. 순분은 봉녀가 걱정됐다. 하지만 자신이 봉녀의 곁
에 남아 있는다고 해서 달라질 것이 없다는 사실을 알았다. 참아.

참아야 해. 순분은 눈빛으로 봉녀에게 말을 건넸다. 그리고 자신의 방으로 건너왔다.

"다들 씻고 식사한다. 식사가 끝나면 머리를 자른다. 대 일본제국의 여자들은 모두 단발이다. 그러니 너희들도 그에 맞춰 단발로 자른다. 그리고 지금부터 약을 나누어주겠다. 두 개다. 하나는 지금 당장 먹고 하나는 봉사가 끝날 때마다 씻어내는데 사용한다. 위대한 황군을 맞아들이는 그 문이 더러워서야 되겠나?"

한 군인이 복도를 오가며 큰소리로 이야기했다. 그의 소리가 카랑카랑 복도를 울렸다.

봉사라니. 봉사라는 그 말을 순분은 이해할 수 없었다. 그게 어떻게 봉사일 수 있을까. 차라리 인신공양이나 인신제물이 더 어울릴 터였다. 성스러움이나 거룩함은 손톱만큼도 찾아볼 수 없는, 가장 저급하고 비열하며 참혹한 또 다른 형태의 살육 행위. 헌데 봉사라니.

"굶기지 않고 먹여주고 입혀주고 재워 주는 것을 천황폐하께 감사하라. 아직까지 뭐하느라 꾸물대고 있나! 빨리 빨리 움직여라!"

그 군인이 순분의 방의 휘장을 왈칵 걷더니 소리부터 질러댔다.

순분은 그 말에 쫓겨 흐트러진 모포와 방을 정리하고 밖으로 나왔다. 움직일 때마다 어깨의 상처가 쓰라리고 아렸다.

식사배급대에는 벌써 아이들이 줄을 서서 나누어주는 주먹밥을 받아들고 있었다. 순분도 줄의 끝에 가서 섰다. 그 줄에 봉녀는 보이지 않았다. 사방을 둘러보았지만 금옥과 봉녀의 모습은 찾을 수 없었다. 친구들을 두고 혼자 나왔다는 사실에 순분은 마음이 무거웠다.

꽁꽁 뭉친 주먹밥에 절인 무가 전부였다. 햇빛이 그 주먹밥에 떨어져 날빛으로 빛났다. 밥 냄새를 맡고 금세 파리들이 끓었다. 구물구물 시커먼 파리떼들이 밥에 앉기도 하고 손등에 앉기도 하고 밥을 따라와 입술에도 앉았다. 비늘처럼 엉겨 붙은 어깨의 피 딱지에도 파리들이 꾀었다. 순분은 파리를 쫓았지만 순분의 피 냄새와 밥 냄새를 맡은 파리들은 멀리 날아가지 않고 순분의 주변을 낮게 날았다.

순분은 밥알들을 억지로 씹어 삼켰다. 입 안이 말라 밥알이 모래알처럼 깔깔하게 씹혔다. 혀는 마치 나무토막 같았고, 맛도 느낄 수 없었다. 그녀는 밥 한 번, 물 한 번 번갈아가며 입에 물었다. 닝닝한 더운 기운이 그대로 그 물사발 속에 녹아들어 있었다. 헌데 그때였다. 자신들이 기거하는 위안소에서 구루마 한 대가 끌려나오고 있었다.

순분은 하마터면 들고 있던 사발을 놓칠 뻔했다. 가마니를 덮은 구루마 한쪽에서 발이 비죽하게 빠져나와 있었다. 발바닥이 까만 발. 누구의 발일까. 순분은 순간 온몸의 터럭들이 곤두섰다. 그리고는 튀어 오르듯 황급히 위안소 안으로 달려 들어가 봉녀의 방 휘장을 걷고 안을 들여다보았다.

봉녀는 방 안에 없었다. 그저 어둔 그늘이 습하고도 적막하게 고여 있을 뿐. 순분은 모든 피톨들이 한꺼번에 머리로 치받쳐 올라오는 듯했다.

"봉녀야! 봉녀야!"

순분은 낮게 봉녀를 불렀다. 하지만 봉녀의 대답은 없었다. 가슴이 뛰었다. 설마. 설마…… 다시 순분은 아이들이 있는 배식대 주변으로 눈길을 돌렸다.

아이들은 밥을 먹다 말고 아침 햇살 속에서 가마니에 덮인 채 구루마에 실려 나가는 그 아이의 주검을 훔쳐보고 있었다. 그 표정에 슬픔과 분노가 들어 있었다. 아이들의 무언의 배웅을 위안 삼아 죽은 아이는 그렇게 이승의 마지막 현장을 벗어나고 있었다. 죽어서야 가질 수 있는 휴식이었다. 그때 아이들의 무리 속에서 훌쩍임이 들렸다. 순분은 그 훌쩍임이 무력한 자신들과 저 아이에 대한 만가나 장송곡처럼 들렸다.

"죽지 마라, 너는."

무슨 소리인가가 들렸다. 하지만 순분은 난분분 그 주검 위에 떨어지는 햇살이 어지러워 그 소리를 놓쳤다.

"순분이 너는 죽지 마라고. 바보처럼 죽지 마라고."

그제야 순분은 옆을 돌아보았다. 언제 왔는지 봉녀가 그 아이를 바라보며 혼잣말처럼 중얼거렸다. 순간 명치 끝에 걸려 있던 체증이 쑥 내려가는 듯했다. 이 아침에 가마니에 덮여 실려 가는 아이가 봉녀가 아니라서 다행이었고, 살아 있어 줘서 봉녀가 고마웠다.

"그래. 그러니 너도 죽지 마."

순분도 애원하듯 말했다.

"밥은?"

순분의 물음에 봉녀는 굳은 표정으로 입을 다물었다. 순분은 들고 있던 밥덩이가 부끄러웠다.

"먹어. 괜찮아. 먹어야지."

그런 순분의 마음을 눈치챘는지 봉녀가 위로하듯 이야기했다.

먹고 싶지 않았지만 먹었다. 살고 싶지 않았지만 먹었다. 봉녀를 위해 먹었다. 넘어가지 않았지만 꾸역꾸역 먹었다. 그것들이 체물로 명치 끝에 다시 얹혔지만 그때마다 물을 넘기면서 밥알들을 아래로 내려보냈다. 봉녀를 위해서, 친구들을 위해서 먹었다. 하지만 먹고 싶지 않았다. 그 사이에도 파리들이 들끓었다. 밥알들은 묵직한 통증을 일으키며 식도를 타고 아래로 내려갔다. 그 사이 봉녀는 고개를 쳐들고 햇빛에 얼굴을 말렸다. 햇빛에 드러난 얼굴이 분노로 가득했다.

"식사를 마친 사람은 이쪽으로 와서 머리를 자른다."

위안소 앞, 마당에서 한 군인이 소리쳤다. 챙이 만든 그늘 때문에 그의 눈은 보이지 않았다.

"꾸물거리지 말고 빨리 줄을 선다! 지금부터 셋을 센다! 셋을 셀 때까지 오지 않으면 너희들 모두 단체로 벌을 받는다. 하나! 둘! 셋!"

소리가 쨍쨍하니 햇살을 뒤흔들었다.

하나 둘, 아이들이 다른 아이들 뒤에 따라붙으며 줄을 만들었다. 위안소에서 나오지 않고 고집을 부리는 아이들을 끌어내느라 방을 뒤지는 군인들도 있었다. 어느 방에서 비명소리가 터져 나왔다. 이어 무언가가 부딪치며 끌리는 소리도 들렸다.

군인의 손에 잡힌 채 끌려나온 아이는 순분과 함께 배를 타고 온 아이였다. 아이는 가지 않겠다고 버둥거리며 저를 끌어내는 손길에 저항했다. 하지만 어린 아이가 당해낼 수는 없었다. 그 아이는 복날 잡혀가는 개처럼 끌려 마당으로 나왔다. 아이는 끌려나오면서 자신의 머리채를 말아 쥔 우악스런 군인의 손을 잡고 버둥거렸다.

"다시 한 번 말한다! 명령을 거역한 년에게는 죽음뿐이다!"

군인이 이를 악문 소리로 아이들을 향해 말했다. 그 기운에 눌려 아이들은 눈을 내리깔고는 저들이 시키는 대로 고분고분 움직였다.

"가자."

순분이 봉녀의 손을 잡아 끌었다. 아까는 보이지 않던 금옥이 순분과 봉녀를 보고 다가왔다.

"밥은 먹었어?"

순분이 묻자 금옥이 고개를 가로저었다.

"땋은 머리는 다 풀고 기다린다. 다 자른 사람은 방으로 들어가 너희들 임무에 충실한다!"

그 말이 끝나자마자 가위를 들고 대기하고 있던 일본인 여자가 아이들의 무리 속으로 들어오더니 머리를 자르기 시작했다. 그동안 씻지 못해 가닥가닥 뭉쳐지고 기름이 진 아이들의 머리카락들이 그 뭉툭한 가위에 잘려나갔다. 아이들은 안 자른다, 못 자른다, 반항하지 못했다. 앞에서 칼과 총을 든 군인들이 흰자위를 희번득거리며 지키고 있었고, 일본인 여자는 가위를 들이밀며 위협했다. 아이들은 무력하게 앉아 제 머리를 그들에게 맡겼다. 차가운 가위가 목에 닿을 때 아이들은 흠칫, 움츠러들었지만 가위는 주저하지 않고 흑단 같은 머리카락을 잘랐다. 사각사각, 머리가 잘리는 소리가 귀에 섬뜩하게 살아났다. 조금만 움직이면 그 가위가 제 목을 파고들 것만 같아 숨도 조심스럽게 쉬었다.

머리를 자를 때 누군가의 낮은 훌쩍임이 가위소리에 추임새처럼 섞였다. 하지만 그 울음은 길지 못했다. 서슬 푸른 가위와 새된 욕설 속에 그 울음은 머리카락과 함께 잘렸다.

어머니가 정성스레 빗겨주고 땋아주던 머리였다. 단옷날에는 창포를 삶은 물에 감겨주었고, 설날에는 그 머리 끝단에 붉은 댕기를 물려 땋아주며 복을 빌어주기도 했었다. 가위가 자른 건 비단 머리카락만이 아니었다. 탯줄을 자른 것처럼 그 의식도 함께 잘랐고, 과거도 끊어냈다. 가위가 지나갈 때마다 목 뒤가 허수하고 서늘했다.

아이들은 일자로 잘린 머리카락을 더듬으며 허전해했고, 상실감에 말을 잃었다. 있어야 할 것이 없다는 사실은, 애지중지 정성들이던 것들이 한순간에 사라져버린다는 것은 또 다른 위협이기도 했다. 싹둑, 머리카락이 잘린 아이들은 차례로 알 수 없는 주사를 맞았다. 그 주사가 무엇인지도 말해주지 않았다.

"많이 맞았나 봐."

금옥이 어딘지 불편해 보이는 봉녀의 걸음걸이를 지켜보며 낮게 말했다.

"상처는? 상처는 괜찮대?"

"더 이상 말을 하지 않으니 모르겠어. 물어도 대답 안 해."

순분의 물음에 금옥이 대답했다. 봉녀는 그럴 아이였다. 여간해서는 자신의 일을 말하지 않는 아이가 바로 봉녀였다.

"아까 구루마에 실려 나간 애는 누구래?"

"몰라. 아무도 말해주지 않아."

이번에도 순분이 묻고 금옥이 대답했다.

"거기! 무슨 잡담을 하는 게야? 잡담 금지라고 했잖아!"

아이들을 감시하던 군인이 한달음에 다가와 금옥의 허벅지를 발로 찼다.

금옥은 윽, 짧게 비명을 내지르며 말을 삼켰다. 금옥은 무참한 표정으로 앞서 재게 걸어나갔다. 머리카락이 잘린 금옥의 목이 더 가늘게 드러났다.

머리도 바뀌고 옷도 바뀌었으니 새로운 삶을 살면 된다, 라고 순분은 마음먹었지만 어디 지금까지 몸에 배인 습관들이 하루아침에 바뀔 수 있을까. 그건 차라리 본능에 가까웠고, 무의식적으로 나오는 버릇이었다.

17
비루한 생

목덜미가 허전했다. 늘 있던 것이
사라져 버린 그 상실감과 허전함에 순분은 자꾸만 목덜미를 매만
졌다. 바람이 먼저 목덜미를 감고 지나갔다. 긴 머리카락. 그것은
머리카락이기 이전에 더 깊은 의미가 있었다. 이를테면 정조 같
은 거. 단정하게 정돈된 머리는 여자의 정절과 정결함을 상징했
고, 그런 까닭에 여자의 하루는 삼단 같은 그 머리카락을 빗고 빗
어 잘 다듬는 일로 시작됐다. 아침마다 의식처럼 행해지던 그 일
들은 이제 지나간 과거의 일들로 기억 속에 자리할 것이다. 행여
집으로 돌아갈 수 있을지 모른다는 희망은 그 머리카락과 함께
잘려 나가고 이제 돌아갈 수 없다는 좌절과 절망만이 그 머리카
락을 대신해 자리했다.

머리카락이 잘린 아이들이 생경해 보였다. 봉녀는 더 고집이

세 보이고, 금옥은 더 어려 보였다.

3호실. 하루코. 순분은 자신의 방으로 들어왔다.

방에 들어와 숨 고를 사이도 없이 한 군인이 휘장을 걷고 방으로 들어왔다. 순분은 화들짝 놀라 네마키를 여미며 뒤로 물러났다. 저들이 시키는 대로 해야 살아남는다는 것을 알았지만 그 일에는 도무지 익숙해지지 않았다.

"뭐하는 게요?"

그는 게슴츠레 풀린 눈으로 순분을 덮쳤다. 봉녀의 방에서도 비명과 욕설이 다시 터져 나왔다. 순분은 두 손을 모아 빌었다. 제발 부탁이에요. 살려주세요. 하지만 그는 순분의 두 팔을 비틀어 잡고 허벅지를 발로 찼다. 순분은 있는 힘을 다해 그를 밀쳐냈다. 순간 무언가 날카로운 통증이 전류처럼 온몸에 흘렀다. 그 통증이 어디서 발원한 것인지 순분은 알 수 없었다. 헌데 그를 밀쳐내려 버둥거리는데, 순분의 손이 닿을 때마다 그의 군복에 피가 묻어났다. 시뻘건 피였다. 방금까지 순분의 몸을 돌던 그 피들이 순분의 몸에서 빠져나와 그의 옷에 도장을 찍듯 묻어났다. 피가 흐르는 곳은 순분의 손바닥이었고, 그가 손칼을 꺼내어 순분의 손바닥을 찔렀던 것이다.

"이년이 죽어야 정신을 차릴 모양이군. 재수 없게 시리. 어디다 더러운 피를 묻히는 게야?"

그가 다시 순분을 때렸다. 주먹으로 발로 칼등으로 인정사정없이 후려치고 내리치고 짓밟았다. 순분은 마른 짚단처럼 그의 손끝에서 흔들렸다. 순분은 저항을 포기했다. 처음부터 이길 수 없는 저항이었다. 포기하니 차라리 마음이 편했다. 순분은 저항 대신 질끈 눈을 감았다. 눈을 감는 일로 눈앞의 세상으로부터 도망쳤다.

혼절하듯 누워 있는 순분의 위에서 그는 자신의 볼일을 보았다. 그 사이에도 손바닥의 통증은 날카롭게 살아났고, 순분은 그 통증이 더럽혀진 자신에 대한 벌이라고 생각했다. 손바닥뿐만이 아니었다. 어깨의 통증도 덩달아 살아나 다른 생각을 못하게 만들었다.

그가 나가자 다른 군인이 들어왔다. 한 놈이 나가면 다른 놈이 들어왔다. 다시 그놈이 나가면 또 다른 놈이 들어왔다. 인사도 없이 걱정도 없이 그들은 더미를 대하듯, 짐승을 대하듯 그렇게 들어와서는 흘레붙듯 황급히 일을 치루고 뒷사람에게 떠밀려 돌아갔다. 그건 흘레였다. 짐승들이나 하는. 그 순결하디 순결한 소도 같은 열다섯 살 순분은 그렇게 어느 날 갑자기 그들에게 해제되고 난도질되었다.

옆방에서 금옥이의 흐느낌 소리가 들려왔다. 순분은 다시 눈을 감았다. 그 감은 눈 안에 하얀 것이 날아다녔다. 뭘까? 이게 뭘까? 순분은 감은 눈 안으로 떠다니는 하얀 물체를 보기 위해 눈을 떴다. 하지만 눈을 뜨면 보이는 것은 순분의 몸 위에 올라타 헐떡이는 군인의 얼굴이었다. 진득한 침을 흘리며 충혈된 눈으로 자신들의 욕망을 풀고 있는 남자. 그들의 이름은 몰랐다. 다들 같은 옷을 입고 같은 모자를 쓰고 같은 짓을 하다 돌아가는 그들의 이름을 알 필요도 없었고, 안다 한들 부를 일도 없었다. 그들은 그저 여자에 굶주린 짐승들일 뿐이었다.

자신의 몸을 게걸스럽게 탐하고 있는 군인의 얼굴을 피해 옆으로 시선을 돌리자 순서를 기다리던 군인이 휘장을 걷고 방 안에서 일어나는 일을 지켜보고 있었다. 그 군인과 시선이 마주쳤다. 오줌이 마렵다는 듯, 못 참겠다는 듯 그는 순분의 몸 위에서 떨어질 줄 모르는 군인을 재촉했다.

"하야쿠! 하야쿠! 빨랑 나와. 제기랄! 못참겠어! 그러니 빨리 끝내라구!"

지옥이었다. 여긴.

다시 순분은 눈을 감아버렸다. 다시 감은 눈 안으로 하얀 물체가 찾아들었다. 팔랑팔랑. 그 물체는 가볍게 순분의 눈 안에서 떠다녔다. 나비, 나비였다. 순분은 눈을 감고 그 나비를 쫓아갔다.

18

위안소, 구락부, 오락소

아이들은 대부분 느닷없이 끌려왔다고 했다. 빨래터에서 빨래를 하다가 혹은 집안에서 일을 하다가, 길을 가다가 배가 고파 친척집에 밥을 얻어먹으러 가다가 그들에게 잡혀 왔다고 했다. 더러 꼬임에 빠져 따라온 아이들도 있었지만, 이런 일을 하게 되리라고는 생각지도 못했다고 했다.

"친구가 자기가 아는 아저씨를 따라가면 돈을 벌 수 있다고 해서 왔어. 밤에 몰래 집을 나왔지. 이런 일인 줄 몰랐어. 알았더라면 안 왔을 거야. 가자고 하면 도망쳤을 거야. 사실 그 아이도 이런 일을 하게 될 줄은 몰랐다고 했어. 그저 잡일을 거드는 일 정도로 생각했다고 했어."

친구의 꼬임에 빠져 여기까지 오게 됐다는 아이는 손톱을 물어뜯으며 불안하게 말을 이었다. 그 아이처럼 아이들은 자신들이 처한 지금의 현실을 이해할 수 없었다. 이런 일들이 자신의 삶 속에서 일어날 거라고는 꿈에도 생각해 보지 못했던 아이들이었다. 도대체 왜? 왜 이런 일이 자신에게 일어났을까. 아이들은 현실을 부정하고 숨고 싶어 했다. 꿈에도 생각할 수 없었던 일들을 현실에서 맞닥뜨린 아이들은 격렬하게 저항하고 반항했다. 하지만 저항하고 반항하면 돌아오는 것은 더 잔혹한 형벌이었다. 살려면 순응해야 했다. 순응하지 못하는 아이들은 가차없이 죽어나갔다.

그렇게 무심히 속절없이, 시간이 흐르고 있었다. 날이 지나고, 달이 바뀌는 동안 성한 것은 없었다. 아이들은 체념하면서 조금씩 그 생활에 적응해 나갔다. 그 체념과 적응이 당장에 아이들을 살렸고, 서서히 죽음으로 몰아갔다.

"전부 모인다. 오늘은 오후까지 대청소를 한다. 청결한 곳에 건강한 육신과 정신이 있다. 황군들은 목숨을 걸고 싸우는데 너희들은 놀아야 되겠느냐? 그러니 이제부터 너희들이 해야 할 일을 정해주겠다. 그러니 빨리 나온다!"

총을 어깨에 멘 군인은 군화를 신은 채로 복도를 다니며 방의 휘장을 걷고 아이들을 불러모았다.

"빨리 빨리 움직여라! 전장이면 너희들은 진작에 죽었다."

순분은 자리에서 일어나 밖으로 나왔다. 걸을 때마다 밑은 쓰리고 아팠다. 아니, 아랫도리만이 아니었다. 인정사정 봐주지 않고 무자비하게 들이대는 그들을 받아내느라 내장이 끊어질 듯 아팠다. 하루에 수십 명이 넘는 군인들을 상대하는데 몸이 어찌 온전할 수 있을까. 늘 죽음 위에 위태롭게 서있는 군인들은 살아 있는 것을 느끼기 위해서라는 듯, 이번이 마지막일지도 모른다는 두려움 때문인 듯, 집요하게 아이들을 찾았다. 그들 또한 언제 죽을지 모르는 목숨들이었다. 그들이 가는 길의 끝에는 죽음이 있었고, 그들이 죽지 않고 살아서 돌아오면 그 보상의 하나로 아이들이 주어졌다. 어쩌면 그들의 목적지는 죽음이었는지 모른다. 누구나 다 삶의 막다른 길에 다다르면 죽음이 기다리고 있었지만 그래도 혈기왕성한 젊은 날에 맞는 죽음은 특별히 더 두렵고 애통할 것이다. 게다가 그들은 전장의 군인들이었다. 그러니 삶보다 죽음이 더 가까이 있는 목숨들이었고, 죽이지 않으면 자신이 죽는 그 절박함에서 그들은 더 잔인하게 굴었다.

금옥이 다리에 피를 흘린 채 절뚝절뚝 걸어오고 있었다. 순분은 걸음을 부러 천천히 걸었다. 금옥과 거리가 가까워지자 순분이 군인의 눈치를 살피며 속삭이듯 물었다.

"다리는 왜 그래?"

그때 허공을 가르는 소리가 날아왔다. 채찍이었다.

"잡담금지! 어디서 조선말을 하는 게야?"

그는 험악한 얼굴로 다가오더니 순분을 향해 군홧발을 날렸다. 그 발을 옆구리에 제대로 맞은 순분은 숨이 컥 끊기는 듯했다. 순분은 아픈 곳을 손바닥으로 쓸어내리며 서둘러 걸음을 옮겼다. 금옥은 그의 눈치를 보며 순분으로부터 거리를 두었다.

그때였다. 한 아이가 반주검 상태로 위안소에서 끌려나왔다. 두 명의 군인이 그 아이의 겨드랑이에 팔을 집어넣어 끌어냈다. 아이는 축 늘어져 있었고, 그 아이의 발은 바닥을 끌고 있었다. 뒤따라 채찍을 든 군인이 그 아이의 방에서 나왔다.

"위대한 황군을 다치게 한 년은 벌을 받아 마땅하다."

그 아이의 작은 몸 위로 채찍이 감겨들었다. 한 번 두 번 세 번, 아이의 몸에 채찍은 차지게 감겼다. 한 번씩 채찍이 아이의 몸을 훑을 때마다 아이는 그 반동으로 풀썩풀썩 튀어 올랐다가 꺼졌다.

"너희들 목숨은 벌레보다 못하다. 너희들은 사람이 아니란 말이다. 그러니 시키는 대로 해야지."

어느 순간 아이는 움직임이 없었다. 비명도 신음도 울음도 빼물지 않았다. 그저 평온하게 잠을 자듯, 그렇게 아이는 축 늘어져서는 움직이지 않았다.

그 모양을 지켜보고 있던 아이들은 말을 잊었다. 다만 공포만 역병처럼 번져갈 뿐. 공포가 거대한 보늬처럼 아이들을 덮고 있었다.

순분은 딸꾹질이 났다. 그 딸꾹질을 참아내려 숨을 참았다. 그러나 딸꾹질은 명치에서 더 크게 뭉쳐지고 뭉쳐지더니 종내는 기이한 쇳소리로 빠져나왔다. 순분은 두 손으로 제 입을 틀어막았다.

채찍을 휘두르던 군인은 축 늘어져 있는 아이를 군화발로 찼다. 하지만 그 발길에 가해지는 힘에도 아이는 무력하게 흔들릴 뿐 저 혼자 살아 있다는 신호는 내지 못했다.

"확인해!"

채찍을 든 군인이 총을 어깨에 멘 채 서 있던 군인에게 턱짓으로 아이를 가리켰다. 말이 떨어짐과 동시에 그 군인은 아이에게 다가가 손을 코밑에 댔다.

"죽었습니다. 숨을 안 쉽니다."

아이의 숨결을 확인한 군인이 채찍을 든 사내에게 짜증 섞인 얼굴로 말했다.

"빠가야로! 빠가야로! 갖다 버려!"

그가 미간을 찌푸린 채 내뱉고는 고개를 틀어 이빨 사이로 침을 쏘았다. 아이는 조금 전에 끌려 나왔던 것처럼 끌려 나갔다. 어제까지만 해도 숨이 돌고 눈을 마주치고 집에 가고 싶다고 울던 아이가 죽어서는 아이들 앞에서 사라졌다. 순분은 빠가야로가 누구를 지칭하는지 알 수 없었다. 죽은 아이를 말하는 것인지 아니면 그 아이를 죽음에 이르게 한 자신을 말하는 것인지.

"봤지? 이게 너희들의 운명이다. 너희 편은 어디에도 없다. 우리가 살아야 너희도 살 것이다. 그러니 황군들이 아무 걱정 없이, 아무 불편 없이 전쟁에 참여할 수 있도록 너희들이 도와야 할 것이다. 황군을 해치려 한 자에게는 방금 보았듯이 죽음만이 기다리고 있을 것이다."

아이들은 두려움에 말도 잇지 못한 채 눈만 데룩데룩 굴리고 있었다.

"자, 지금부터 두 개조로 나눈다. 그리고 앞으로 두 시간 동안 빨래를 하고, 바느질을 한다. 게으름을 부리는 자에게는 끔찍한 벌이 기다리고 있을 것이다. 새 옷처럼 말끔하게, 단추는 번쩍번쩍 윤이 나도록 닦는다. 새 옷처럼 깨끗하게 정돈된 군복은 황군의 사기를 크게 높일 것이다. 군복에서 자긍심과 용기가 나온다. 그러니 성심을 다하도록!"

그의 말이 떨어지자마자 군인 둘이 대나무로 짜 만든 커다란 바구니 두 개를 힘들게 들고 와 아이들 앞에 내려놓았다. 그 안에는 때에 찌들고 흙투성이인 군복이 한 가득 담겨 있었다.

"빨기 전에 떨어진 곳을 손보고 빤다. 빨리 빨리 서둘러라!"

아이들은 그 말에 쫓겨 두 개의 바구니 앞에 두 개의 줄로 섰다. 그리고 각자 옷을 주워들고 여기저기 살피기 시작했다. 그 군복에서 매캐하게 화약 냄새가 났다. 아니, 어쩌면 그것은 죽음의 냄새였을 것이다. 진흙바닥을 굴렀는지 말라붙은 흙이 비늘처럼 들러붙어 있었고, 이리저리 펼칠 때마다 그 비늘 같은 흙은 가루로 부서져 내렸다. 어떤 옷은 팔꿈치 부근이 찢어져 있었고, 어떤 옷은 단추가 떨어지고 없었다.

순분은 먼저 말라붙은 흙을 털어냈다. 그리고 바늘귀에 실을 넣었다. 그 바늘귀에 실을 넣으면서 순분은 어쩔 수 없이 어머니를 떠올렸다. 예전에 그랬다. 시집가던 언니가 첫날밤 깔고 덮을 이불을 지을 때 순분은 어머니 옆에서 바늘귀에 실을 꿰어주었다. 그 새이불이 좋아 보여 순분은 말했다.

"이거 덮고 자는 언니는 좋겠다."

"부러워?"

순분은 웃으며 저를 바라보는 어머니에게 고개를 끄덕여 보였다.

"너도 시집갈 때 해줄게."

"정말? 그러면 나는 더 좋은 걸로 해줘."

"시집 안 간다는 소리는 안 하네."

어머니는 자못 서운한 표정을 지었지만 입가에는 미소가 실려 있었다.

"실을 길게 꿰면 멀리 시집간단다. 그러니 너무 길게 꿰지 마. 너는 멀리 안 보내고 가까운 곳에 시집보내고 싶다. 그래야 보고 싶으면 언제든 볼 수 있지."

어머니는 바늘귀에 실을 꿰어 건네주는 순분에게 말했다.

그때부터였다. 순분은 바늘귀에 실을 꿸 때 길게 꿰지 않았다. 딱 팔길이 하나만큼, 그만큼의 길이로 실을 꿰었다. 저도 그럴 줄 알았다. 시집갈 때 어머니가 언니에게 새이불을 지어준 것처럼 첫날밤 깔고 덮을 푹신한 이불을 지어줄 줄 알았다. 그 이불을 깔고 덮으면서 순분은 새로운 세상을 열고 새로운 삶을 살고 새로운 목숨을 이어나갈 줄 알았다. 자신의 아이를 낳고 자신의 아이가 커가는 것을 보고 자신의 아이가 시집가고 장가가서 또 다른 아이를 낳는 것을 보며 그렇게 살아갈 줄 알았다. 헌데 어디서 이렇듯 어긋나 버렸을까.

"난 도망칠 거야. 도망치다 죽어도 여기서 도망칠 거야. 꼭 도망치고 말 거야."

순분은 제 귀를 의심했다. 설마 잘못 들었거나 환청일 거라고 생각했다.

헌데 환청이 아니었다.

"너는 계속 여기 있을 거야?"

봉녀가 주변을 살피면서 낮게 속삭였다. 순분은 들고 있던 군복에 시선을 고정시킨 채 복화술처럼 말했다.

"어떻게, 어떻게 나갈 건데? 게다가 여기가 어딘 줄 알고?"

"여기만 아니면 돼. 여기서만 나가면 돼. 그게 어디든 여기만 아니면 돼."

"가더라도 여기가 어딘지는 알고 가야 될 게 아냐?"

정말 여기가 어디인 줄도 모르는데, 어디로 간단 말인가.

"갈 거야. 난 나갈 거야."

봉녀의 그 말이 순분에게 하는 말이 아니라 스스로에게 하는 다짐처럼 들렸다. 그 어투가 결연하고도 비장했다. 갈 수 있으면 순분도 가고 싶었다. 여기서 이렇게 비루하고 참혹하게 사느니, 순분도 나가고 싶었다. 하지만 어떻게 간단 말인가.

"빨리 빨리 끝내라. 굼벵이처럼 느러터져서는. 황군들이 입을 옷이다. 그러니 함부로 대하지 말라!"

입을 가만두면 심심한 듯 군인은 끊임없이 아이들을 채근하고 닦달했다. 독려하는 그의 어투에 일정한 가락까지 실려 있었다.

아이들을 감시하던 군인은 그것만으로는 부족하다고 생각했던지 보란 듯 한 아이를 발로 걷어찼다. 그 발길질에 아이는 그대로 나둥그러졌다. 봉녀가 그 아이를 보고 일어서려는 걸 순분이 감시병 몰래 봉녀의 손을 잡아끌어 앉혔다. 순분의 제지에 봉녀는 그 아이를 외면했다. 잘했어. 지금은 무조건 참아야 해. 그게 저 아이에게도 좋아. 굳이 소리내어 말하지 않아도 봉녀는 순분의 마음을 헤아릴 터였다.

군인들을 받지 않으니 그나마 살 것 같았다. 별 이상한 걸 요구하는 놈들도 있었다. 개나 말들이 하는 짓을 흉내 내는 놈들도 있었고, 때리면서 쾌감을 얻는 놈도 있었다. 반항하면 죽음으로 응징했다. 함께 온 김덕녀란 아이는 일본군에게 젖꼭지를 물어 뜯겨 죽었고, 춘심이는 자궁이 작아 들어가지 않자 음부를 칼로 찢었다가 상처가 덧나 죽었다. 또 라미꼬란 이름으로 불리던 아이는 말을 듣지 않는다고 일본군에게 아래를 심하게 걷어차였는데, 그만 자궁이 탈궁이 되어 죽기도 했다.

운이 나쁘면 자신 차례였다. 그러니 살기 위해서는 그들이 시키는 대로 해야 했고 벙어리가 되어야 했고 장님이 되어야 했다.

그렇게 얼마나 시간이 흘렀을까.

바느질과 빨래를 끝내기가 무섭게 군인들은 아이들을 또 다그쳤다.

"그만 방으로 들어간다. 빨리, 빨리."

그가 불어대는 호루라기 소리가 그악스럽고도 불온했다. 그들은 언제나 말보다 발이 앞섰다. 발길질이 먼저였고, 이어 말이 따라왔다. 그 발길질보다 더 빠른 건 손에 든 채찍이었다. 아이들은 무자비한 발길질과 매질을 피해 뛰듯이 방으로 들어갔다.

"참아. 어떤 일이 있어도 참아야 해. 섣불리 행동하면 아무것도 이룰 수 없어. 그러니 신중해야 해."

순분은 방으로 들어가기 전 봉녀의 손을 꼭 쥐며 속삭였다. 봉녀는 그런 순분에게 수긍의 빛도 부정의 빛도 아닌, 모호한 표정을 지어 보였다.

방에 들자마자 군인이 들어왔다. 키가 작고 햇빛에 탄 남자는 입냄새를 풍기며 순분에게 달려들었다. 그 냄새가 하도 역해 저도 모르게 순분은 남자를 발로 차고 말았다. 남자는 순분의 따귀를 올려붙였다. 그 힘에 순분의 얼굴이 옆으로 돌아갔다. 남자는 저항하는 순분의 손을 제압하고 순분의 치마를 걷어올렸다.

봉녀가 든 방에서 둔탁한 소리가 들려왔다. 나무판으로 가린 벽이 무언가 부딪힌 충격으로 크게 흔들렸다. 안 돼. 그러지 마. 순분은 혼잣말로 중얼거렸다. 봉녀의 방에서 들려오는 그 심상치 않은 소리가 순분에게서 저항할 힘을 앗아갔다. 남자는 기세 좋게 순분의 몸 안으로 들어왔다. 그의 살덩이가 쑥 들어올 때 아랫도리가 아팠다. 아프고 아프고 또 아팠다. 아랫도리만 아픈 것이 아니었다. 창자가 끊어질 듯한 단장의 통증도 함께였다.

순분은 눈을 감았다. 그 감은 눈 안으로 다시 나비가 찾아들었다. 나비가 저를 따라오라 날개를 팔랑이며 유혹했다. 가자, 가자,

나비야. 어디든 가자. 여기만 아니면 돼. 순분은 그 나비를 따라 갔다.

그가 나가고 또 다른 군인이 들어왔다. 헌데 그 군인은 다른 군 인에 비해 무언가 달랐다. 군복도 허름했고 힘도 없어 보였고, 눈 빛도 순했다. 그 눈빛이 어딘가 주눅이 들어 있는 듯 불안하게 흔 들렸다. 그는 다른 군인들처럼 눈빛을 번들거리며 순분에게 달려 들지도 않았고, 다른 군인들처럼 욕설도 내뱉지 않았고, 다른 군 인들처럼 눈이 게슴츠레 풀어지지도 않았다. 순분은 군인의 눈치 를 보며 일어나 앉았다.

"왜 안 하시오? 어디 아프시오?"

"난 안 해도 좋으니 그대로 있으시오."

한국말이었다. 한국에서 징용돼 온 남자였다. 반가웠다. 그리 고 부끄러웠다. 순분은 얼른 가슴을 여미며 자세를 고쳐 앉았다.

"한국인이군요. 고향은 어디시오? 난 순천이요."

순분은 반가운 마음에 이것저것 물었다.

"어디서 왔든 그게 무슨 상관이오."

"그래도 조선말을 들으니 무척 반갑소. 그쪽이나 나나 어떻게 보면 같은 운명인데, 왜 반갑지 않겠소?"

순분의 말에 남자는 대수롭지 않게 대답했다.

"난 그 옆 동네요. 여수. 여수에서 왔소."

이상하게 순분은 고향이 같다는 그 하나만으로 그에게 마음이 갔다. 하지만 안 되었다. 남자라니. 남자라는 존재는 공포라는 말과 같지 않던가. 헌데 정이라니.

　게다가 이곳의 규칙 가운데 하나가 군인과 필요 이상의 정분을 만들면 안 됐고, 필요 이상의 대화도 금지였다. 자신들은 그저 부대에 소속된 물건이었고, 그 물건은 모두 다 함께 공유해야 할 품목 가운데 하나였다. 병사들에게도 이곳의 아이들과 특별히 가깝게 지내지 말도록 주의를 시켰다. 주의를 넘어 어떤 곳은 아예 위안소 문 앞에 아이들에게 잘해줄 필요가 없다는 말을 주렴으로 달아놓기도 했다. 위안소, 구락부, 오락소. 위안소를 부르는 이름들이었다. 하지만 그새 어떤 아이들은 스짱이라고 마음을 준 군인들도 있었다. 이 간악한 세상에서도 애틋한 마음이 생길 수 있다니.

　"헌데 여기가 어디요? 보니까 나무도 다르고, 말도 일본말과는 다르던데. 도대체 여기가 어디요?"

　순분은 그게 궁금했다. 언젠가 누구에겐가 꼭 물어보고 싶은 말이었다.

　순분의 물음에 남자는 가만히 순분을 바라보다가 대답했다.

　"버마라는 곳이요. 한국에서 아주 먼 곳이라오. 일본보다 더 멀지⋯⋯."

　버마. 꿈속에서도 들어보지 못한 나라였다.

　"우리사 그랬다 쳐도 그쪽은 어쩌다 여기까지 왔소?"

　"강제 징용이요."

　"팔자가 같구려."

순분은 왠지 그 군인이 안쓰러웠다. 이 남자의 운명이나 내 운
명이나 거기서 거기였다. 이 남자에게 보장된 목숨이 언제까지일
까. 그것은 아무도 알 수 없었다. 제 목숨을 알 수 없듯이. 그 동류
감에 순분은 남자가 애잔하기도 하고 안쓰럽기도 하고 애틋하기
도 했다.

그는 말없이 앉아 있다 시간이 되자 나갔다. 그가 나간 문으로
바람이 들어왔고, 다시 짐승 같은 이가 들어왔다.

19

죽음을 꿈꾸다

저녁배급을 알리는 소리에 순분은 기다시피해서 복도로 나왔다. 이건 사람의 일이 아니었다. 군인들은 굶주린 맹수처럼 아이들을 겁탈했고 겁간했으며 유린했고 능욕했다. 아무리 죽겠다고 발버둥 치고 애원을 해도 군인들은 사정을 봐주지 않았다. 아프다고 몸을 틀면 돌아오는 것은 혹독한 매질과 욕설뿐이었다. 도망갈 곳도 없었고, 숨을 곳도 없었다. 안 한다, 못 하겠다 저항해도 저들을 이길 수는 없었다. 그저 저들이 순분의 몸을 타고 생을 흔들어대면 말라죽은 나뭇가지처럼 흔들릴 뿐이었다. 열지 않으면 저들이 알아서 열었고, 연 뒤에는 욕심껏 유린하고 능욕했다. 저들이 필요로 한 건 아이들이 아니라 아이들의 몸이었다. 한 존재가 아니라 한 사물이었다. 한 사물로서의 아이들에게는 존엄성도 없었고 그러므로 배려도 필요 없었고 존중도 필요 없었다. 그저 자신들의 욕망만 채우면 되는 도구로써의 아이들이 필요할 뿐이었다.

순분은 심호흡을 했다. 그 들숨 속으로 열대의 더운 열기가 습하게 빨려 들어왔다.

그때 금옥이 방에서 나왔다. 금옥도 걷지를 못하고 엉금엉금 기어 나왔다. 금옥의 얼굴이 고통으로 일그러져 있었다. 그 통증은 아이들만 알았다. 저들의 정액받이로 살아가는 아이들만.

순분은 봉녀의 방을 바라보았다. 봉녀는 나오지 않았다. 순분은 몸을 돌려 봉녀의 방으로 갔다. 행여 군인이 들어 있을까 봐 순분은 안의 기척을 조심스럽게 살폈다. 조용했다. 똑똑. 순분은 낮게 봉녀를 불렀다. 하지만 대답이 없었다. 다시 똑똑, 신호를 보냈지만 여전히 안에서는 반향이 없었다. 순분은 조심스럽게 금옥에게로 돌아왔다.

"봉녀는?"

"모르겠어. 두드렸는데도 대답이 없어."

"아직 누가 들어 있을까?"

"글쎄. 안이 조용한 게 누가 있는 것 같지는 않았어."

"잠들었을까?"

금옥이 아랫배를 쓸어내리며 걱정스러운 시선으로 봉녀의 방을 더듬었다. 금옥의 말처럼 자고 있다면 그 잠을 방해하지 말아야 할 것이다.

"가. 우리 것 같이 나누어 먹어."

금옥이 앞장서 기어나갔다. 순분이 그 뒤를 따랐다.

늦은 오후의 햇빛이 그늘을 길게 키우고 있었다. 커다란 이파리들이 그 오후의 햇살에 푸르다 못해 검은빛으로 빛나고 있었고, 어디선가 새들은 후루룩후루룩 제 짝을 부르고 있었다. 언제한바탕 비가 쏟아졌는지 사방에 물기가 가득했다. 이곳은 비가잦았다. 날이 맑다 싶다가도 어느 순간에는 후두둑 장대비가 쏟아졌고, 그 비가 그치면 밀림에서 진하게 나무와 흙의 비릿한 냄새가 피어올랐다.

배식대 앞에 줄을 선 아이들의 표정이 지쳐 보였다. 다들 자신들의 삶에 공포를 느끼고 있는 듯 말수도 줄고, 웃음도 잃어갔다.

순분은 차례를 기다려 밥 한 덩이와 다꾸앙을 받아들었다. 습한 바람에 초목의 냄새와 화약 냄새가 섞여 있었다. 저쪽, 부대막사 뒤에서 무얼 태우는지 흰 연기가 피어올랐다.

순분은 금옥을 기다렸다 위안소로 향했다. 위안소 안에는 진한그늘이 고여 있었다. 유난히 습한 공기에 위안소 안은 눅눅하면서도 퀴퀴한 냄새로 가득했다. 그 습기에 푸르고 하얀 곰팡이들이 융단처럼 피어나 있었다.

똑똑.

순분은 봉녀의 방을 두드렸다. 여전히 안에서는 아무런 기척이없었다. 순분은 살짝 휘장을 걷고 안을 살폈다. 봉녀가 침대에 모로 누워 꿈쩍도 하지 않고 있었다.

"나야. 밥 안 먹어?"

순분의 물음에도 봉녀는 아무 대답도 하지 않았다.

"일어나 봐."

순분이 봉녀에게 다가갔다. 하지만 봉녀는 여전히 순분과 금옥에게 등을 보인 채 움직이지 않았다. 아무 움직임이 없는 것이 걱정스러웠는지 금옥이 잰무릎 걸음으로 다가가 봉녀의 얼굴을 확인했다.

"자? 자는 거야?"

봉녀는 금옥의 시선을 피해 얼굴을 베개에 묻었다. 살아 있음을 확인한 금옥의 표정에서 안도감이 묻어났다.

"저녁 타왔어. 우리 거 나눠 먹게 일어나 봐."

순분은 밥덩이에서 조금 떼서 봉녀의 입으로 가져갔다. 하지만 봉녀는 고개를 틀어 밥을 거부했다.

"먹어. 먹어야 살아. 이게 벌써 며칠째야?"

순분이 어기차게 이야기했다. 하지만 봉녀는 그럴수록 고집스럽게 입을 다물고는 고개를 돌렸다. 금옥은 그런 봉녀를 안타까운 표정으로 지켜보고 있었다.

"도망가자며? 도망가려면 힘이 있어야지. 이래 가지고 어떻게 도망을 가?"

순분이 따지듯 물었다.

도망가자는 말에 봉녀가 순분을 바라보았다. 그녀의 눈에 순간 생기가 돌다 사라졌다. 그런 봉녀의 입가에 침이 하얗게 말라붙어 있었다. 손톱으로 갉작이면 그 침은 가루로 부서져 내릴 것이다. 순분은 봉녀를 일으켜 앉혔다. 기진한 듯 봉녀는 벽에 기댄 채 순분을 걱정스러운 얼굴로 바라보며 힘겹게 말했다.

"이러다 너희까지 저들에게 당할라. 그러니 어서 너희들 방으로 가."

"괜찮아. 저들도 밥 먹느라 몰라."

"어서 돌아가."

"먼저 이거부터 마셔"

순분은 봉녀의 입가에 물그릇을 가져다 댔다. 그리고는 밥 조각을 조금씩 떼어 입 안에 넣어주었다. 봉녀는 밥알을 씹는 것조차 힘들어했다.

"먹어야 해. 먹어야 다음을 기약할 수 있어."

"살고 싶지 않아."

"도망가자며? 너가 있어야 나도 너 따라 여기서 나갈 수 있지. 너 없으면 나 혼자서는 못해. 그러니 살아서 나 데리고 여기서 나가줘. 그러니 먼저 먹어."

순분의 말에 봉녀의 눈가가 붉어지더니 이내 눈물이 어렸다.

"먹고 힘내. 살자. 아무리 힘들어도 살자. 살아남아 집에 가자. 여기가 끝은 아닐 거야. 넌 공부하고 싶다고 했잖아. 공부해서 선생님이 되고 싶다고 했잖아. 넌 분명 좋은 선생님이 될 수 있을 거야. 멋진 선생님 말이야. 넌 틀림없이 그렇게 될 거야. 그러니 먹고 살자."

그 말에 봉녀가 가만히 순분을 바라보았다. 그 눈빛이 무섭도록 차분했다.

순분은 밥덩이에서 조금씩 떼어 봉녀의 입 안으로 밀어 넣었다.

"난 네가 선생님이 되는 걸 보고 싶어. 네가 선생님이 되면 나는 아는 사람들한테 너를 자랑해야겠어. 내 친구가 선생님이라고. 그러니 어서 먹고 힘내."

봉녀는 천천히 순분이 입 안으로 넣어준 밥알을 씹었다. 하지만 봉녀는 얼마 먹지 못했다. 대여섯 번 순분이 넣어준 밥을 먹다가 이내 고개를 돌렸다.

"더 먹어."

"너 먹어."

밥 조각을 들고 있는 순분의 손을 밀쳐내며 봉녀가 말했다.

"괜찮아. 내 걱정 말고 어서 먹어. 먹고 힘내야지."

"속에서 안 받아."

"그래. 그럴 거야. 오랫동안 속이 비어 있다가 먹으려니 힘들 거야. 그러니 천천히 조금씩 먹어."

옆에서 둘을 지켜보고 있던 금옥이 얼른 물을 가져다 봉녀의 입에 대주었다. 봉녀가 금옥에게서 물을 받아 마셨다. 입 안을 적시듯 물을 마신 봉녀가 아무래도 걱정스럽다는 듯 휘장 쪽을 바라보며 말했다.

"어서 가. 이러다 들키겠다."

순분도 내심 감시병이 걱정되지 않은 것은 아니었다. 언제 저들이 불시에 들이닥칠지 몰랐으므로.

"어서 가 봐. 금옥이 너도 가 봐."

"알았어. 절대 다른 마음먹어서는 안 돼. 살아도 같이 살고, 죽어도 같이 죽는 거야. 우리 약속 잊어서는 안 돼. 알겠지?"

순분이 봉녀의 눈을 들여다보며 확인하듯 이야기했다. 봉녀는 그런 순분의 눈을 가만히 바라보았다. 여전히 봉녀의 눈빛이 차분했다.

"어서 약속해. 그러겠다고!"

순분이 다시 봉녀의 약속을 채근했다.

"그래. 우리 죽어도 같이 죽고 살아도 같이 살아."

옆에서 금옥이 거들었고, 한참 만에 봉녀가 고개를 끄덕였다.

"밤에 올 수 있음 다시 올게."

순분은 봉녀를 다시 자리에 눕히고 밖을 살폈다.

보초병 한 명이 그새 식사를 마치고 위안소 주변을 돌고 있었다. 순분과 금옥은 기다렸다가 그가 등을 보인 틈을 타 재빨리 자신의 방으로 돌아왔다.

돌아와 숨을 돌리자마자 군인이 들어왔다. 그는 몸을 풀기 위해 서둘러 밥을 먹은 모양이었다. 그는 하루도 거르지 않고 순분을 찾았다.

"네년이 최고다. 조센징이 일본 여자들보다도 좋아. 네년들 때문에 나는 여기가 좋다."

그가 히죽 웃으며 순분의 치마를 들췄다. 순분은 눈을 감았다. 그가 순분을 능욕할 때 순분은 집 앞 동산을 생각하고, 울타리 밑

밑둥 굵은 봉숭아를 생각했다.

헌데 냄새만큼은 어쩌지 못했다. 그들에게서 나는 냄새는 도무지 익숙해지지 않았다. 그건 죽음의 냄새였다. 화약 냄새, 피 냄새, 땀 냄새가 뒤섞인 냄새는 죽음의 냄새였다. 언제 죽을지 모르는 목숨. 그래서였을까. 그들은 지금 당장 살아 있음을 느끼려는 듯 아이들의 몸 위에서 패악을 부렸다.

그가 몸을 밀착해 올 때마다 순분은 아래가 아팠다. 헐어 피가 나는 데도 그들은 아랑곳하지 않았다. 자신의 몸속에서 다른 사람의 살덩이가 느껴진다는 것이 순분은 더 없이 끔찍했다.

그때였다. 어느 방에서 또 비명이 들려왔다. 우당탕 누군가 달려가는 소리가 들렸고, 무언가 부서지는 소리도 들렸다. 누굴까. 이번에는 또 누굴까.

순분은 또다시 눈을 감아 버렸다. 그 감은 눈 안에 다시 나비가 찾아왔다. 팔랑팔랑, 함박눈 같은 나비. 그 나비였다. 그 나비가 흰 날개를 팔랑이며 순분에게 따라오라고 날개를 흔들어 보였다.

"하야쿠! 하야쿠!"

휘장 밖에 있던 다른 군인이 재촉했다.

20
짐승의 시간들

군인을 받는 동안 순분은 저도 모르게 깜북 잠이 들었던 모양이었다. 사람 목숨이 질겨서 능욕을 당하는 그 순간에도 졸음이 찾아왔다. 졸지 않으려, 잠에 함몰되지 않으려 애썼지만 어느새 젖은 솜처럼 의식은 잠에 빠져들었다. 그잠이 소란스러웠다. 멀리, 긴가민가 호루라기 소리가 들려오고, 사람들이 웅성거리는 소리도 들렸다. 꿈이었다. 아니, 꿈인 듯했다. 아닌가? 꿈이 아닌가? 꿈인 듯 아닌 듯 심상치 않은 소리에 순분은 그 잠이 편치 않았다. 무슨 일이지? 비몽사몽간에 듣는 소리들이 아무래도 수상쩍었다. 아이들이 비명을 지르며 발을 굴렸다. 쿵쿵. 아이들이 구르는 그 진동이 고스란히 등으로 전달돼 왔다. 꿈이, 꿈이 아니었다. 여전히 몸 위에서는 한 군인이 헐떡거리고 있었고, 그가 흘린 땀이 멱을 감고 나온 듯 흥건하게 흘렀다.

순분은 정신을 차리려 애를 썼다. 그 틈에도 잠은 질기게 눈꺼풀과 의식에 들러붙어 떨어지지 않았다. 그악스런 호루라기 소리가 들리고 아이들의 비명이 연달아 들려왔다. 연속되는 그 비명이 순분을 잠에서 끌어냈다. 순분의 몸 위에서 땀을 흘려 대던 군인 역시 그 비명을 좇아 서둘러 일을 끝내고 밖으로 나갔다. 순분은 비명소리를 좇아 방을 나왔다.

순분은 제 눈을 의심했다. 한 아이가 음부에 철막대를 꽂은 채 죽어 있었다. 그 아이의 시선은 허공을 향하고 있었다. 그녀가 마지막 본 것은 무엇이었을까. 저를 죽음에 이르게 한 군인의 얼굴이었을까? 아니면 위안소의 거무튀튀한 나무천장이었을까? 아니면 저 무지막지한 철막대였을까? 저를 죽게 한 군인의 얼굴이 그녀가 이승에서 본 마지막 얼굴이었다면 그건 너무 잔인한 일이었다.

언제 다가왔는지 금옥이 하얗게 질린 낯빛으로 순분의 곁에 다붙어 서며 말했다.

"매독을 앓았는데, 그걸 말하지 않고 자기한테 옮겼다고 장교가 불에 달군 쇠막대를 저 아이의 음부에 집어넣었대."

순분은 저도 모르게 진저리를 쳤다. 짐승도 저렇게 하지는 못할 것이다. 하물며 사람인데. 어떻게 사람을 저토록 잔인하게 죽일 수가 있을까. 마음속에서 분노가 고였지만 그 분노는 무력했다. 아이의 음부에서 철봉을 뺐을 때 그 철봉에 아이의 살점이 묻어나왔다. 참혹함에 아이들은 눈을 감거나 고개를 돌려 버렸다.

질긴 것이 사람목숨이라 했는데, 모두에게 질긴 것만은 아닌 모양이었다. 저토록 허망한 것이 또 있을까.

"잘 봤냐? 더러운 병원균을 옮기는 년은 이렇게 죽을 것이다. 그러니 언제나 청결하란 말이다. 청결! 청결!"

자신에게 매독을 옮겼다는 이유로 그 아이를 죽음에 이르게 한 장교는 겁에 질려 있는 아이들을 향해 사박스럽게 소리 질렀다.

그 아이가 불에 달군 철봉으로 죽임을 당한 후에 아이들은 화들짝 놀라 삿꾸를 꺼내 빨았다. 한 번 사용한 삿꾸는 버려야 했지만 전장에서 물자는 턱없이 부족했으므로 어쩔 수 없었다. 어떤 날은 먹을 것도 없어 굶어야만 했다. 보급품 가운데 가장 흔한 것이 사람 목숨이었다. 그들에게는 식민지 사람들의 목숨이 있었으므로. 조센징. 한국인의 목숨은 저들이 가장 손쉽게 가져다 쓸 수 있는 전략물자 가운데 하나였고, 보급품이었다.

하지만 삿꾸는 언제나 부족했다. 아이들을 관리하는 일본인은 삿꾸를 터무니없는 가격으로 팔았고, 밥값과 옷값도 이해할 수 없는 가격을 매겨 아이들을 괴롭혔다. 아이들은 사용한 삿꾸를 모아놓았다가 식사 시간을 쪼개 그것들을 빨아 다시 사용해야만 했다. 찢겨 구멍이 난 삿꾸는 제 기능을 할 수 없었지만 아이들은 구멍으로 손가락이 쑥쑥 들어가는 그 삿꾸를 버리지 못했다. 그 삿꾸를 버리는 일은 제 목숨을 버리는 일과 같았으므로. 하지만 그들은 삿꾸를 착용하는 것을 재미없다는 이유로 싫어했다. 삿쿠를 내밀면 그들은 때렸다. 병을 옮기면 옮겼다고 더 때렸다.

"너희들 때문에 병이 옮았어. 이 더러운 것들. 더러운 조센징들. 너희들은 더러워. 더러운 족속들이야."

그들은 더럽다고 때리고 싫다고 때리고 기분이 나쁘다고 때렸고 보급품이 늦다고 때렸고 전세가 불리하다고 때렸고 몸이 힘들다고 때렸다. 때려야 하는 명분은 많았다. 달을 쳐다보면 무슨 생각을 하느냐며 때렸고, 혼잣말을 하노라면 자신들을 욕한다며 때렸다. 기나따이, 빠가야로. 기나따이, 빠가야로 되뇌이면서 그들은 때리고 또 때렸다. 그 매질과 발길질과 주먹질에 더해 시도 때도 없이 날아오는 욕설에 몸과 마음이 성할 날이 없었다.

"기나따이, 빠가야로……."

순분은 저도 모르게 저들의 말을 흉내 냈다. 기나따이, 빠가야로. 기나따이, 빠가야로. 이상하게 그 말은 일정한 리듬을 띤 채 입술 사이로 빠져나왔다.

기나따이. 순분도 더러웠다. 끊임없이 자신을 찾는 저들이 더러웠고, 저들의 정액받이가 되는 자신도 더러웠다. 이 시간도 더러웠고, 이 위안소도 더러웠다. 한여름 악취를 풍기며 흘러가는 도랑물보다도 이 순간들이 더 더러웠다.

21
분절된 생

순분은 그들이 일어나는 시간에 일어나고 밥을 먹고 틈틈이 빨래하고 씻고 속옷을 빨아 입었다. 어떤 때는 저들의 빨래를 빨거나 바느질도 했다.

그들의 군복에는 까만 얼룩이 넓게 져 있었다. 순분은 알았다. 그 자국이 무엇인지를. 얼마 전까지만 해도 그것은 뜨겁게 누군가의 몸을 돌던 피였다는 사실을. 펄쩍펄쩍. 심장은 건강했고, 피는 붉었을 것이다. 이 피의 주인이 죽었는지 살았는지 그것은 알 수 없었다. 전장에서 죽음은 흔했고, 피는 냇물처럼 흘렀다. 아이들은 삶과 죽음의 경계에 서 있었다. 한 발은 삶에, 한 발은 죽음에 담그고서 하루하루를 아슬아슬하게 살아갔다. 그러다 여차하면 죽음의 나락으로 떨어졌고 오래지 않아 새로운 아이들로 그 빈자리가 채워졌다.

봉녀는 힘을 차렸다. 여전히 마음속에는 분노가 들어 있었지만 그걸 드러내지는 않았다. 금옥이 역시 모든 것을 포기한 듯 저들이 시키는 대로 고분고분 따라 했다.

언젠가부터 순분은 자꾸만 아랫도리가 따갑고 가려웠다. 진물이 흘렀고, 오줌을 누면 피도 섞여나왔다. 냄새도 심했다. 기다리는 시간도 참지 못하고, 앞선 이들을 재촉하는 군인들은 뒷물할 시간도 주지 않고 들이닥쳤다. 그들에게 아프다고, 가렵다고 말했지만 그들은 당장에 순분을 뒤로 밀어트리며 올라탔다.

순분은 점심때를 기다렸다가 서둘러 밥을 먹고 뒷물을 하러 목욕간으로 갔다. 목욕간의 휘장을 걷자 거기에 또 다른 아이들이 와 있었다. 그들은 걱정 가득한 표정으로 쭈그리고 앉아 뒷물을 하고 있었다. 변변히 씻을 것도 없었다. 굵은 소금이 전부일 뿐. 그곳에 소금을 갖다 대면 하루 종일 군인들에게 시달린 음부는 쓰라리고 아렸다. 그 통증에 찔끔 눈가에 눈물이 맺혔지만 살기 위해서는 그 쓰라림을 참아내야만 했다.

그래도 위안이 되는 것은 저 혼자 걸리는 병이 아니라는 것이다. 살다 보면 위안이 되는 것들도 있었다. 그곳이 아무리 지옥일지라도, 그게 어떻게 위안이 될까 싶은 것일지라도, 삶을 위로해주는 것들이 있기 마련이었다. 혼자가 아니라는 것. 자신과 같은 처지의 아이들과 함께 한다는 것. 그것이 순분에게는 큰 위안이 되었다.

소금으로 밑을 씻으면서 순분은 아무래도 진단을 받아봐야겠다고 생각했다. 진단을 받고 병이 확인되면 자신의 방문에 걸려 있는 이름표를 뒤집어놓을 것이다. 성병에 걸렸으니, 당분간 이 방을 이용하지 말라는 뜻이었다. 그러면 얼마간 쉴 수도 있었다. 병에 걸리는 일이 차라리 나을 때도 있었다. 죽음을 담보로 얻는 휴식. 그래도 군인들에게 시달리는 것보다는 나았다. 운이 나쁜 아이들은 병에 걸렸다는 이유만으로도 죽임을 당했으나 그렇지 않으면 병이 낫는 동안 쉴 수도 있었다.

"집합, 전원 집합."

아이들을 불러 모으는 호루라기 소리가 그악스럽고도 경망스러웠다. 함께 뒷물을 하던 아이들이 서둘러 손을 닦고 일어섰다.

"무슨 일일까?"

"모르지. 또 누가 도망쳤나?"

아이들의 표정이 불안하게 흔들렸다.

밖으로 나오자 장교 한 명과 네 명의 부하가 채찍을 휘두르며 아이들을 정렬시켰다.

"차례대로 줄 선다. 줄도 못 서나? 차례대로 서란 말이닷! 빠가야로! 이것들이 말귀도 못 알아 듣나?"

그들은 언제나 말보다 채찍이 우선이었고 되는 대로 닿는 대로 보이는 대로 채찍을 휘둘렀다.

단발의 아이들은 모든 것을 체념한 얼굴들이었다. 체념이 가져온 표정들은 편안했지만 희망도 없어 보였다. 내일에 대한 기대와 욕심도 찾아볼 수 없었다. 한때는 저 아이들에게도 꿈이 있었을 것이다. 선생님이 되고 싶은 봉녀와 엄마와 언니처럼 평범하게 살고 싶었던 자신처럼 다들 나름의 꿈으로 생이 충만하던 때가 있었을 것이다. 그 충만함으로 온몸이 가려울 때도 있었을 것이다. 헌데 그 꿈이 무참히 꺾인 채 아이들은 이곳에서 죽음과도 같은 삶을 살고 있었다.

순분의 눈길이 그 아이들 중 한 명에게 날아갔다. 그 아이의 배가 눈에 띄게 불러 있었고, 군인이 휘두르는 채찍도 매번 그 아이를 향하고 있었다. 그녀는 지친 얼굴로 둥두렷하게 부른 배를 안고 채찍이 모는 대로 쫓겨 갔다.

그 아이는 맨 앞에서 아이들을 마주하고 섰다. 군인 하나가 배가 부른 아이에게로 향했다. 그의 눈가가 못마땅한 듯 잔뜩 위로 치켜 올라가 있었다. 그러다 문득 채찍이 허공을 갈랐다. 그 기다란 가죽줄이 뱀처럼 그녀의 몸에 감겨들자 그녀는 외마디 비명을 지르며 땅바닥으로 넘어졌다.

"멍청한 년 같으니라고. 그렇게 일렀건만 그거 하나 제대로 하지 못하고 배가 불러? 배가 부른 게 훈장이야? 배가 불렀다고 감히 황군의 위안을 거부해?"

손바닥으로 땅바닥을 짚고 일어서는 그녀의 배가 서 있을 때보다 더 도드라져 보였다.

"모든 것은 네년 책임이다. 멍청한 년은 필요 없다. 황군들에게 필요한 것은 애국심이 강하고, 개인위생도 철저히 하는 사람들이다."

그는 부하들을 향해 그 아이를 턱짓으로 가리켰다.

"데려가!"

그 말이 떨어지자마자 주변에 있던 부하가 득달같이 달려들어 배가 부른 아이를 끌어갔다. 아이는 버둥거리며 가지 않으려 버텼지만 그들을 이겨낼 수는 없었다.

"다시 한 번 강조한다. 너희들이 해야 할 일은 황군들을 기쁘고 즐겁게 해주는 것도 있지만 무엇보다 황군들이 다른 생각 없이 위대한 싸움에 전념할 수 있도록 만들어줘야 한다. 개인위생을 철저히 실천함으로써 황군들이 건강한 삶을 영위할 수 있도록 도와야 하는 것이다. 저년처럼 배가 불렀다는 이유로 위안을 거부하는 년이 있으면 누구라도 용서치 않겠다. 알겠나?"

그의 훈시는 길고도 길었다.

"이제부터 너희들은 한 사람도 빠짐없이 앞으로 나와 주사를 맞고 약을 타가도록 한다."

그의 새된 소리에서 서슬 푸른 칼날이 느껴졌고, 시커멓고 차가운 총구가 보이는 듯했다.

발이 없는 말이 천리를 가는 법. 은밀히 떠도는 말들 속에는 상당수의 군인들이 매독 때문에 전투력을 잃었다고 했다. 한창 치열하고 일사불란하게 움직여야 하는 때에 군인들이 매독 때문에 축 늘어져 전투에도 참여하지 못한다는 말이 은밀히 퍼졌다.

그래서였을 것이다. 주사 맞을 때가 아니었는데 주사를 주었고, 다른 때보다도 그 주사약의 냄새가 강했다. 그의 지시에 따라 아이들은 차례를 기다려 팔을 걷고 의무대 앞에 섰다. 순분도 팔을 걷고 차례를 기다렸다.

살바르산 606호. 1호부터 시작되는 약 가운데 606호는 가장 독한 약이었다. 성병을 치료하는 주사였다. 바늘이 깊숙이 살속으로 파고들 때 코와 입에서는 독한 항생제 냄새가 났다. 주사약은 순식간에 피를 따라 돌았다. 얼마나 독한지 그걸 맞으면 몸이 축 처져 내리면서 세상이 노랗게 탈색이 되는 듯했다. 차라리 그 느낌이 좋았다. 의식은 몽롱하게 이완됐고, 그 몽롱함에 당장의 시름을 잊을 수 있었다. 군인들의 쇳소리 나는 고함과 욕설도 그 몽롱함 속에서는 이상하게 늘어지면서 힘을 잃었다.

주사를 맞고 돌아서는데 다시 그들이 순분을 불렀다. 그들은 순분에게 단추 같은 하얀 알약을 내밀었다.

언젠가 금옥이 그 하얀 알약을 손바닥 위에 올려놓으며 말했다.

"이 약이 뭔지 아니? 이게 말야. 애기집 쪼그라 드라고 주는 약이래. 이거 먹으면 아이가 안 생긴대."

손바닥 위에 놓인 알약을 내려다보며 말하는 금옥의 얼굴이 울연했다.

순분은 왜 그때 오동나무 꽃이 보고 싶었을까. 마을 어느 부잣집 솟을대문 앞에 우뚝 서 있던 오동나무는 봄이 되면 연보랏빛 꽃을 주렁주렁 매달고 고샅을 환하게 밝혀주었다. 그 꽃과 그 꽃의 색깔이 예뻐 순분은 틈만 나면 그 부잣집 대문 앞으로 가곤 했었다. 그리고 오동꽃이 보이는 곳에 서서 오랫동안, 그 나무를 바라보곤 했었다. 어느 봄날엔가는 아버지에게 졸랐던 적도 있었다. 우리도 저 오동꽃을 심자. 하지만 아버지는 순분의 말에 아무런 대답도 하지 않았다. 그리고는 싸리 울타리 밑에 봉숭아 씨앗을 뿌렸다. 순분은 나중에 알았다. 왜 오동나무를 심는지. 왜 딸이 있는 집마다 오동나무가 환하게 등불처럼 꽃을 피우고 서 있었는지를. 딸을 낳으면 오동나무를 심었다가 시집갈 때 그 나무로 장롱을 만들어 보낸다고 했었지. 헌데 아버지는 왜 오동나무를 심지 않았을까.

그 오동꽃이 떨어져 내릴 때는 그만큼 나무가 자란다는 증거였다. 꽃이 떨어지고, 다시 꽃이 필 무렵이면 오동나무는 몸속에 한 해의 기억을 새로운 테로 새기고, 그만큼 더 굵어져 있었다. 그렇게 한 줄, 한 줄 나이테를 늘리고 밑둥이 굵어지다가 어느 날 짜잔, 멋진 농으로 변해 시집가는 딸아이를 따라 먼 데로 옮겨갔다.

그 연보랏빛 꽃. 이제 두 번 다시는 보지 못할 애연한 꽃이었다.

순분은 그 약을 가만 쥐었다. 먹어야 했다. 짐승 같은 시간에 아기가 생기지 않게. 자신의 몸 안에 들어 있을 아기집을 말려야 했다. 여자에게서 아기집을 없앤다는 것. 그것이 어떤 의미인지 순분은 잘 알았다.

"약 먹었니?"

약을 쥐고 위안소로 돌아오는데 금옥이 다가오더니 물었다.

"먹어야지."

순분의 대답이 울연했다.

"우리는 자식도 못 낳겠지? 이러다 죽겠지?"

금옥의 음성이 풀이 죽어 있었다. 순분은 그 물음에 말없이 고개만 저었다.

"먹어. 먹어야지 탈이 없지. 안 그러면 무슨 일을 당할지 몰라."

어쩌면 그 말은 금옥이 자신에게 하는 말인지도 몰랐다.

금옥의 시선이 벽을 투과해 먼 곳으로 날아갔다.

"아까 그 여자는 어떻게 되었을까? 어디선가는 산 채로 배를 갈라서 아이를 꺼낸대. 또 어느 부대에서는 자궁을 들어내기도 하고, 어느 부대에서는 아이를 가진 아이들을 생체실험에 이용하기도 한대. 너무 끔찍해."

금옥이 혼잣말처럼 말했다.

순분은 흠칫, 저도 모르게 진저리를 쳤다. 온몸에 소름이 돋았다. 그 더운 여름날 낮에, 후텁지근하면서도 습도가 높은 열대의 나라에서 팔과 등과 다리에 냉기가 스치면서 소름이 돋았다.

순분은 알약을 입에 넣었다. 그리고 물도 없이 삼켰다. 그 약은 핏속으로 녹아들어가 몸 안의 것들을 말리고, 아이가 깃들 수 없는 불모의 몸으로 만들어 갈 것이다.

어쩌면 자신은 영영, 아이를 가질 수 없을지도 몰랐다. 하긴 이 몸으로 어찌 아이를 꿈꿀 수 있을까. 어떻게 남자를 생각하고 그 남자를 받아들이고 그렇게 사람의 삶을 꿈꿀까. 앞으로 자신은 여자의 삶을, 어머니의 삶 같은 평범한 삶을 살 수는 없을 것이다.

22

불모의 몸

약을 먹었지만 도무지 병이 낫지를 않았다. 조금 나아지는가 싶다가도 금방 진물이 흐르면서 다시 도졌다. 하루에 수십 명이 넘는 남자들을 받아야 하는 몸은 성할 날이 없었다. 아니, 오히려 성하다면 그게 더 이상할 일이었다. 몸에서 나는 퀴퀴한 냄새처럼 열대의 나라는 모든 것에서 퀴퀴한 냄새가 났다. 습한 기온에 달구어진 땅에서도 퀴퀴한 냄새가 났고, 남자들에게서도 퀴퀴한 냄새가 났고, 빨래를 해 널어도 퀴퀴한 물내가 났다. 살아 있는 것도, 무정물의 사물도, 모두가 다 퀴퀴한 냄새로 가득했다. 시나브로 썩어가는 중이었다. 그러다 언젠가는 다 사라지고 무화될 것이다.

하지만 그 사이에도 새로운 생명은 질기게 자리를 잡았다. 아무리 하얀 알약을 먹고 살바르산 주사를 맞아도 하얀 알약보다 더 질기고 억센 생명들은 누군가의 척박한 자궁에서 생명을 틔웠다. 이전과 달리 언제부턴가 아이들의 충원이 더딘 탓에 배가 부른 아이들도 군인들을 받게 했다. 성병만 아니라면 황군이 치루는 대동아 전쟁을 위해 몸 아끼지 않고 나서야 했다. 아이들은 그나마 목숨을 부지할 수 있는 것만으로도 다행이라 여겼다.

배가 부른 아이들은 누구의 씨인지도 모를 아이가 자라고 있는 배를 쓸어내리며 혼잣말로 중얼거렸다.

"너도 불쌍하구나. 어쩌자고 기약 없는 몸에 자리를 잡았니. 네 목숨이나 내 목숨이나 같구나."

한 손으로는 부른 배를 받치고 한 손으로는 발길질을 하는 뱃속의 생명을 쓸어내리는 그녀의 눈에는 아직 태어나지 않은 아이에 대한 애잔한 사랑이 담겨 있었다. 그악하고도 모진 시절에 그래도 모성은 남아 있어 자신의 몸에 숨을 탄 한 생명을 애틋해하고, 비감해했다. 낳고 키울 수만 있다면 저를 유린하고 능욕하고 짓밟은 누군가의 씨였어도, 어미의 마음으로 자신의 몸에 들어앉은 그 아이에게 정을 주고 싶어 했다.

그들은 아이들이 임신을 하면 독하디 독한 주사를 주었다. 그걸 몇 번 맞으면 하혈을 했다. 그 어린 생명들은 그 주사에 세상에 태어나지도 못한 채 붉은 피로 흘러내렸다. 하지만 어떤 아이들은 질기게도 살아남아 세상에 나와 첫울음을 울기도 했다. 아비가 누군지도 모르는 그 아이는 어미의 성을 따 불려졌다.

더위에 모든 것이 녹아내리는 듯했다. 열기로 얼굴은 발갛게 달아올랐고, 땅벌레들은 더위를 피해 그늘로 숨어들었다. 군인들을 받지 않는다고 해서 몸 편히 쉬는 것은 아니었다. 그들은 잠시도 쉴 틈이 없이 일을 시켰고, 정해진 시간 안에 일을 끝내지 못하면 벌이 따랐다. 하지만 그 노동이 좋았다.

약을 먹고 주사를 맞았지만 아랫도리에 파고든 병은 쉽게 나아지질 않았다. 한 번 생긴 병소는 끈질기게 제 세력을 넓히고, 순분을 괴롭혀댔다. 병원에서 가져온 약으로 뒷물을 하고, 소금으로 씻어냈지만 차도는 보이지 않았다. 이렇게 세 번만 더 병을 앓으면 순분은 목숨을 부지할 수 없었다. 성병으로 불두덩이에서부터 배꼽까지 누런 농이 차올랐던 어떤 아이는 어디론가 끌려가 다시는 돌아오지 않았다.

순분은 두려웠다. 죽음이 코앞까지 들이닥친 기분이었다.

자신의 방에 걸려 있던 이름표를 뒤집어놓았지만 성미가 급한 군인들은 다른 방에 길게 늘어선 줄을 참지 못하고 순분의 방으로 들어섰다. 계속되는 훈련과 경계에 군인의 옷은 흙투성이에다 땀으로 뒤발해 있었다. 그가 들어서자 훅, 하니 고약한 냄새가 풍겼다.

순분은 저도 모르게 숨을 참았다 조심스럽게 내뱉었다.

"명찰 돌려놓은 거 못 봤어요?"

순분은 그의 눈치를 보며 말했다.

"봤다. 멍청하게 제 몸 하나 간수하지 못한 년이 뭐라 지껄이는 게냐. 아래로 못하면 네 입으로라도 해라."

순분은 화들짝 놀라 앉은 채로 엉덩이를 뒤로 밀며 물러났다. 그는 구석으로 물러나는 순분을 보며 허리띠를 풀었다.

"이러지 마세요."

순분은 손사래를 치면서 거부했다. 하지만 그는 순순히 물러나지 않았다.

"입으로 하란 말이야. 밥값을 해야 할 게 아니야!"

그는 순분의 머리카락을 그러쥐었다. 그 악력이 어찌나 셌던지 두피가 통째로 벗겨지는 듯한 통증이 일었고, 그 통증에 눈물까지 맺혔다. 순분은 두 손으로 머리카락을 휘어잡고 있는 그의 손을 부여잡았다.

"놔주세요."

하지만 그는 순분의 머리카락을 놔주는 것이 아니라 순분의 얼굴을 자신의 사타구니 쪽으로 끌어당겼다. 그리고 자신의 남근을 순분의 입속으로 밀어 넣었다. 순분이 고개를 돌렸지만 남자의 힘을 당해낼 수 없었다. 그의 남근이 순분의 기도를 막았다. 숨을 쉴 수 없었다. 하지만 그는 멈추지 않았다. 순분의 머리카락을 쥐고 순분의 입에 자신의 남근을 박아 넣은 채 그는 허리를 돌렸다. 그의 물건이 쑥 들어올 때마다 순분은 숨이 막혔다. 아니 끊어질 듯했다. 버둥거렸지만 소용이 없었다. 버둥거리면 버둥거릴수록 머리카락을 쥐고 있는 그의 손이 더 옥죄고 들어왔다.

휘장을 걷고 누군가 달뜬 표정으로 순분의 입에 남근을 처박은 채 허리를 돌리고 있는 그를 바라보며 음흉한 웃음을 짓고 있었다.

순분의 머리카락을 잡고 헐떡거리던 놈이 바지춤을 추스르며 나가자 뒤이어 들어온 놈도 순분의 머리카락을 그러잡았다.

나비야 나비야 어딨니. 나를 데려가렴. 네가 가는 곳으로 나를 데려가렴. 너는 좋겠다. 그 날개로 어디든 갈 수 있어서. 그 날개로 산 건너 바다 건너 우리 어머니한테 갈 수도 있겠구나. 나비야, 나를 데려가렴. 저 산 넘고 물 건너 우리 어머니 아버지한테로 나를 데려다다오. 나비야, 나비야. 네 날개를 다오. 날고 싶어. 훨훨. 육신의 탈을 벗고 훨훨 날아 저 눈부신 창공으로 날아오르고 싶어.

순분은 놈의 남근을 입에 물고 웩웩거렸다. 놈의 남근이 깊숙이 들어올 때마다 순분은 속의 것이 뒤틀려 올라왔다.

그가 순분의 입에 뜨뜻한 액체를 쏟아놓고는 주섬주섬 군복을 추슬러 입고 방을 나갔다. 순분은 침을 뱉고 또 뱉었다. 하지만 입 속에 남아 있는 놈들의 살덩이와 놈이 싸질러놓고 간 냄새는 머릿속에 각인돼 지워지지 않았다.

다시 휘장이 걷히고 다른 군인이 들어왔다. 늘 오던 한국인이었다.

"명찰 뒤집어 놓은 거 안 보여요?"

순분은 어깃장을 놓듯 말했다. 이상했다. 순분은 그가 마치 제 피붙이인 양 그렇게 임의롭게 느껴졌고, 그 임의로움에 무언가 투정이나 앙탈 같은 그런 감정의 소용돌이가 느껴졌다. 그는 알고 있다는 듯 방으로 들어와 벽에 기대고 앉았다.

"가시요. 다른 데로 가시요."

하지만 그는 그 자리에 벌렁 드러누웠다. 순분은 마음이 이상했다. 무언가 요의 같은 것이 느껴지기도 했고, 그가 안쓰럽게 느껴지기도 했다. 순분은 다른 사람은 몰라도 이 사람한테만큼은 진심으로 자신의 몸을 주고 싶었다. 그가 잠시라도 자신에게서 삶의 지난한 여독을 풀고 갔으면 하고 바랐다. 하지만 그는 순분의 방을 찾았지만 순분의 몸을 탐하지는 않았다. 그저 와서는 잠시 쉬었다가 갈 뿐.

한 번은 그게 이상해 물어본 적 있었다.

"남들은 하지 못해 안달인데, 이녁은 왜 안하시오?"

순분의 물음에 그는 넉장거리로 누워서는 눈을 감은 채로 대답했다.

"어차피 둘 다 피곤한데, 이럴 때나 쉬지 언제 쉬어보겠소?"

무심한 듯했지만 순분은 알았다. 그 무심함 속에 자신에 대한 배려가 들어 있다는 것을. 그래서 순분은 그가 더 미더웠고, 안쓰러웠다. 하지만 거기까지였다. 이 몸에 정념은 안됐다. 누가 자신을 애틋하게 아껴줄 수 있을까. 생각해서도 안됐고, 마음에 품어서도 안됐다.

그는 이내 낮게 코를 곯았다. 눕자마자 잠이 든 듯했다. 한국에서 강제 징용돼 온 한국사람들은 최전방으로 배치되었다. 그들은 총알받이였고, 미끼였다.

그들은 누구보다 자신들의 운명을 알고 있었다. 살아서 돌아가지 못한다는 사실을. 죽음은 늘 가까이에 있었다. 손 뻗으면 닿을 듯 가까이 있는 죽음을 마주하고 있는 그들의 표정은 공허했고 어두웠으며 말수도 적었다.

그가 갑자기 푸욱, 숨을 내쉬더니 용수철이 튀듯 일어나 앉았다. 그리고는 주변을 둘러보았다. 여우잠이었다. 그 여우잠 속에서도 꿈을 꾼 모양이었다. 무슨 꿈을 꾸었기에 이리 요란하게 깨어났을까. 이내 그의 눈가가 허물어지는 것을 순분은 놓치지 않고 보았다. 무슨 꿈이냐고 묻고 싶었지만 순분은 물을 수 없었다.

그는 두 손으로 마른세수를 하더니 주머니에서 군표를 꺼내 순분에게 주고는 밖으로 나갔다. 나가는 그의 뒷모습이 어딘지 황망해 보였다. 그가 주고 간 군표가 그를 대신해 방에 남아 있었다.

23
은밀한 모의

사위가 불빛 한 점 없이 캄캄했다. 아니, 빛은 있었다. 멀리, 저 멀리 어둔 하늘에서 깜북깜북 점으로 빛나는 별빛들과 창백한 달빛이 그것이었다. 그 별빛들과 창백한 달빛이 그나마 사물들의 경계를 희미하게 밝혀 주었고, 칠흑 같은 세상에서 위로가 돼 주었다.

순분은 그 어둠이 좋았다. 미약하게나마 어둠을 물리치는 은은한 달빛과 깜박이는 별빛도 좋았다. 그 은은한 빛을 바라보고 있을 때 비로소 안온함이 찾아왔다. 못난 자신을 누구에게도 보이지 않고 자신조차도 자신을 볼 수 없는 그런 시간들. 숨기 좋은 밤이었고, 자신을 감추기 좋은 어둠이었다. 별빛과 달빛이 스며 있는 그 어둠이 위안을 주었다.

하지만 그것도 어떤 날은 허락되지 않았다. 긴 밤을 자고 나가는 장교들은 순분을 재우지 않았다. 당장 날이 새면 세상 끝장나는 것처럼 그들은 새벽 동이 틀 때까지 순분의 잠을 앗아갔다. 그들의 손이 닿을 때마다 잠은 요동을 치며 달아났다. 밤새 시달린 몸은 다음 날 축축 처져 내렸지만 피곤하다, 못한다, 게정부릴 수 없었다.

"다른 곳에서는 그랬대. 그곳 지휘관이 아이들을 모아놓고 하루에 군인 100명을 상대할 수 있는 사람은 손들어보라고 했대. 그리고는 손 안 드는 아이들은 데리고 나가 모조리 죽여 버렸대. 그런 썩어빠진 정신을 가지고 있는 애들은 필요 없다고."

언젠가 금옥이 했던 귓속말이 생각났다.

"설마."

금옥의 말에 순분은 믿지 못하겠다는 얼굴로 물었다.

"진짜라니까. 정말 그랬대. 나한테 오는 장교가 자랑처럼 이야기했어."

순분은 저도 모르게 진저리를 쳤다.

죽음이 새삼스럽지도 않았다. 아이들이 사라지고 죽는다 해도 그들은 슬퍼하거나 애통해하지도 않았다. 저들에게 아이들의 주검은 그저 아까운 물자 하나가 사라지는 것에 지나지 않았고, 아이들의 주검을 치우는 일이 성가시거나 귀찮았을 뿐이다.

순분은 두 손을 맞잡아 가슴 위에 올려놓고 어둠 속에 반듯이 누워 있었다. 어둠 속에서 소리들은 유난히 크게 살아났다. 바람이 나뭇가지 사이를 지나는 소리, 이름도 알 수 없는 새소리와 벌레들의 울음소리. 그 벌레들의 울음에 섞여 누군가 낮게 흐느끼는 소리도 긴가민가 들려왔다. 늘킨 울음이었다. 누굴까. 이 밤에 누가 우는 걸까. 이 열대의 나라는 한밤에도 더위가 누그러들지 않았다. 하지만 이제 더위쯤은 견딜 만했다. 문득 후두둑 듣는 비가 더위를 걷어갔고, 울울창창 우거진 나뭇잎은 한낮에 그늘을 만들어주었다. 하지만 한 가지, 시간이 가고 날이 가고 달이 가도 견딜 수 없는 것이 있었다. 줄을 서서 차례를 기다리는 남자들은 도무지 익숙해지지 않았다. 체념을 했다가도 어느 순간에는 문득 제 몸 위에서 헐떡이는 남자의 숨통을 끊어놓고 싶어 이를 물고 참아야만 했다.

순분은 날이 밝지 않으면 좋겠다고 생각했다. 이 위태롭고도 아슬아슬한 평화가 계속된다면 얼마나 좋을까.

똑똑.

그때 긴가민가 신호가 울렸다. 똑똑. 봉녀방에서 들려오는 소리였다. 순분은 답신을 보냈다. 똑똑.

똑. 하나거나 신호가 없을 때는 누군가 있다는 신호였고, 두 개는 혼자 있다는 신호였다. 똑. 하나의 신호는 끔찍했다. 누군가 긴 밤을 지내러 온 이가 방에 들어 있다는 신호였다.

똑똑.

똑똑.

한밤에 오가는 신호가 낮고도 은밀했다. 봉녀는 어둠 속에서 하나의 검은 덩어리로 순분의 방으로 숨어들었다. 순분은 자리에서 일어나 앉으며 봉녀에게 옆 자리를 내어주었다.

"어서 와."

스며든 달빛에 두 사람의 그림자가 희미하게 생겨났다. 순분과 봉녀가 주고받는 신호를 들었는지 금옥도 재빨리 건너왔다.

"나도 왔어."

셋은 나란히 앉아 그 달빛에 몸을 맡겼다.

"몸은 어때? 차도가 없어? 걱정이네. 더 길어지면 안 되는데."

금옥이 걱정스럽게 말했다.

"주사 맞았으니 곧 낫겠지."

"오늘이 벌써 며칠째야? 혹 주사가 안 듣는 거 아냐?"

금옥의 말에 순분은 아무 대답도 할 수 없었다. 주사가 안 들으면…… 순분은 그 뒤의 일까지는 생각하고 싶지 않았다. 셋은 한동안 말이 없었다. 말이 없어진 자리에 달빛만 가득했다.

"더는 못 참겠어. 더 있다간 미쳐 버릴 것만 같아. 난 나갈 거야."

봉녀의 음성 속에 결기가 들어 있었다.

"그래. 왜 안 그렇겠니……."

순분은 무릎을 끌어안은 채 길게 한숨을 내쉬며 말했다.

봉녀의 선언적인 말에 순분은 아무 말도 할 수 없었다.

"차라리 죽었으면 죽었지 더 이상은 있을 수 없어."

"여기서 나가면 어디로 가야 할지도 모르잖아. 게다가 말도 통하지 않는데 어떻게 가려고?"

금옥은 두 사람의 이야기를 들으며 달빛에 비친 자신의 발가락을 꼼지락거렸다. 움직이는 금옥의 발등과 발가락에 달빛이 이리저리 옮겨 앉았다.

"여기 있으나 나가 죽으나 뭐가 다르겠어? 어쨌든 나는 나갈 거야. 너는?"

봉녀가 순분을 향해 물었다.

"가야지. 갈 거야. 헌데 지금은 아닌 것 같아."

"그때가 언젠데?"

"글쎄……."

"맞춤한 때는 없어. 너는?"

이번에는 봉녀가 금옥을 향해 물었다.

"모르겠어. 나는 모르겠어……."

금옥이 자신 없는 소리로 대답했다. 금옥은 여전히 달빛에 발을 내놓고 꼼지락거리고 있었다. 마치 그 모양이 발등에 앉은 달빛이 간지러운 듯 보였다.

그 말을 끝으로 셋은 다시 말이 없었다. 말이 없는 그 자리에 또다시 달빛만 수런거렸다.

"그래서…… 정말 갈 거야?"

먼저 말을 꺼낸 건 순분이었다.

"여기서 죽는 거 보다는 나아."

봉녀가 결연하게 대답했다.

"무서워……."

봉녀의 말에 금옥은 자신의 발을 내려다보며 혼잣말처럼 중얼거렸다.

"그렇다면 다음번 공습경보 울릴 때 나가. 그때 같이 가. 지금부터 준비해서…… 헌데 말이야 만약에, 만약에 말이야. 탈출에 성공한다면 너는 고향으로 돌아갈래?"

순분이 물었다. 봉녀는 그 물음에 아무 대답도 하지 않았다. 굳이 대답하지 않아도 순분은 알 수 있었다. 가야 했지만 갈 수 없는 곳. 가고 싶었지만 가기가 두려운 곳이 또 그곳이었다.

하지만 봉녀에게는 가야 할 이유가 있었다. 아니, 가야 할 이유는 순분에게도 있었고, 금옥에게도 있었다. 순분은 두고 온 가족이 있었고, 금옥에게는 자신을 희생해서라도 공부를 시켜주고 싶은 동생 귀옥이 있었고, 가난으로부터 구제해야 할 부모님이 있었다. 봉녀 역시 공부를 하고 싶어 했다. 지금보다 더 나은 삶, 그 삶을 살고 싶은 꿈이 있었다.

순분은 자신의 몸에 남은 흉터들을 더듬었다. 어깨와 손바닥에 떡살로 남은 자상의 흔적들은 결코 위로받거나 감출 수 없었다. 그것들은 가끔 꿈속에서 커다란 구멍이나 피떡이나 뱀으로 다가와 순분의 목을 누르고 졸라댔다.

순분은 봉녀를 따라 가고 싶었다. 아니, 가고 싶지 않았다. 저 철조망을 넘는다면 무엇이 기다리고 있을지 모른다. 죽음이거나 아니면 죽음보다 더한 고통이 기다리고 있을지 모른다. 미구에 닥칠 일을 모른다는 것. 자신들을 기다리고 있을 그 시간들의 정체를 알 수 없다는 것은 또 다른 종류의 두려움을 안겨 주었다. 그 두려움에 순분은 가고 싶지 않았다. 하지만 지옥 같은 이 위안소를 생각하면 당장에라도 봉녀를 따라 철책을 넘고 싶었다.

"잘 생각했어. 가다 잡히면 이 치욕스런 삶도 끝날 테니, 잡혀도 나쁘지 않아."

봉녀의 말이 순분의 결심을 다지게 만들었다.

"공습경보 내리는 날 도망가자. 그들 역시 경황없이 숨을 테니. 그때 틈을 타 여기서 나가는 거야."

이어지는 봉녀의 말에 힘이 실려 있었다.

"너는? 너는 어떻게 할 거야? 여기 그냥 남을 거야? 아니면 우리랑 갈 거야?"

순분이 금옥을 향해 물었다.

"모르겠어……."

금옥은 무릎을 끌어당겨 두 팔로 안고는 손등 위에 턱을 올려놓은 채 자신 없는 음성으로 대답했다.

"우리는 나갈 거야. 그렇다면 너 혼자 있게 될 텐데 괜찮겠어?"

"……"

금옥은 아무런 대답이 없었다. 대신 낮게 훌쩍이는 소리가 넘어왔다.

이상한 일이었다. 이곳을 나간다고 생각하니 순분은 가슴이 뛰었다. 초조함과 설렘과 두려움이 한꺼번에 뒤섞여들며 조바심을 치게 만들었다. 여기서 나간다는 생각만으로도 순분은 그 밤이 참을 만했다.

그때 호루라기 소리가 농밀한 어둠을 가르며 울렸다. 세상의 소리들이 지워진 밤에 울리는 호루라기 소리는 낮의 그것보다 더 날카로웠고, 사박스러웠다.

"들키겠다. 빨리 네 방으로 돌아가."

순분은 휘장을 걷고 밖의 동태를 살피며 봉녀와 금옥을 다그쳤다. 봉녀와 금옥이 고양이처럼 잔뜩 웅크린 채 까치발로 소리를 죽이며 제 방으로 돌아갔다. 그리고 한숨도 돌리기 전에 거칠게 휘장이 걷히며 군인이 들어왔다.

24
확대되는 전선

어둠이 물러가고 푸르스름한 박명이 찾아와 있었다. 순분은 자리에서 일어나 푸른 박명이 날빛으로 여물어가는 것을 지켜보고 있었다. 간밤에 찾아온 군인은 코까지 골며 곤하게 자고 있었다. 하루하루, 목숨을 유예받는 기분은 어떨까. 죽음의 그림자는 위안소의 아이들에게만 있는 것은 아니었다. 전장에서 살아 돌아온 군인들은 살았다는 안도의 표정을 짓는 대신 어딘지 공허한 얼굴들을 하고 있었다. 이번은 요행으로 죽음에서 비껴났지만 다음번은 알 수가 없다는 것을 그들은 잘 알았다. 요행과 행운은 언제나 주어지지 않는 패였고, 때문에 어떤 이는 작은 일에도 터무니없이 화를 냈고 어떤 이는 지나치게 방관했고 어떤 이는 아주 작은 것에도 집착을 보였다. 죽음에 대한 공포는 분노로 치환되고, 뒤틀리고 변형된 그 분노는 고스란히 아이들에게로 향했다. 아이들은 무력하게 그들의 분노를 감당해야만 했다. 그러는 동안 죽음의 공포는 그대로 아이들에게로 전이됐다.

순분은 행여 군인의 신체 일부가 자신의 몸에 닿을까 웅크린 몸을 더 작게 움츠리며 벽에 바짝 붙었다. 수많은 남자들이 제 몸을 거쳐 갔지만 아직 그들에게 익숙해지지 않았다. 여전히 그들이 자신의 몸을 더듬을 때면 불시에 찬물을 뒤집어쓴 듯 소름이 돋았다.

난 나갈 거야. 여기서 더 이상 살 수 없어. 더는 못 견디겠어. 봉녀의 말이 떠올랐다. 가야지. 봉녀가 가면 따라가야지. 헌데 이 위안소 밖에는 뭐가 있을까. 나가면 어떤 일들이 기다리고 있을까. 그래도 여기서 저들의 욕망받이로 사는 것보다는 나을 것이다. 그 짓에 창자가 뒤틀리고, 밑이 헐어 앉지 못해도 그 짓을 멈출 수 없는 여기보다는 나을 것이다. 비록 초근목피로 주린 배를 채운다 해도 여기보다는 나을 것이다. 순분은 굳은 얼굴로 아랫입술을 깨물었다.

나간다면, 성공한다면 다시 집으로 돌아갈 수 있을까? 돌아갈 수 있다면 어머니, 아버지를 볼 수 있을까? 생각들이 꼬리에 꼬리를 물고 이어졌고, 그 사이에 새벽 박명은 푸른기가 옅어지며 사물들이 제 색을 찾아가고 있었다. 멀리서 개 짖는 소리와 새소리도 들려왔다. 이름 모를 새들이었고, 나무들이었다.

간밤에 게걸스럽게 순분의 몸을 탐하던 군인이 갑자기 경련하듯 몸을 떨었다. 악몽을 꾸듯 미간은 잔뜩 구겨져 있었고 입가가 씰룩이더니 이내 잠꼬대를 했다.

"한 놈도 살려두지 말라. 위대한 조국을 위해 목숨을 아끼지 말라. 조국은 너희들을 영웅으로 생각할 것이다. 그러니 나가라. 죽음을 두려워하지 말란 말이다."

꿈속에서 그는 적과 교전 중인 모양이었다. 죽이지 않으면 자신이 죽는 극한 상황에서 그는 한 사람이라도 더 죽이려고 핏발 선 눈으로 적들을 향해 총구를 겨누고 있을 것이다. 아니면 칼로 적들의 목을 긋거나. 그의 눈가에서 눈물이 흘러내렸다. 순분은 그 눈물을 짠한 마음으로 내려다보았다.

순분은 손을 뻗어 그 눈물을 만져보았다. 그때 그가 반사적으로 순분의 손목을 잡아 꺾었다. 아앗! 아파욧! 순분은 비명을 내지르며 꺾인 손목을 다른 손으로 움켜쥐었다. 순분의 비명에 그는 주변을 둘러보며 상황을 인지하고는 미간을 구겼다.

"이년이 감히! 어디다 손을 갖다대!"

그는 순분의 손목을 비틀어 쥐며 인상을 구겼다. 이빨 사이로 빠져나온 그의 말이 사박스러웠다.

"아파요. 눈물을 흘리기에 닦아주려 한 것뿐이에요."

순분은 신음과 함께 낮게 소리쳤다. 순분의 말에 그는 팔로 쓱 눈가를 닦아냈다. 그리고는 순분을 쏘아보더니 비틀어 쥐고 있던 손을 놓아주고는 군복을 찾아 입었다.

그에게 잡힌 손목이 얼얼하니 동통이 일었다.

아침부터 더위가 장했다. 짝을 찾는 매미들은 서로 경쟁적으로 더 큰소리로 울어대고, 그 소리가 차르르르 차르르르 이명을 일으켰다. 어젯밤의 모의가 새로운 힘을 가져다주었다. 그 모의로 인해 순분은 어떤 모욕이든 경멸이든 모멸감이든, 참을 수 있을 것만 같았다.

순분은 방 청소를 끝내고 빨래를 하기 위해 우물가로 갔다. 하지만 조금 전 군인에게 잡힌 손목이 시큰거려 그들이 내놓은 빨래를 할 수가 없었다.

순분은 부어오른 손목을 자신들을 감시하는 군인에게 내보였다.

"손목이 부어서 손을 쓸 수가 없어요. 대신 다른 일을 하겠어요."

그가 미심쩍은 눈초리로 순분의 손목을 확인하더니 말했다.

"좋아! 대신 넌 바느질을 한다."

순분은 바구니에 한가득 쌓여 있는 바느질감에서 상의 하나를 집어 들었다. 헌데 부대 안의 분위기가 어딘지 어수선한 것이 예전 같지 않았다. 군인들은 완전 무장한 채 부대를 오갔고, 보급품을 실은 트럭들이 부지런히 부대 안을 드나들었다. 아침의 그 분주함이 여느 때 같지 않았다. 무슨 일일까.

순분은 바늘에 실을 꿰면서 저들을 살피고 군인들이 하는 말을 엿들었다. 전선이 확대되면서 새로운 부대가 근처로 온 모양이었다.

전선이 확대되다니. 저들이 불리한지 우세한지 전세에 대한 말은 없었다. 그들 역시 전시상황을 모르는지 아니면 알면서도 말을 아끼는 것인지 그것도 알 수 없었다. 모든 것은 비밀이었다. 부대의 위치도 군대의 이름도 모든 것이 비밀에 부쳐졌다. 아이들은 알아도 안 되고 알려고 해서도 안됐다.

순분은 가슴이 이상하게 울렁거렸다. 만약에 일본이 진다면 자신들은 어떻게 될까? 돌아갈 수 있을까? 아무 일 없다는 듯 그렇게 예전으로 돌아갈 수 있을까? 그도 아니면, 일본이 이긴다면 자신들은 또 어떻게 될까?

하지만 고향에는 돌아가지 못할 것이다. 그곳은 가서는 안 될 금단의 땅이었다. 이름도 숨기고 고향도 숨기고 그렇게 자신의 정체를 숨긴 채 유령처럼 살아야 했다. 아무도 자신을 모르는 곳에서. 순분이라는 이름을 버리고 말을 아끼며 그렇게 살아야 할 것이다. 혹 누군가 자신을 알아보는 이가 있으면 부정하고, 부정하고 또 부정해야 할 것이다.

무언가 날카로운 통증이 손끝에서 느껴졌다. 순분은 저도 모르게 낮게 탄식 같은 비명을 내질렀다. 바늘에 손끝을 찔렸던 것이다. 찔린 그 자리에서 빨간 피가 배어 나오더니 방울로 뭉쳐졌다. 순분은 손가락 끝을 입에 넣고 빨았다.

그때였다. 한 아이가 벌거벗은 채로 한 군인에게 머리채가 잡혀 끌려나오고 있었다. 순분이 이곳에 오기 전부터 있던 아이였다. 아이의 비명과 머리채를 잡아 쥔 군인의 욕설이 아침의 위태

로운 평화를 찢어놓고 있었다. 순분은 도망치고 싶었다. 그 욕설
과 비명으로부터. 이 아슬아슬한 시간들로부터. 그녀의 머리채를
움켜쥔 군인은 그녀의 머리를 땅바닥에 짓찧었다. 퍽퍽.

무언가 등허리에 뜨거운 것이 감겼다.

"뭐하는 거야? 이 게을러빠진 조센징!"

언제 다가왔는지 감시병이 한눈을 팔고 있는 순분의 등 뒤에
서서 채찍을 휘두르고 있었다. 채찍이 감길 때마다 살갗이 벌어
지는 것만 같았다. 착착. 허공을 가르며 날아온 채찍은 차지게 몸
을 감고 돌거나 살갗을 갈라놓았다. 처음에는 그저 무언가 이물
감으로 느껴지는가 싶다가도 나중에는 채찍이 훑고 지나간 자리
가 쓰라리고 아렸다. 그 채찍에 감겨 어떤 때는 옷이 찢겨나가기
도 하고, 연한 피부에서 피가 번져 나오기도 했다.

순분은 그 채찍에 쫓겨 서둘러 떨어진 단추를 달았다.

"이 게을러터진 것들은 잠깐만 놔두면 딴짓이라니까. 그러니
조센징들은 믿을 수 없어."

그가 이를 악문 소리를 내며 아이들을 향해 눈을 부라렸다.

채찍이 지나간 자리가 쓰라리고, 바늘에 찔린 자리는 욱신거렸
다. 게다가 손목은 부어올라 움직일 때마다 시큰거렸다. 하지만
순분의 머릿속이 복잡했다. 새로운 부대가 온다는데, 그들은 또
얼마나 자신들을 괴롭힐까.

알몸으로 끌려나온 아이는 다행히 살아 제 발로 방으로 들어갔
다.

25

별의 전설

어느새 별이 지상 가까이 내려와 있었다. 세상이 아무리 흉악하고 그악스러워도 하늘은 여전히 아름다웠다. 사금파리를 흩뿌려놓은 듯 하늘에 뜬 별들은 각기 자신들의 빛으로 초롱초롱했고, 은하수는 희부연 별구름으로 하늘 가운데를 흐르고 있었다. 어느 날은 그 별들이 밝았고, 어느 날은 그 별들이 흐렸다. 또 어느 날은 그 별들이 숨었고, 어느 날은 그 별들이 더 말간 빛으로 얼굴을 내밀었다.

죽으면 별이 된단다. 언젠가 먼 친척뻘인 아저씨가 죽었다는 소식을 듣고 어머니는 울음을 빼물었다. 울고 울고 또 울어 눈물 훔쳐낸 치맛자락이 축축하게 검은 얼룩으로 젖어 있었지만 어머니는 울음을 그치려고 하지 않았다. 그 울음에 어머니의 눈은 통통 부어올랐다. 순분은 한 번도 얼굴을 본 적이 없는 친척이었다.

다만 그 사람이 어머니의 먼 친정붙이였고, 어머니가 어렸을 적에 꽤나 귀여워해줬던 사람이라는 이야기만 어머니에게 들었을 뿐이었다. 여자는 시집가면 출가외인이고, 죽어서도 시집 귀신이 되어야 하는 게 여자의 덕목이고 미덕이었지만, 피는 물보다 진해서 쉽게 피붙이의 정을 끊어내지 못하는 것이 사람의 정리였다.

그 아저씨가 물 한 모금 넘기지 못하고 시름시름 앓다가 이승을 떠났다는 전갈을 받았을 때, 어머니는 확신에 찬 어조로 이야기했다.

"봤어. 내 눈으로 똑똑히 봤어. 조금 전 마당에 내려서는데, 느닷없이 푸른 불티가 하늘로 날아올랐어. 그게 뭔가 싶었는데 알고 보니 아재의 혼이었어. 그 불티가 말이야 마치 반딧불이처럼 춤을 추다가 호르륵, 하늘로 치솟아 올랐어. 그리곤 사라졌지. 그 푸른 빛, 그 빛이 마치 저 별빛 같았어."

어머니는 그 아저씨의 혼이 별이 되었다고 믿었다.

어머니의 말처럼 저 별들은 한때 다 누군가의 목숨이고, 누군가의 영혼일지도 몰랐다. 그렇다면 그동안 허망하게 죽어나갔던 아이들도 저 하늘 어디쯤에 별이 되어 반짝이고 있을까. 순분은 자신이 죽는다면 별이 되고 싶지 않았다. 이 세상 어디에도 자신이 다녀왔다는 흔적을 남기고 싶지 않았다. 숱한 남자들이 자신들의 욕심을 채우고 간 이 몸뚱이가 알뜰하게 삭고 육탈되어서는 흔적 없이 사라졌으면 좋겠다고 순분은 생각했다. 사람들의 기억에서 사라지는 것. 그것만이 완전한 죽음이었고, 그것만이 자신이 살 길이었다.

순분의 눈가로 뜨뜻한 눈물이 흘러내렸다.

이년아. 살려달라고 해. 살려달라고 빌란 말이야. 옆방 금옥의 방에서는 긴 밤을 자러 온 군인이 있는지 아까부터 투덕거리는 소리가 넘어왔다. 이 더러운 년. 이 더러운 조센징. 남자의 말이 단속적으로 이어졌다. 남자는 말을 할 때마다 금옥을 때리는지 추임새처럼 철썩거리는 소리가 섞여 날아왔다. 남자의 말이 끝날 때마다 금옥은 살려달라고 우는 소리를 냈다. 살려주세요. 살려줘요.

이상하게 금옥이 살려달라고 할 때마다 별들이 깜박거리는 듯 했다. 이리 오렴. 여기는 평안해. 평화로워. 금옥의 살려달라는 말에 별들이 대답을 하는 듯했다.

이제 열네 살. 금옥은 그 길목에서 길을 잃었다. 봉녀처럼. 그리고 자신처럼.

똑똑.

봉녀가 신호를 보내왔다.

똑똑.

답신을 보내자마자 봉녀가 휘장을 걷고 어둠처럼 소리 없이 스며들었다.

"손목은 좀 어때?"

봉녀가 순분의 손목을 일별하며 물었다.

"많이 나아졌어."

착착착. 이년아. 네년 목숨은 나한테 달려 있어. 착착착. 그러니 잘하란 말이야. 더 잘해. 착착착. 더 잘해 보란 말이야. 살려주세요. 제발. 살려주세요. 더! 더 큰소리로 빌어 봐. 이년아. 살려주세요. 정말이에요. 살려주세요. 제발.

금옥의 방에서 놈이 수욕을 채우는 소리가 연신 들려왔다. 부실한 바람벽이 흔들리고, 마룻장이 삐걱댔다. 봉녀는 두 팔로 머리를 감싼 채 그 소리로부터 도망치고 싶어 했다. 하지만 묵지근하고도 습한 밤의 대기에 소리는 공명을 품은 채 파고들었다.

하긴 금옥의 방만이 아니었다. 내일을 기약할 수 없는 군인들은 당장의 밤을 위로받기 위해 아이들을 찾으면서 그 밤이 위태롭게 흔들렸다. 그들은 전장에서 살아 돌아오면 한결같이 살아 있음을 확인받기라도 하듯 아이들에게 야수처럼 굴었고 짐승이 되었다.

"새로운 부대가 올 거래."

그 말에 봉녀는 아무 말도 하지 않았다. 새로운 부대가 온다는 것은 그만큼 자신들이 상대해야 하는 군인들의 수가 늘어난다는 이야기였다. 금옥의 방에서는 간단없이 소리가 넘어왔다.

그 소리가 참을 수 없다는 듯 봉녀는 두 귀를 손바닥으로 막은 채 머리를 흔들었다. 그녀의 얼굴이 고통과 분노로 일그러져 있었다. 착착착. 네년을 죽여줄 거야. 죽이고 말 거야. 착착착. 살려주세요. 제발. 착착착. 아악!

순분은 물끄러미 한 지점을 응시했다. 순분이 보고 있는 그곳에는 어떤 무늬도 들어 있지 않았다. 다만 견고하고도 농밀한 어둠이 퍼져 있을 뿐. 어떤 아이는 이 참담한 현실을 그저 포기하거나 방기하며 견뎌냈고, 어떤 아이는 스러지지 않는 분노로 저항했다. 저항의 대가는 죽음이었다. 또 다른 아이들은 그저 살아지니까 살아냈고, 아침에 눈이 뜨여지니까 일어났다.

"며칠 내로 여기서 나가자."

봉녀의 음성이 결연했다.

"아직 여기 지형도 모르잖아. 그러니 조금만 더 기다리자."

"더 이상은 못 기다려. 도망가다 잡혀 죽더라도 지금의 삶보다는 나아. 차라리 죽는 것이 낫다고."

봉녀는 이미 결심이 선 듯 음성이 비장하고도 머뭇거림이 없었다.

"너는? 너는 어떻게 할 거야? 정말 나 따라갈래?"

확인하듯 묻는 봉녀의 물음에 순분은 섣불리 대답할 수 없었다. 함께 도망가겠다고 약속은 했지만 아직 마음의 준비가 돼 있지 않았다. 그저 감정에 치우쳐 그 큰일을 도모하거나 감행할 수는 없었다. 한 번 실행에 깔끔하고 깨끗하게 성공해야만 했다. 두 번은 없었다. 그러니 한 번에 확실하게 성공해야 했다. 그러려면 무엇보다 철저한 준비가 우선해야 했고, 치밀한 계획은 선결과제였다. 그런 터수에 며칠이란 시간은 너무 부족했고 빨랐다. 마음의 준비를 하는데도 며칠이란 시간은 빠듯했다.

순분이 선뜻 대답을 하지 못하자 봉녀는 혼잣말하듯 중얼거렸다.

"네가 안 간다면 나 혼자라도 가."

그 음성이 더없이 확고했고, 비장했다.

"안 간다는 건 아니야. 다만 며칠이라는 시간이 마음에 걸려서 그래."

"그럼 언제? 언제쯤이면 준비가 끝나는 건데? 준비가 끝날 때까지 기다리는 건 죽음을 기다리는 것과 같아. 완벽한 준비는 있을 수 없어. 난 더 이상 견딜 수 없어. 여긴 지옥이야. 여기서 살 바에는 차라리 죽는 게 나아."

봉녀가 낮게 소리쳤다.

그래, 나도 더 이상은 참을 수 없어. 하지만 어떻게 하겠어? 순분이 혼잣말처럼 중얼거렸다. 그 사이에도 금옥의 방은 계속 흔들리고 있었다.

26

삿쿠, 건빵, 그리고 블라우스

땡강땡강. 아침 배식을 알리는 종소리가 경망스럽게 하루의 시작을 열었다.

순분은 휘장을 걷고 밖으로 나왔다. 조만간 이곳을 탈출한다고 생각하니 이 아침이 다른 날과 달라 보였다. 무언가 코로 빨려 들어오는 대기도 다른 듯했고, 아침의 빛깔도 어제와는 사뭇 달라 보였다. 사람들도 달라 보였고, 나무들도 달라 보였다. 세상만 달라 보이는 것은 아니었다. 순분의 몸속을 도는 피돌기도 여느 날보다 더 빨리 더 힘차게 도는 듯했고, 두근거리는 마음에 온몸의 신경이 곤두서는 느낌이었다. 소리 하나에도 예민하게 반응했고, 사람들의 표정 하나에도 신경이 쓰였다.

하루아침에 달라진 세상에 순분은 내심 당황했지만 티를 내지는 않았다. 다른 날과 다름없이, 그렇게 여일하게 보내야 했다. 저들이 자신과 봉녀의 은밀한 계획을 알아차리면 모든 일은 수포로 돌아갈 터이다. 아니 끝장나는 것이다. 그러니 조심하고 또 조심할 일이었다. 표정도 조심하고 말도 조심하고 행동도 조심해야 했다. 그렇다고 아직 확신은 서지 않았다. 봉녀가 떠날 때 함께 가기로 약속은 했지만 한편으로는 두렵기도 했다.

여기 있다가 죽는 거나 도망치다 죽는 거나 죽기는 매일반이야. 하지만 하루라도 빨리 이 지옥에서 벗어나고 싶어. 여기서 더 망가지기 전에 나는 떠날 거야.

봉녀의 음성이 머릿속에서 맴돌았다. 그래, 여기서 죽는 거나 도망치다 붙잡혀 죽는 거나 죽기는 한가지였다. 하지만 여기서 이렇게 허망하게 죽는 것보다는 봉녀를 따라나서는 것이 그녀의 말처럼 더 나을지도 몰랐다.

땡강 땡강. 다시 종이 울렸다. 배급소에는 벌써 뱀 같은 줄이 길게 생겨나 있었다. 살기 위해서는 먹어야 했다. 내일을 위해서도 알뜰하게 몸속에 영양소를 저장해 두어야 했다. 순분은 그 줄 끝에 섰다.

"애! 애!"

헌데 그때, 누군가의 소리가 순분의 뒷목에 미늘처럼 걸렸다. 순분은 소리를 좇아 고개를 돌렸다. 배급을 알리는 종소리에도 방에서 나오지 않고 한 아이가 순분을 향해 손짓을 하고 있었다. 그 아이는 순분이 이곳 위안소로 오기 전부터 있던 여자였다. 무슨 일을 하냐고 물었을 때, 그저 시키는 대로만 하면 살 수 있다고 대답해 주던 아이였다. 그 말끝에 아이는 불쌍하다고 했던가, 안 됐다고 했던가. 아이는 그때, 어쩌다 여기까지 왔느냐며 순분을 안쓰럽게 바라보았었다.

순분은 저를 부르는 게 맞냐고 눈빛으로 다시 확인했다. 아이가 고개를 끄덕이며 주위를 살피더니 손을 까닥였다. 저를 부르는 아이의 얼굴이 누런 치자빛을 띠고 있었다. 순분은 배식대 앞의 줄이 아직 줄어들지 않은 것을 일별하고는 아이가 부르는 방으로 올라갔다.

방 안으로 들어서는 순분에게 아이는 무언가를 불쑥 내밀었다.

"이거 너 써. 삿쿠는 빨아서 쓰면 될 거야. 안 쓰는 거보다 나을 테니까."

아이는 자신이 쓰던 삿쿠와 옷 한 벌을 순분에게 건넸다.

"언니는요? 언니는 어쩌려구요?"

의아한 눈빛으로 저를 바라다보는 순분에게 그녀는 웃어 보였다.

"이제 나는 필요 없어."

"왜요? 왜 필요 없어요?"

"난 여기를 뜰 거야."

"뜨다니요?"

순분은 궁금했다. 궁금해도 너무 궁금했다.

"어쨌든 나는 더 이상 필요 없어. 그러니 너 가져."

순분은 그녀가 무슨 말을 하는지, 어떤 생각으로 그런 말을 하는지 이해할 수 없었다. 아무도 모르는 어떤 꿍꿍이속이 있는 모양이었다. 도대체 그 속이 뭘까. 누군가를 따라 다른 부대로 이동하거나 봉녀처럼 여기를 도망친다는 말일까. 아니면 자신은 짐작조차 할 수 없는 다른 비밀한 계획이 있는 것일까. 하지만 순분은 확인하지는 못했다. 서로에게는 비밀이 있었고, 그 비밀은 어떻게든 지켜져야 했고 지켜줘야 했다. 그것이 서로의 목숨을 살리는 일이었고, 자신들의 안위를 지키는 일이었다. 게다가 서로 볼 것 못 볼 것 다 본 사이지만, 그런 사이일수록 함께 통과해 왔던 짐승 같은 시간들을 다시 꺼내 복기하지 않고 망각 속에 가두어두고 봉인해 두어야 했다.

"이것도 너 먹어라."

그녀가 구석의 자질구레한 물건들 사이에서 건빵 두 봉지를 꺼내 순분에게 건넸다. 순분은 무언가 찜찜했다. 그 찜찜함에 선뜻 손 내밀어 받지 못했다.

"정말 이렇게 저 다 주는 거예요?"

"걱정하지 마."

그녀가 웃어 보였다. 그 웃음도 어딘지 위태로워 보였다.

"가져가. 그리고 저들이 보기 전에 어서 가서 숨겨."

그녀가 순분을 내몰았고, 순분은 그녀가 준 물건들을 가슴에 싸안고 얼른 자신의 방으로 건너와 펼쳐보았다. 하얀 블라우스와 치마였다.

하얀 블라우스는 오랜 세월에 색이 바래 연한 치자빛으로 변해 있었지만 그래도 어디 한군데 솔기가 터졌다거나 닳아 해지지 않은 성성한 옷이었다. 이곳으로 온 지 해가 바뀌었지만 처음 올 때 지급받은 옷 한 벌이 전부, 그 뒤로 옷다운 옷은 입어보지 못했고, 마련하지 못했다. 마음먹고 장만하려면 살 수도 있었지만 그러고 싶지 않았다. 치장하고 싶지도 않았고 치장하고 예쁘게 보이고 싶은 사람도 없었고 치장하고 나갈 데도 없었다. 아니, 나갈 수도 없었다.

순분은 여자가 준 블라우스를 쓰다듬고 또 쓰다듬었다. 당장에 남자들의 타액과 체액이 묻어 꾸들꾸들 말라붙은 네마키를 벗고 그 블라우스를 입고 싶었지만, 입기가 아까웠다. 이런 생활에 좋은 날이 언제 올까 싶었지만 왠지 그 옷은 좋은 날에 입고 싶었다. 어디 한 곳 해진 데 없는 성한 옷. 진솔은 아니지만 순분에게 그 옷은 나비의 날개처럼 근사했다. 순분은 여기를 떠날 때 그 옷을 입기로 했다.

그 옷 때문이었을 것이다. 그날의 아침이 달디단 것이.

헌데 아침 식사 시간이 끝나기도 전에 군인이 위안소로 들이닥쳤다. 순분은 얼른 들고 있던 옷을 뒤로 감추었다.

"뭔데 감추는 거야?"

그의 눈이 의심으로 번들거렸다. 순분은 뒤로 물러나며 그 옷을 꽉 움켜쥐었다. 그는 순분의 팔을 강제로 끌어당겨서는 숨기고 있던 옷을 확인했다.

"이거 옷 아냐?"

그가 옷을 뺏어 들고 미심쩍은 눈길로 옷과 순분을 번갈아가며 바라보았다. 순분은 손을 뻗어 그 옷을 잡으려했다.

"이리 주세요."

"이딴 거 뭐가 필요해?"

"주세요."

"이런 거 뭐가 필요하냐고? 너희들에게 옷 따위가 무슨 소용이야? 황군들을 즐겁게 해주기 위해서는 지금 입고 있는 옷도 오히려 거추장스러운 판인데."

"제발!"

그는 씩 웃더니 칼을 들어 옷을 향해 내리쳤다. 옷은 단번에 두 조각으로 나뉘어서는 바닥으로 떨어졌다.

순분은 조각난 옷을 집어 들며 원망스러운 표정으로 그를 쳐다보았다. 순분의 시선에서 안타까움이 진하게 묻어나는 것을 보고 그는 만족스러운 웃음을 지었다.

"이딴 거 필요 없어. 봐. 저 원숭이들을 말이야. 저 원숭이들이 옷 입었어? 너희들이 저것들과 다를 바가 뭐야?"

그가 손가락으로 가리킨 곳에 원숭이가 있었다. 빨갛게 부풀어 오른 젖이 무겁게 축 늘어져 있는 어미 원숭이가 나뭇가지 위에 졸린 듯 앉아 있었고, 그 주변으로 새끼 원숭이가 잔망스럽게 이 가지 저 가지 위로 뛰어다녔다.

원숭이와 같다니. 그의 말은 맞지 않았다. 차라리 저 원숭이들이 자신들의 처지보다 낫지 않은가.

그가 순분을 뒤로 밀어뜨리며 순분의 몸 위로 올라탔다. 미움을 넘어 증오와 원망이 솟구쳤지만 포기와 순응 말고는 지금 당장 할 수 있는 게 아무것도 없었다. 분한 마음을 참지 못하고 그를 밀쳐낸다 한들 기다리는 것은 죽음뿐임을 순분은 잘 알았다.

얼마 전 한 아이는 말을 듣지 않는다는 이유로 음부와 유방이 도려내진 채 죽임을 당했었다. 목숨은 질긴 것이어서 그래도 숨은 붙어 있었다. 하지만 그 숨도 그리 오래가지 못했다. 과시하듯 내리친 칼에 그녀의 목은 댕강 잘려져서는 그나마 붙어 있던 숨도 끊어져 버렸다.

죽기 전, 그 아이는 겁에 질려 비명도 지르지 못했다. 그걸 보는 아이들도 마찬가지였다. 그렇게 자리가 비면 언제나 새로운 아이들로 채워졌고, 그 아이들은 또 어느 날 그렇게 문득 죽음과 조우해야 했다.

"너에게 필요한 것은 저런 옷이 아니다. 너희에게 옷이 왜 필요하지? 너희들은 어떻게 하면 우리 군인들을, 아니 나를 즐겁게 해줄까 그것만 생각하란 말이야."

그가 순분의 몸 위에서 헐떡이며 말했다. 말을 할 때마다 입에서 풍겨나오는 구취가 역했다. 하지만 놈은 혀를 순분의 입속에 깊숙이 밀어 넣고 곳곳을 뒤지거나 순분의 입술을 깨물고 순분을 때렸다. 순분은 놈의 혀가 입속을 뒤질 때 몇 번이나 그 혀를 깨물어버리고 싶은 것을 간신히 참았다.

놈은 쉽게 순분을 놓아주지 않았다. 자신에게 주어진 시간을 충분히 즐기기라도 할 작정인 듯 쉽게 물러나지 않았다. 놈이 공격해 들어오는 아랫도리가 쓰라리고 아렸다. 창자가 끊어질 듯 아팠고, 자궁이 쏟아질 듯 뒤틀렸다. 순분은 저도 모르게 신음을 깨물었지만 놈은 사정 봐주지 않았다. 그러면 그럴수록 놈은 더 힘차고 사납게 굴었다.

세상이 흔들렸다. 몸이 흔들리는 것인지, 세상이 흔들리는 것인지 모호했다. 생이 흔들리는 것만은 확실했다. 열다섯 살 꽃다운 나이, 가장 순결하고 정결해야 할 생의 한때가 이렇듯 모욕으로 흔들리고 있었다.

그가 사정을 하고 넉장거리로 누웠다. 그가 가쁜 숨을 내쉬며 벌렁 넘어질 때 순분은 그의 칼을 집어 들고 정확히 그의 목에 꽂아 넣고 싶었다. 그 충동을 참아내느라 순분은 진저리를 쳤다.

그때 휘장이 걷히고 다른 병사가 들어왔다. 그는 미처 옷을 입지도 못한 채 팔에 걸고 밖으로 나가고, 새로 들어온 병사는 채 씻지도 못한 순분에게로 다가왔다.

"더러워. 더러워. 더러운 것들!"

그는 앞선 군인의 체취와 타액과 정액이 고스란히 남아 있는 순분의 몸을 더듬으며 연신 더럽다며 침을 뱉고 순분의 몸을 때렸다. 그의 우악살스런 손길이 순분을 할퀴고 지나갈 때마다 순분은 낮게 신음을 내질렀다.

"조센징들은 더러워. 더러워. 다 더러워."

순분은 이를 악물었다. 눈을 감자. 차라리 눈을 감자. 눈을 감고 도망치자. 순분은 질끈 눈을 감았다. 그 감은 눈 안에 세상이 점점이 흰 점으로 물러앉았다가 다시 자그마한 얼룩으로 뭉쳐졌다. 그 얼룩이 움직였다. 위로 아래로, 그리고 뒤로 앞으로. 그 점이 이윽고 하얀 나비로 변해갔다. 나비, 나비였다. 나비야, 나비야. 혼자 가지 말고 네 가는 곳에 나를 데리고 가렴.

그가 나가면서 갈색의 군표 한 장을 적선하듯 던지고 나갔다. 문득 순분은 그 종이가 조금 전 만난 나비 같았다. 나비야. 손을 뻗어 잡으려다 순분은 이내 손을 거두어들였다. 그런 순분의 표정이 일그러졌다. 그것은 나비가 아니라, 종이조각이었다. 자신들이 한 번씩 몸을 더럽힐 때마다 받는 한 장의 표. 그것은 또 다른 치욕이었다. 그 숫자만큼 자신의 몸이 짓밟혔다는 증거였고 그 숫자만큼 능욕을 당했다는 표시였고 그 숫자만큼 죽고 싶던 마음이었다. 그 표는 소용이 없었다. 그 표가 돈이라고 했지만 당장에 그 표로 할 수 있는 것은 아무것도 없었다. 아무 소용도 없었다. 그저 허망하게 없어지고 말 종이조각에 불과한 것들이었다. 그 군표는 계급에 따라 달랐다. 말단병사는 1원 50전, 하사관은 2원, 장교는 2원 50전, 긴 밤을 자고 갈 때는 3원에서 4원이었다.

하지만 그마저도 제대로 자신들의 손에 갈무리되지 못했다. 처음에는 일본인 관리가 군표들을 가지고 있다가 온다간다 말도 없이 사라져버린 뒤로는 부대에서 관리했다. 밥값과 옷값과 약값으로 제하고 나면 아무것도 없었다. 그러니 군표는 있으나마나였다.

그때였다. 누군가의 비명소리가 오후의 열기를 가르며 날아왔다. 그 비명에 이어 부산스러운 움직임이 일었다. 무슨 일일까? 순분도 엉금엉금 기어 밖을 내다보았다. 순분은 순간 얼빠진 얼굴로 한 광경을 목도했다. 그녀였다. 분명 그녀였다. 조금 전 자신에게 건빵과 삿꾸와 옷을 준 언니.

그녀의 주검이 방에서 끌려 나오고 있었다. 눈은 툭 튀어나오고 보랏빛으로 변한 그녀의 퉁퉁 부은 얼굴은 살아 있을 때 보았던 그 얼굴이 아니었다. 그녀의 주검은 팔이 잡힌 채 질질 끌려 방을 나서고 계단을 내려갔다. 그녀의 주검을 끌고 내려가던 병사는 그 일이 짜증스럽다는 듯 주검을 향해 이빨 사이로 침을 내쏘고 욕설을 뱉고, 발부리로 걷어찼다. 최소한의 예의와 애도도 받지 못하는 그녀의 주검과 광경에 순분은 올깍, 욕지기가 일었다.

자 먹어. 낮에 건빵을 건네던 그녀의 맑은 눈빛이 떠올랐다. 생각해 보니 그 눈빛은 체념과 포기의 눈빛이었다. 아니, 체념이라기보다는 어떤 새로운 기대로 반짝였다고 하는 게 더 맞을 터였다. 순분은 그 눈빛을 길들어져 수굿해진 순응의 눈빛이라 여겼다. 자신도 언젠가는 저 눈빛을 갖게 될 것이라고, 이런 일이 아무렇지 않게 여겨지는 날이, 이런 날들을 아무렇지 않게 견딜 수 있는 날이 올 것이라고 생각했다. 헌데 그렇게 되기까지는 얼마나 많은 시간을 견디고 보내야 할까. 순분은 그런 생각을 하며 그녀에게서 건빵을 받았고 삿꾸를 받고 옷을 받았다. 헌데 아니었다. 그 눈빛은 순응이 아니었다. 체념이었고 포기였고 절망이었고 좌절이었고, 또 다른 전복을 꿈꾸는 위장의 눈빛이기도 했다.

순분은 차마 그 주검을 더 볼 수 없어 방으로 들어와 무릎을 세워 끌어안은 채 숨을 길게 들이마시고 내쉬었다. 차라리 그녀의 자유가 부러웠다. 모든 속박과 억압으로부터 벗어나 새로운 세상을 얻은 그녀가 부러웠다.

봉녀가 들어 있는 방에서 두닥두닥 소리가 들리는가 싶더니 이내 병사의 거친 욕설이 들려왔다.

"이년이 어디서 지랄이야. 너도 저년 꼴이 되고 싶어 환장했냐? 여기에 들어온 이상 시키는 대로 하지 않으면 죽는다는 것을 몰라? 죽는 것이 어떤 것인지 보여줄까?"

발로 차는지 둔탁한 소리가 연이어 들려왔다. 하지만 봉녀의 비명이나 대거리는 들리지 않았다. 그녀는 이를 옥물고 독하게 참아내고 있을 것이다. 여기서 탈출해야지. 그것만 생각하고 있을 것이다. 집으로 돌아갈 수 없다면 어디로 가야 할까. 어떻게 살아야 할까. 아무나 따라가서 살까? 아서라. 남자는 싫었다. 이 몸 부서져라 일을 하면 목숨은 연명할지 모른다. 하긴 질긴 게 목숨인데 무얼 하든 이보다 못할까. 하지만 순분은 어머니 아버지가 그리웠다. 그 고향집, 햇빛 푸진 그 땅이 그리웠다. 기억을 소거시키는 마법의 약이 있다면 얼마나 좋을까. 그렇다면 흔연스럽게 웃는 얼굴로 어머니, 아버지 얼굴을 보고 누군지 모를 남자를 꿈꾸며 그렇게 미래를 설계할 수 있을지도 모른다.

그 사이에도 봉녀가 든 방에서 매질은 계속되고 있었다. 이 조센징. 죽어라. 죽어 버리란 말이야. 네년이 없어도 위안소는 돌아가니까. 말 안 듣는 네년 따위는 필요 없어. 순분은 봉녀의 방에서 넘어오는 그 소리를 물리치기라도 하듯 두 손으로 귀를 막고 무릎 사이에 얼굴을 묻었다.

얼마나 지났을까. 봉녀의 방에서는 더 이상 매질과 욕설은 들리지 않았다. 다만 급하면서도 규칙적으로 움직이는 사내의 움직임만 감지될 뿐.

순분은 건빵을 꺼내 만지작거렸다. 그녀가 가는 길에 뿌려줄까. 노잣돈은 없어 주지 못하니 저승길 가는 길에 배고프지 말라고 이거라도 뿌려줄까. 불쌍한 인생. 어쩌다 식민지 딸로 태어나 그렇듯 삶을 허망하게 마감했을까.

하지만 순분은 건빵을 갈기갈기 찢긴 옷 조각으로 싸서 감춰놓았다.

27

다시 탈출을 모의하다

똑똑. 봉녀가 신호를 보내왔다.

똑똑. 그 신호에 맞춰 순분이 답신을 보냈다. 그 신호가 떨어지고 얼마 안돼 봉녀가 순분의 방으로 건너왔다. 봉녀가 건너오자마자 순분은 금옥에게 신호를 보냈다. 하지만 금옥에게서는 신호가 오지 않았다. 아마도 긴 밤에 든 장교가 있는 모양이었다. 봉녀와 순분은 행여 금옥의 방으로 소리가 새어 들어갈까 봐 살금살금 봉녀의 방으로 건너갔다.

달빛 아래 드러난 봉녀의 눈 한쪽이 거뭇하게 멍이 들어서는 퉁퉁 부어올라 있었다.

"눈이 왜 그래?"

순분은 봉녀를 환한 달빛 아래로 끌고 가 여기저기를 살펴보았다. 처음에는 순분의 그런 손길에 봉녀는 고개를 틀고 감추었지만 이내 순분의 손길에 모든 것을 맡겨두었다.

눈만이 아니었다. 종아리에도 멍이 들어 있었고 허벅지에도 모란꽃 같은 얼룩이 크게 나 있었고, 등에도 시퍼렇게 매질의 흔적이 남아 있었다.

순분은 봉녀의 몸 여기저기에 꽃처럼 만개해 있는 그 멍과 봉녀의 얼굴을 번갈아 바라보며 그녀를 위로했다.

"아프겠다."

"더는 여기서 못살겠어."

순분의 말을 기다렸다는 듯 봉녀는 생급스럽게 이야기했다.

"그럼?"

"내일 여기를 나갈 거야."

"내일?"

"여기서 죽는 거나 나가서 죽는 거나 같아. 그렇다면 차라리 나가서 죽을 거야."

봉녀의 음성이 그 어느 때보다도 비장하고 결연했다.

"너는 어떻게 할 거야? 나랑 함께 간다고 했잖아. 어쩔 거야? 따라갈래?"

봉녀는 결기 가득한 눈빛으로 순분을 바라보았다. 그 눈빛이 빨리 대답하라고 종용했다. 순분은 쉽게 대답하지 못했다. 가야 했지만 두려웠다. 가야 했지만 한편으로는 가기도 싫었다. 나가면, 여기서 나간다면 무엇이 자신들을 기다리고 있을까…….

"네가 가지 않는다면 나 혼자라도 갈 거야."

봉녀는 순분의 얼굴에서 시선을 거두며 말했다. 순분은 무릎을 양팔로 감싸안으며 그 위에 턱을 고이며 대답했다.

"꼭 내일이어야 해?"

확인하듯 순분이 물었고, 그 물음에 봉녀는 순분을 바라보며 또박또박 대답했다.

"그래. 내일이야. 나는 내일 나갈 거야."

자신에게로 날아오는 봉녀의 눈빛이 흔들림이 없었다. 순분은 한동안 그 눈빛을 바라보았다. 봉녀의 눈빛은 그 어느 때보다 꿋꿋했고, 결기가 넘쳐났다. 어둠 속에서도 그 시선은 올곧았다. 순분은 알았다. 어떤 회유와 설득으로도 봉녀의 마음을 돌려놓을 수 없다는 사실을. 자신이 할 일은 두 가지 가운데 하나를 선택하는 일이었다. 같이 가거나 남거나.

순분은 봉녀의 시선을 비껴내며 낮게 한숨을 내쉬었다. 그리고 혼잣말처럼 대답했다.

"같이 가."

"정말이야? 정말 나랑 같이 갈 거야?"

순분의 결심이 미덥지 않았거나 아니면 제 귀를 의심했는지 봉녀는 재차 순분의 마음을 확인하고 또 확인했다. 순분은 대답을 했지만 아직 마음은 다잡지 못했다. 저 밖의 세상이 아직은 두렵고, 무서웠다. 하지만 봉녀가 탈출할 때 겁묻어 나가지 않으면 영영 이곳에서 저들의 성노리개로 살다 죽게 될 것이다. 그게 더 무서웠고 싫었다.

"헌데 금옥이는? 금옥이는 어떻게 하지?"

순분이 걱정스런 표정으로 금옥의 방을 바라보며 물었다.

"물어봐야지."

"언제?"

"내일 아침 밝자마자."

"언제 나갈 건데?"

행여 금옥의 방으로 소리가 새어 나갈까 봐 순분은 목소리를 낮추고 또 낮추었다.

"내일 아침에 바로 나갈 거야. 내일 아침 밥 먹고. 그러니 내 옆에서 떨어지지 마. 저들이 방심할 때 나갈 거니까."

"준비할 거는?"

"준비할 게 뭐 있겠어? 어차피 가진 것도 없는데."

"먹을 거라도 있어야 하지 않겠어?"

"나가면 지천이 나무들이고 풀인데, 아무거나 먹어야지."

순분은 두려웠다. 두려워 자꾸만 숨이 막혔다.

"우리는 어떻게 될까? 성공할 수 있을까?"

순분의 말에 봉녀는 아무 대답도 하지 않았다. 그 대답 없음이 두려움을 증폭시켰다.

별들이 요요하게 빛났다. 별들이 깜박거리며 순분과 봉녀의 이야기를 들었다. 그 별들이 수런거렸다. 별이 주는 격려였고, 별이 주는 위안이었다. 그리고 별과의 공모였다.

이제 내일이면 모든 것이 드러날 것이다. 살든 죽든. 이제 내일이면 끝이었다. 지긋지긋한 이곳에서의 생활도 성노예의 삶도, 이제 모두가 안녕이다.

죽으면 죽으리라. 살면 살리라. 거기가 어디든 짐승 같은 이곳의 삶보다는 나으리라. 내일 이곳을 나간다고 생각하자 마음속에서 맑은 물이 고이는 듯했다. 그것은 설렘도 아니고, 조바심도 아니었다. 그저 차갑고도 맑은 기운이 스며 나와서는 고요히 차올랐다.

순분은 자신의 방으로 돌아왔다. 둘이 누우면 맞춤한 그 사각의 공간에 몸을 누이니 지나간 시간들이 아스라이 머릿속으로 흘러갔다. 나비를 쫓아가던 일이며 짚단 더미 속에 숨어 매캐한 먼지를 참아내던 일, 트럭과 기차와 배를 갈아타며 이곳에 당도한 일까지 그 모든 것들이 마치 어제 일인 양 되살아났다. 이상하게도 시간이 흐를수록 그 기억들이 더욱 선명하고도 생생하게 재생되었다. 어느 한 가지 빠트리거나 왜곡되거나 박락되는 일 없이 그렇게 선명하게 되살아났다. 고향에서의 기억들이 순차적으로, 매우 세밀하게, 그렇게. 그때는 무심코 지나쳤던 것들이 애틋하게 다가왔고, 이해하지 못하고 심드렁했던 것들이 지금은 더없이 살갑게 느껴졌다. 헌데 나가면 어디로 갈까? 정말, 어디로 가야 하지? 어머니와 언니처럼 살 거라는 예전의 꿈을 다시 꿀 수 있을까?

순분은 고개를 저었다. 어디를 가든 여기보다는 나을 것이다. 나가면 길이 보일 것이다.

헌데 가만, 저건 뭘까? 뭐지?

별빛을 받아 한 점 빛으로 빛나는 저것. 어떤 때는 푸른빛을 내기도 하고 어떤 때는 노란빛을 내기도 하고 또 어떤 때는 흰빛으로 빛나기도 하다가 어느 순간에는 검은빛으로 어둠 속에 숨는 저것. 뭘까?

순분의 시선은 색색으로 변하는 그 점을 따라갔다. 따라……가 보니…… 나비, 나비였다. 나비야. 순분은 손을 뻗어 그 나비를 잡으려했다. 허공에서 순분의 팔이 마치 춤을 추는 듯했다. 하지만 나비는 여전히 장난스럽게 순분의 손을 피해 달아났다.

그래, 찾아왔으면 됐어. 다시 왔으면 됐어.

순분의 입가에 희미한 미소가 깃들었다.

28

금옥이

순분은 화들짝 놀라 눈을 떴다.

언제 잠이 들었던 것일까. 요요하던 별빛 대신 아침 햇살이 방 안을 환하게 비추고 있었다. 그 아침이 비장하고, 조바심이 났다. 아침은 같았지만 여느 날과 다른 아침이었다. 햇빛의 색깔도 다른 듯했다. 다른 날이 그저 황금빛 보늬 같았다면 지금은 쩽쩽하고 그악스러운, 차가운 쇠의 느낌까지 나는 그런 햇빛이었다.

순분은 간밤의 나비를 찾았다. 나비야 어딨니? 아직 여기 있니? 사방을 두리번거렸지만 나비는 보이지 않았다. 색색으로 빛나던 나비. 색색으로 몸을 바꾸던 나비. 그 나비가 보이지 않았다. 다만 심장박동만 쿵쿵, 울렸다. 쿵쿵. 심장이 뛰는 소리는 쿵쿵, 피돌기를 따라 돌며 제 귓속에서 더욱 큰 소리로 살아났다. 쿵쿵.

대충 방을 정리하고 나와 배식대 줄에 따라붙으며 순분은 행여 자신의 심장박동 소리를 들킬까 봐 사람들로부터 조금 떨어져 움직였다.

그때 누군가 재빠르게 순분의 옆으로 다붙었다. 봉녀였다.

"금옥이는? 금옥이한테 얘기했어?"

순분이 물었다.

"아직."

순분과 봉녀는 서로의 시선을 피해 배식대를 바라보며 복화술로 말했다. 순분은 금옥을 찾았다.

"금옥이 보이지 않아. 아직 자고 있을까? 데리고 올까?"

걱정스러운 표정으로 순분은 금옥의 방을 돌아보았다.

"아직 누가 있나 보지."

봉녀가 심상한 얼굴로 역시 복화술로 대답했다. 그 심상한 표정은 위장임을 순분은 알았다.

그때 금옥이 긴 하품을 입에 물며 방에서 나왔다. 뒤를 이어 한 장교가 금옥의 방에서 나왔다. 가네무라라는 자였다. 그의 어깨에 달린 견장이 빨간 바탕천 아래서 유난히 누렇게 도드라져 보였다. 그자는 아이들 사이에서 잔혹하기로 소문난 자였다. 남녀가 교접하는 그림들이 들어 있는 책을 가져와 그 책처럼 해달라고 요구를 하거나 아이들을 때리면서 자신은 쾌감을 즐기는 정신이상자였다. 한 아이의 몸에 그자는 영영 지워지지 않을 그림을 남겼다. 온갖 기호 같은 그 그림들은 아이의 음부에서 시작해 배를 거치고, 목과 얼굴을 지나 혀에까지 이어져 있었다. 문신이었다.

그자를 보는 것만으로도 순분은 가슴이 답답했다.

금옥은 성큼 배식대로 나오지 않고 햇빛이 밀려와 있는 마루장 끝에 앉아 해바라기를 하고 있었다. 햇빛이 그녀의 얼굴에 그늘을 만들고 얼룩을 만들며 지나가고 있었다. 그런 금옥의 얼굴이 잠에 취한 듯 보였다. 고개를 움직일 때도, 팔을 움직일 때도 흐느적거렸다. 가네무라, 그자는 밤새 금옥을 재우지 않은 모양이었다. 그 짓이 뭐라고.

"데려올까?"

순분이 복화술로 물었다.

"놔둬."

봉녀가 다시 복화술로 대답했다.

그새 배식줄은 짧아져 있었고 먼저 밥을 받은 봉녀는 순분을 기다렸다. 순분이 밥을 받아들자 봉녀는 말없이 앞장서 걸었다. 순분은 그런 봉녀의 뒤를 따랐다. 봉녀가 향한 곳은 금옥이 졸고 있는 마루턱이었다.

금옥이 마루장에 축 늘어져 있었다. 봉녀는 놀라 밥을 내려놓고 금옥에게 잰걸음으로 다가갔다. 순분은 순간 오금에서 힘이 빠져 달아났다.

"애, 애! 금옥아!"

봉녀가 금옥의 어깨를 잡아 흔들었다. 봉녀의 손길에 금옥이 희미하게 눈을 떴다. 죽지는 않았구나. 저도 모르게 순분은 안도의 한숨을 내쉬었다. 하지만 금옥은 봉녀의 손길에 무력하게 흔들렸다.

"정신 차려. 정신 차려 봐!"

봉녀가 낮게 소리쳤다. 찰싹 찰싹, 봉녀가 금옥의 뺨을 때렸다. 하지만 금옥은 그 모든 것이 귀찮다는 듯 봉녀의 손길을 피해 고개를 이리저리 돌렸다. 하지만 그 몸짓마저도 예사롭지 않았다. 봉녀의 미간에 깊은 주름이 섰다.

"왜 그런 거야? 잠이야? 잠들었어?"

순분이 봉녀와 금옥을 번갈아가며 물었다. 무언가 불길한 생각이 들었다.

"잠이야?"

대답 없는 봉녀가 답답해 순분은 재우쳐 물었다.

"아편이야. 아편을 먹었어."

봉녀가 화를 참으며 이야기했다. 아편이라니. 그동안 금옥이 수상하긴 했지만 정말 그녀가 아편을 하리라고는 생각하지 못했다. 아편은 그저 다른 아이들의 이야기려니 했다. 금옥의 손에 누렇게 끼인 아편진이 자꾸만 마음에 걸리긴 했지만 그래도 금옥을 믿고 싶었다.

"금옥은 안 돼. 안되겠어."

봉녀가 금옥을 자리에 누이며 굳은 얼굴로 낮게 이야기했다.

"그래도 같이 가야 해."

순분이 속삭이듯 말했다.

"갈 수 없다니까!"

"깨워 봐. 깨워서 데려가."

순분이 봉녀에게 조르듯 말했다.

"괜찮아. 나는 여기 있을 거야. 여기 이렇게. 이대로가 좋아. 그냥. 나 여기서 자고 싶어. 그러니 걱정하지 말고 너희들끼리 가."

금옥이 잠꼬대를 하듯 말했다.

"무슨 소리야? 너를 두고 갈 수 없어. 그러니 정신 차려!"

순분이 금옥의 어깨를 잡아 흔들었다.

"난 괜찮아. 그러니 너희들이나 가. 꼭 가. 가서 고향으로 돌아가."

금옥이 웃어 보이려고 했으나 그 얼굴에 웃음이 괴지 않았다.

"일어나. 어서! 밥을 가지고 왔으니 어서 한 입 먹어. 그리고 정신 차려서 같이 가."

순분이 금옥을 일으켜 세우려 했다. 하지만 금옥은 무른 반죽 덩어리가 흘러내리듯 그렇게 쓰러졌다.

"소용없는 일이야."

옆에서 지켜보고 있던 봉녀가 굳은 얼굴로 이야기했다.

"난 금옥을 두고 갈 수 없어."

순분의 음성에 물기가 섞였다.

"가. 난 괜찮아."

금옥이 다시 힘겹게 눈을 뜨며 이야기했다. 봉녀는 그런 금옥을 지켜보다 말없이 자리에서 일어났다.

"어디 가?"

순분의 물음에도 봉녀는 대답 없이 마루에서 내려섰다.

"따라가 봐."

금옥이 순분에게 말했고, 순분은 그런 금옥의 얼굴과 봉녀의 등을 번갈아가며 바라보았다.

"가 봐. 어서."

금옥이 재차 순분을 채근했다.

"너는 어쩌고?"

"나는 괜찮아. 그러니 어서 따라가 봐."

순분의 시선은 계속해서 금옥과 봉녀의 뒤를 번갈아가며 좇았다.

"너희들이라도 이 지옥에서 나가야지. 나는 정말 괜찮아. 내가 가면 너희들이 힘들 거야. 그러니 어서 가."

금옥이 여전히 발음이 풀린 소리로 이야기했다.

"미안해. 정말 미안해."

순분이 금옥을 꼭 안으며 말했다. 어제까지만 해도 정말, 어제 밤까지만 해도 금옥을 달래고 설득해서 셋이서 여기서 도망갈 줄 알았다. 성공하든 못하든. 오늘 셋이서 그렇게 나갈 줄 알았다. 헌데 금옥을 두고 가야 하다니. 순분은 자신의 심장 일부를 잘라내는 것만 같았다.

"꼭 성공해야 해. 내 대신……."

금옥은 힘없이 웃으며 말했다. 하지만 어쩔 수 없이 금옥의 눈가에 눈물이 돌더니 흰자위가 붉어졌다. 괜찮아. 나는 괜찮아. 금옥이 잠꼬대를 하듯 중얼거렸다.

"미안해."

순분이 눈가를 훔치며 말했다.

"괜찮아. 어서 가 봐."

금옥이 힘없이 순분을 밀어냈다.

순분은 금옥을 자리에 눕히고 재빨리 봉녀의 뒤를 좇았다.

봉녀는 그새 감시병의 눈을 피해 위안소 뒤편 산비탈과 면한 철책으로 나아갔다. 그리고 감시병의 눈을 피해 철책으로 다가가고, 넘었다. 철책의 가시가 유난히 억세게 도드라져 보였지만 봉녀는 개의치 않고 철책을 오르더니 훌쩍 뛰어넘었다. 우거진 풀은 훌륭한 방음역할을 했다. 봉녀가 숲 그늘로 숨자마자 감시병은 무슨 소리라도 들었나, 봉녀가 뛰어내린 그 지점으로 시선을 돌렸다. 으슥한 숲 그늘은 능청스러운 풍경으로 봉녀를 숨겨주었다.

산세가 험해 다른 곳보다는 비교적 감시가 덜한 곳이었다. 그 웅숭깊고도 으슥한 비탈이 천연의 방어지가 되고, 장애물이 되는 셈이었다. 순분은 놀랐다. 각오는 하고 있었지만 봉녀가 그렇듯 순식간에 철책을 뛰어넘으리라고는 생각하지 못했다. 아이가 주었던 건빵을 챙겨야 했는데. 순분은 두고 온 건빵에 생각이 미쳤다. 하지만 봉녀를 뒤따라야 했다. 이미 활은 시위를 떠났으니, 망설이면 안 되었다.

순분은 짐짓 딴청을 피우며 감시병의 시선이 다른 곳으로 향하기를 기다렸다. 그의 시선이 방심한 채 다른 곳으로 돌아갈 때 그때, 나비처럼 가볍고도 은밀하고 소리 없이 친친 둘러쳐진 가시철책을 넘어 봉녀가 있는 그 숲 그늘 속으로 숨어들면 되었다.

주변을 살피며 때를 기다리는 순분의 마음이 바빴다.

식사를 하느라 경계는 다른 때보다 느슨해져 있었다. 가끔 초소 안의 병사가 왔다 갔다 하며 상황을 살피고는 있었으나 그 표정이 지루해 보였다. 총을 어깨에 멘 채 사방을 훑어보았지만 건성이었다. 안전하게 몸을 숨긴 봉녀가 그 그늘 안에서 순분을 향해 눈빛으로 채근했다. 어서 와. 빨리.

순분의 입이 밭았다. 행여 소리가 날까 봐 마른 침조차 삼킬 수 없었다.

이번에는 순분이 차례였다. 내 차례. 순분은 가슴이 떨렸다. 손에는 어느새 축축하게 땀이 배어 있었고, 요동치는 심장박동은 어떻게 다잡을 수 없었다. 심호흡으로 긴장을 누그러뜨리려 했지만 그럴수록 심장은 맹렬히 뛰었다. 이제 가야 했다. 보초의 시선이 다른 곳을 향할 때. 보초병이 몸을 돌릴 때, 그 틈을 타 저 철책을 넘어야 했다. 이승과 저승의 경계인 듯한 저 철책.

빨리 와. 몸을 숨긴 봉녀의 소리도 들리는 듯했다. 어서. 지금이야. 지금 넘어. 빨리.

지금이었다. 지금, 딱. 감시병의 시선이 방금 철책을 훑고 지나간 틈을 타 순분은 한껏 자세를 움츠리고 나아갈 태세를 취했다. 그 모양이 마치 먹이를 덮치는 고양이처럼 재빨랐다.

그 사이 아침 햇살은 더욱 뜨겁게 여물어지고, 쟁쟁 달구어지고 있었다.

하지만 순분은 긴장 때문에 한 발자국도 뗄 수 없었다. 번번이 때를 놓치는 순분을 보고 봉녀는 답답한 듯 그늘 속에서 고개를 내밀었다 다시 숨겼다. 그 짧은 순간, 햇빛 속에 드러난 봉녀의 얼굴에는 조급함과 함께 책망의 기색이 역력하게 피어나 있었다.

넘어야 했다. 어떻게 하든 넘어야 했다. 넘어야 자신이 살았다. 넘어야 미래를 꿈꿀 수 있었고, 미래를 보장받을 수 있었다.

순분은 다시 심호흡을 했다. 더 늦으면 안됐다. 식사 시간이 끝나기 전에 될 수 있는 대로 멀리 도망쳐야 했다. 이때야. 지금이야. 어서 빨리. 보초병의 시선이 다시 넘어야 할 철책을 지나 다른 곳으로 옮겨갔을 때 봉녀의 시선이 저쪽 수풀더미 속에서 느껴졌다. 지금이얏! 그 시선에 끌리듯 순분은 잽싸게 철책으로 달려갔다. 그리고 철책을 잡았다. 철책에 달린 가시에 옷이 걸렸지만 상관하지 않았다. 위기의 순간에는 저도 모르는 힘이 발현되는 법. 순분은 사뿐히 철책을 넘었다. 쿵. 높이는 생각보다 높았다. 그 높이에서 뛰어내릴 때, 발바닥으로부터 둔중한 충격이 올라와 온몸으로 퍼져나갔다. 하지만 비명을 지를 수는 없었다. 봉녀와 마찬가지로 풀이 소리를 흡수했지만 그래도 충격음은 지루하게 드리워져 있는 아침 햇살을 건드리고 사방으로 울려 퍼졌다.

순분은 재빨리 봉녀가 있는 곳으로 몸을 숨겼다. 숨자마자 보초병의 시선이 소리가 나는 쪽을 훑었다. 하지만 보이는 것은 역시 지루하고, 환한 햇빛뿐. 그 햇빛이 천역덕스러웠다. 아무 일 없다는 듯 방금 전 소리는 환청이었다는 듯, 여느 때처럼 퍼져 있는 햇빛과 풍경은 지루한 빛으로 시치미를 떼고 있었다.

하지만 보초병의 시선은 오랫동안 그곳에 머물렀다. 고개를 쭉 빼거나, 이쪽저쪽 몸을 틀어 소리가 난 쪽을 더듬었다.

순분과 봉녀는 나무 뒤에 바짝 붙어 서서 숨도 쉬지 않고 그 시선으로부터 몸을 숨겼다. 가슴이 뛰었다. 제 심장 박동소리가 제 귀에도 크게 잡혔다. 제 심장뿐만이 아니었다. 바짝 밀착돼 있는 봉녀에게서도 심장 뛰는 소리가 고스란히 전달돼 왔다. 입 안에 침이 고였지만 행여 소리가 날까 봐 삼킬 수도 없었다.

순분은 봉녀의 손을 찾아 잡았다. 봉녀 또한 긴장했는지 손바닥이 축축이 젖어 있었다. 늘 강단져 보이던 그녀도 이 순간이 두려운 모양이었다. 순분은 봉녀의 손을 꼭 잡았다. 봉녀도 손아귀에 힘을 주었다. 그 악력이 든든했다.

한참을 이쪽을 살펴보던 보초병의 표정이 다시 심드렁하게 다른 곳을 향할 때 순분은 봉녀와 함께 산속으로 들어갔다. 저 고개를 넘으면 뭐가 나올까. 그것이 무서웠지만 빨리 이곳에서 벗어나야 했다. 그다음은, 그다음 일이었다. 당장에 이 지옥과도 같은 곳에서 벗어나는 일, 그것만 생각하기로 했다.

나무가 우거진 비탈을 넘기는 여간해서 쉽지 않았다. 곳곳에 가시덤불이 우거져 있었고, 그곳을 지날 때마다 가시는 살을 긁고 찔러댔다. 날카로운 가시가 살을 긁고 지나갈 때마다 벌겋게 피가 스며나왔다. 하지만 긴장과 두려움과 조급함과 조바심은 그 통증을 압도했다. 누군가 금방이라도 나타나 뒷목을 잡아채거나 차가운 총구가 자신들의 뒤통수를 향하고 있는 것만 같아 심장이 오그라붙고 오금이 저렸다.

순분과 봉녀는 말이 없었다. 말을 할 시간에 한 걸음이라도 더 나아가야 했다. 조금이라도 더 멀어지는 것. 한 걸음이라도 저들과 더 떨어지는 것. 그러기 위해서는 부지런히 발을 옮겨야 했다.

그때였다. 사이렌 소리가 날카롭게 대기를 갈랐다. 공습경보와는 다른 소리. 그 소리가 의미하는 것을 순분과 봉녀는 잘 알았다. 드디어 저들이 우리가 없어진 것을 알았구나. 심장이 격하게 뛰었다. 격하게 뛰는 것을 넘어 터져 버릴 것만 같았.

그 소리를 신호로 순분과 봉녀는 누가 먼저랄 것도 없이 달렸다. 미끄러지고 넘어지고 엎어져도 멈출 수 없었다. 멈추면 죽었다. 그러니 어떻게 하든 앞으로 나아가야 했다.

짧게 끊기는 사이렌은 연속적으로 울렸다. 저 소리를 신호로 아이들은 태질을 당하거나 더 삼엄한 감시에 운신이 자유롭지 못할 것이다. 금옥이는 지금쯤 무얼하고 있을까. 순분은 자꾸만 금옥의 그 퀭한 눈빛이 마음에 걸렸다.

"금옥을…… 금옥을 데리고 와야 했어."

순분은 숨이 가빠 헐떡이는 소리로 말했다. 하지만 앞서 가는 봉녀에게서는 아무런 대답이 없었다. 다만 거친 숨만 내쉬고 있을 뿐.

그 사이에도 사이렌은 계속되고 있었다.

29
다시 잡히다

정신없이 달리고 걷고 다시 달렸다. 넘어지고 미끄러지고 엎어져도 멈출 수 없었다. 가시덤불과 돌들이 발부리에 걸렸지만 멈추지 않았다. 아니, 멈출 수 없었다. 어디선가 컹컹, 개 짖는 소리가 들렸다. 그 소리에 호루라기 소리가 섞이는 것이 자신들을 잡으러 오는 일본군인들인 모양이었다. 마음이 급했다. 하지만 지친 다리는 마음을 따라가지 못했다.

"아앗!"

그때였다. 앞서 걷던 봉녀가 순간 몸의 중심을 잃고 앞으로 넘어졌다. 미처 발밑의 억센 넝쿨을 보지 못한 듯 그녀가 얼굴을 일그러뜨린 채 발목을 잡고는 신음을 물고 있었다.

"괜찮아? 괜찮은 거야?"

땀이 범벅인 얼굴로 순분이 물었다. 하지만 봉녀는 대답 대신 신음을 깨물었다. 아니, 신음을 참았지만 어쩔 수 없이 날숨 끝에 신음이 묻어나오고 있었다.

"걸을 수 있겠어?"

봉녀는 자리에서 일어났다. 하지만 이내 한발로 깡총거려야 했다. 컹컹! 개 짖는 소리가 점점 가까워지고 있었다.

"안 되겠어. 너라도 가."

봉녀가 인상을 찌푸리며 순분을 밀쳤다.

"안 돼. 너를 두고 갈 수 없어."

"가래도!"

"나 혼자는 갈 수 없어."

"넌 왜 항상 이 모양이니? 혼자 가라면 가!"

"걸어 봐. 천천히."

"안돼. 그러니 가라구! 빨리!"

봉녀의 표정이 통증과 마뜩찮음으로 일그러졌다.

"어서 가. 여기는 내가 알아서 할 테니까, 가!"

"내 손 잡아."

"못 간대도. 그러니 너라도 어서 가란 말이야."

"잡아."

순분의 고집에 봉녀는 하는 수 없다는 듯 순분이 내민 손을 붙잡았다. 순분은 봉녀의 어깨를 단단히 겯고 한 걸음 한 걸음 걸어 나갔다.

"아무래도 이 발로는 무리야. 내려가야겠어."

그 발로 덤불 우거지고, 비탈진 길을 갈 수 없어 순분은 봉녀를 데리고 산을 내려왔다. 봉녀는 힘들어했다. 어떤 때는 깨금발로 뛰었고 어떤 때는 절룩이며 걸었고 어떤 때는 그마저도 힘겨운 듯 자리에 주저앉았다. 그럴 때마다 순분은 봉녀를 추켜세워 걷게 했다.

겨우 산 아래로 내려오니 멀리 부대의 정문이 보였다. 기껏 도망친다고 도망쳤는데, 멀리도 가지 못하고 부대 앞이라니. 그 사실에 순분은 그만 맥이 풀리고 말았다. 봉녀 역시 부대 정문을 보더니 실망한 듯 표정이 어두워졌다. 어디 숨을 만한 곳도 없었다. 누런 뱀처럼 휘돌아나가는 그 길, 그 주변에는 인가 하나 없었고 사람 한 명 눈에 띄지 않았다.

그새 해는 머리 위에 있었다. 정수리에 떠 있는 해가 이글거렸다. 한바탕 비라도 내리면 시원하겠지만 비가 내리면 땅이 진창으로 변해 그만큼 걷기도 힘들 터였다. 목이 탔다. 갈증으로 입 안의 혀가 나무토막같이 느껴졌다.

"너라도 가. 부탁이야."

봉녀가 다시 순분을 밀쳐내며 이야기했다.

"안 돼. 죽어도 같이 죽고 살아도 같이 살아. 너를 여기에 두고 내가 어디로 간단 말이야? 나는 못 가. 그러니 같이 가."

순분의 어조가 그 어느 때보다도 고집스러웠다.

"넌 정말 왜 이리 바보 같냐?"

봉녀가 불뚝성을 부렸다. 하지만 순분은 아랑곳하지 않았다.

"어서 가. 나를 생각한다면 걸어. 천천히. 천천히 걸어 봐."

순분이 봉녀를 독려하고 채근했다. 하지만 순분은 알았다. 그 발로 도망칠 수 없다는 사실을. 하지만 봉녀를 두고 갈 수는 없었다.

그때였다.

"여깄다. 쥐새끼들!"

개가 먼저 덤벼들었고 군인들이 불쑥 순분과 봉녀의 앞을 가로막았다. 분명 조금 전까지 보이지 않던 이들이었는데 어디서 나타난 걸까. 개들이 흰 이를 드러내며 금방이라도 순분과 봉녀를 덮칠 듯 으르렁거렸다. 그 날카로운 이빨 사이로 진득한 침이 흘러내렸고, 당장이라도 순분과 봉녀의 목을 물어뜯을 기세였다.

"감히 도망을 쳐? 도망칠 수 있을 거라고 생각했나?"

한 군인이 눈꼬리가 치켜 올라간 채로 다가와 순분의 머리채를 낚아챘다. 순간 순분은 봉녀의 팔을 놓쳤고, 봉녀는 짧은 비명을 입에 물고 자리에 주저앉았다.

"잘해주었더니 이년들이 정신을 못 차렸군. 그래, 지금부터라도 정신 차리게 해주지."

순분은 자신의 머리채를 그러잡고 있는 손에서 벗어나려 안간힘을 썼다. 그러면 그럴수록 머리카락에 전해지는 힘은 더 거칠고 난폭했다.

"천황폐하께서 먹여주고 입혀주고 호강시켜 주었더니만 기껏 보답한다는 게 도망치는 일이냐? 배은망덕한 것들. 오냐. 그 대가

가 얼마나 큰지 오늘 뼈저리게 느끼게 해주마."

순분은 제 머리카락을 쥐고 흔드는 군인의 손을 붙잡고 애원했다. 놔주세요, 제발.

"네년이지? 네년이 부추겼지?"

다른 한 군인이 주저앉아 있는 봉녀의 정강이를 군화발로 힘껏 찼다. 봉녀는 짧은 비명을 지르며 옆으로 넘어졌다.

그것은 신호였고, 시작이었다. 두 명의 군인이 봉녀에게 달려들어 무자비하게 군화발로 짓이겼다. 봉녀는 두 팔로 머리를 감싼 채 그들의 군홧발을 받아냈다.

"그만해요. 그만해요."

순분은 봉녀를 짓밟고 짓이기는 두 군인을 보며 소리쳤다.

"이년이 어디서 지랄이야? 그래? 네 친구를 그렇게 걱정한단 말이지? 그럼 좋아. 얼마나 친구를 위하는지 보자. 친구 대신 네가 죽을래?"

순분의 머리카락을 그러잡고 있던 군인이 순분의 머리카락을 놓고 총을 겨누었다. 그 총구가 순분의 심장을 향했다.

"대답하라. 네가 죽을래? 네 친구를 쏠까?"

순분은 숨도 쉴 수 없었다. 그 총구가 마치 괴물의 눈알 같았다. 저 시꺼먼 구멍. 흔들림 없이 자신의 목숨을 노려보고 있는 저 구멍. 저 구멍이 불을 뿜는 순간 모든 것은 끝이었다. 불을 뿜는지도 모르게 그렇게 절명하겠지. 봉녀를 짓밟고 있던 두 군인도 발길질을 멈추고 순분을 지켜보았다. 순분을 지켜보는 그들의 얼굴에 기이한 웃음이 떠올랐다.

"답해라. 네년이냐? 네 친구냐?"

순분은 두 손을 모았다. 그리고 두 손을 비비며 대답했다.

"살려주세요. 잘못했어요."

"나시 묻는다. 네년이냐? 친구냐?"

"살려주세요."

순분은 봉녀에게 다가가 봉녀를 끌어안았다. 봉녀의 얼굴이 참혹하게 일그러졌다. 그 총구도 따라왔다. 이번에는 그 총구가 봉녀와 순분을 번갈아가며 겨누었다.

"대답 안 하면 둘 다 죽는다. 말해! 누가 죽을래? 먼저 말하는 쪽이 산다."

"차라리 나를 죽여라. 이놈들아."

대답한 건 봉녀였다. 순분을 겨누고 있던 총구가 그 말끝에 봉녀로 향했다. 순분이 봉녀 앞을 가로막으며 말했다.

"살려주세요."

"비켜!"

총구가 순분의 가슴팍을 찔렀다. 그 단단하고도 서늘한 느낌에 순분은 요의를 느꼈다. 죽음은 코앞에 있었다. 여차하면 저 총구가 불을 뿜게 될 테고, 그러면 그 짧은 순간을 경계로 자신은 저승의 사람이 될 것이다. 아니, 저승의 혼이 될 것이다. 하지만 순분은 봉녀를 저 총구 앞에 내어놓을 수 없었다. 자신이 살자고, 봉녀를 저들 앞에 떠밀 수 없었다.

"셋을 세겠다. 하나! 둘! 셋!"

"나를 쏘라니까!"

봉녀가 순분을 밀치며 말했다. 총구가 다시 봉녀에게로 향했다.

"호오. 좋아. 죽여주지. 하지만 여기서 말고 다들 보는 앞에서 본보기로 죽여주마."

"안돼요. 살려주세요."

순분은 다시 두 손을 비비며 애원했다.

"태워!"

그 짧은 명령에 봉녀는 짐짝처럼 트럭 짐칸에 던져졌다. 순분도 봉녀의 뒤를 따랐다.

순분은 봉녀를 안았다.

"살려달라고 해. 살려달라고 빌어."

하지만 봉녀는 아무 말도 하지 않았다.

30
다시 위안소로

        순분과 봉녀는 트럭에 실려 부대 안으로 들어왔다. 트럭이 부대 정문을 통과해 안으로 들어설 때 봉녀는 모든 것을 단념한 듯 표정이 덤덤했다. 그 덤덤함이 알싸한 슬픔으로 순분의 마음에 얹혔다. 하긴, 뭘 더 기대할 수 있을까. 스쳐 지나가는 풍경도, 정수리 위에서 쨍쨍 빛나는 태양도 순분에게 아무런 감흥이나 여운도 안겨주지 않았다. 그저 그림 속에서나 볼 수 있는 죽은 풍경이거나 자신과는 무관한 아주 먼 나라의 세상처럼 여겨졌을 뿐.

    철조망으로 빙 둘러쳐진 부대 안은 여느 때와 다름없어 보였다. 경계를 서는 보초병들은 어깨에 총을 멘 채 규칙적으로 부대 안을 돌았고, 위안소는 음침한 기운에 휩싸여 있었다. 순분은 그 위안소를 보는 순간 이상하게 온몸의 피톨들이 역류하는 듯했다.

피톨들의 어디에 그런 가시가 들어 있었는지 그것들이 맹렬히 저를 찌르고 공격해 댔다. 다리에는 쥐가 내리고, 온몸이 뻣뻣하게 굳는 듯했다. 그 순간에도 봉녀의 얼굴은 덤덤했다.

"내려!"

말과 동시에 총의 개머리판이 순분의 어깨를 찍었다. 미처 피할 틈도 없이 날아온 그 개머리판에 순분은 어깨뼈가 부스러지는 것만 같았다.

순분은 봉녀를 부축했다. 하지만 봉녀는 일어서기가 여의치 않는 듯했다. 그새 봉녀의 다리가 부어올라 있었다. 발을 내딛다 봉녀는 저도 모르게 신음을 깨물었다.

"빨리 내리지 못해?"

군인들은 그새를 참지 못하고 욕설을 내뱉고 있었다.

봉녀는 앙감질을 하다 뒷덜미가 잡혀서는 질질 끌려 내려왔다. 트럭에서 땅바닥으로 끌려 내려질 때 봉녀는 외마디 비명을 내질렀다. 그 아픈 다리로 땅을 딛은 모양이었다. 하지만 그들은 봉녀의 비명과 다친 다리는 아랑곳하지 않았다.

봉녀의 비명을 듣고 가네무라가 나왔다. 잔인하기로 소문난 자. 저승사자라는 별명을 지닌 자. 그가 나왔다. 순분과 봉녀를 붙잡아온 군인이 그를 향해 경례를 붙였다. 그 절도 있는 경례에 군인의 상체가 흔들렸다.

"여기 도망간 년들을 잡아왔습니다."

가네무라는 치켜 올라간 눈꼬리로 순분과 봉녀를 훑어 내렸다.

그 눈빛에서 안광이 번득였다.

"도망갈 수 있을 줄 알았더냐? 먹이고 입혀준 천황폐하의 은혜를 이런 식으로 갚다니. 배은망덕한 것들. 너희들의 행동이 얼마나 어리석은 것인지 뼛속까지 뉘우치고 후회하게 만들어주겠다."

가네무라는 말끝에 순분의 머리채를 잡아챘다. 갑자스럽게 정수리 부근의 머리채를 잡혀 꺾일 듯 목이 젖혀진 순분은 순간 정신이 아득했다.

"이 순간을 감사해야 할 거다."

그는 순분의 귀에다 대고 이를 문 채 속삭이듯 이야기했다. 날숨에 섞여 빠져나오는 사박스러운 소리와 함께 귓바퀴에 엉기는 뜨뜻한 숨결이 전율을 일으켰다.

"기둥에다 묶어라. 내일 이년들을 본보기로 삼아야겠다. 다들 보는 앞에서 이년들을 단죄하겠다."

그 말이 떨어지자마자 한 군인이 순분과 봉녀를 아이들이 있는 위안소 마당으로 끌고 갔다. 그리고는 초소 옆에 막대를 세우고 그곳에 순분과 봉녀를 묶었다. 묶인 매듭이 행여 풀릴세라 확인하고, 또 확인하더니 이어 느슨한 데가 없는지 감긴 포승줄을 다시 한 번 당겨보았다. 하지만 친친 감긴 포승줄은 꿈쩍도 하지 않았다. 얼마나 단단하게 묶었는지 포승줄이 닿은 그 자리가 얼얼하니, 감각마저 사라졌다.

목이 말랐다. 입 안에 모래가 들어간 것마냥 까끌거렸지만 물한 모금 마실 수 없었다. 위안소는 더운 열기 속에서 아지랑이처럼 흔들려 보였다. 그 위안소의 방문 앞마다 길게 줄을 선 군인들의 모습이 마치 환영처럼 보였다.

아이들은 지금 이 시간도 저 냄새나는 군인들의 수욕을 받아내느라 몸이 문드러지고 있을 것이다. 저들의 타액과 체액으로 몸은 흥건히 젖다 못해 물크러지겠지. 초봄, 뚝뚝 떨어져 내리던 목련꽃잎이 갈색으로 물크러져 사라져 가듯 아이들도 그리 병들어 가고 사라져 갈 것이다.

어느새 해가 기울고 발밑에서 시작한 그림자가 길게 늘어나 있었다. 한 덩어리로 이루어진 그림자가 기이했다. 그림자가 제 키를 늘이는가 싶었는데 어느새 시나브로 내린 어둠에 자취마저 사라지고 없었다. 어둠이 어둠을 낳고 있었다. 그 어둠이 세상을 지워나갔다.

피가 돌지 않은 팔에서 감각이 사라지면서 마치 무정물의 나무토막처럼 아무런 통증도 느낄 수 없었다.

"괜찮아?"

순분이 낮게 물었지만 봉녀는 아무 대답도 없었다.

"다리는 어때?"

역시 반향은 없었다. 아니, 소리는 있었다. 어디선가 그악스런 한낮의 더위를 피했다 이제야 나온 밤벌레들의 울음이 들렸고, 초소를 왔다 갔다 하는 보초병의 발자국소리도 공명을 품으며 날아왔다. 하지만 다른 소리들은 어둠에 흡수돼 괴괴한 정적으로 가라앉아 있었다. 어찌 된 게 조금 전부터 봉녀는 미동도 없었다.

순분은 그게 마음이 걸렸다. 다리가 아픈 몸으로 그렇듯 한 자세로 꼼짝하지 않고 있기란 쉬운 일이 아니었다. 이리저리 뒤치거나 한숨이라도 빼물 만한데도 그녀는 이상하리만큼 조용했다. 그래서였을 것이다. 순분은 봉녀에게 자꾸만 말을 걸고 대답을 기다렸다.

"집에 가자. 살아서 꼭 집에 가자. 넌 학교 가고 싶다며? 공부하고 싶다며? 공부해야지. 이대로 죽는다면 너무 억울해서 어떻게 해? 그러니 우리 살아서 꼭 집에 가자. 집에 가서 넌 공부하고 난……."

시집가고, 라는 말을 하려다 순분은 슬그머니 입을 다물었다. 시집은 고사하고라도 고향에나 돌아갈 수 있을까? 그 순한 짐승처럼 낮게 엎디어 있는 초가집으로. 가서 아무 일 없다는 듯 어머니 아버지를 보고 친구들을 보고 이웃집 사람들을 볼 수 있을까?

"봉녀야. 넌 공부해야 해. 너는 똑똑하잖아. 다른 사람은 몰라도 너는 할 수 있을 거야. 그러니 조금만 참아."

순분은 다시 굳은 어조로 봉녀를 위로했다. 하지만 여전히 봉녀는 아무 말도 하지 않았다. 다만 다리가 아픈 듯 자세를 바꾸었을 뿐. 그거라도 순분은 위안이 되었다. 봉녀의 움직임이, 봉녀와 함께 있다는 것이, 봉녀가 살아 있다는 것이 말이다.

나비야. 어딨니? 순분은 나비가 보고 싶었다. 이럴 때 나비라도 왔으면. 하지만 나비 대신 찾아온 것은 잠이었다. 묶여 있는 와중에서도 잠은 질기게 의식을 점령했다. 화들짝 놀라 정신 차려 보면 자기도 모르게 어느새 잠 속을 헤매고 있었다. 차라리 그 잠이 현실을 잊게 해줬다.

"순분아. 나야. 정신 좀 차려 봐."

누군가 저를 부르는 은밀한 소리가 어둠 속에서 긴가민가 들려왔다. 나비인가? 순분은 눈을 가느스름하게 뜨고 저를 부르는 소리를 좇았다.

"마셔. 어서. 누가 보기 전에."

금옥이 그릇에 물을 담아와 순분의 입에 가져다대주었다.

"어서 마셔."

금옥은 주변을 둘러보며 채근했다. 순분은 금옥이 주는 바가지의 물을 마셨다. 입가를 타고 물이 흘러내렸다. 그 흘린 물도 아까웠다. 그 물이 식도를 타고 내려가는 동안 정신이 들고 몸 안의 세포들이 깨어나는 듯했다.

"봉녀는? 봉녀도 좀 줘."

"봉녀는 마셨어."

그 말에 순분은 명치끝에 맺혀 있던 울울함이 가신 듯했다. 그것은 안도감이었다.

"도망갔으면 성공하지 그랬어. 멀리멀리 저들이 찾지 못할 곳으로 가지 그랬어. 그랬더라면 좋았을 것을……."

순분은 아무 말도 하지 않았다.

"다른 아이들도 말은 하지 않았지만 실망했을 거야."

그랬더라면 좋았을 것이다. 잡히지 않고, 그렇게 멀리멀리 도망쳐서는 이들의 잔혹함과 잔인함을 세상에 알렸더라면 좋았을 것이다. 아니, 아니다. 이것은 묻어두어야 할 악몽이었고, 기억이었다. 다시 되작여 세상에 끄집어내서는 안 되는 비밀한 일이어야 했다. 이 오욕의 세월들이 세상 밖으로 까발려지면 그때는 자신이, 아니 아이들이 두 번 죽는 거나 다름없었다.

"아프겠다."

금옥이 봉녀의 부은 다리를 내려다보며 안쓰러운 어조로 말했다.

"어서 가. 그러다 들키는 날에는 너도 무사하지 못할라."

순분이 금옥을 돌려보냈다.

그때였다. 초소를 오가며 경비를 서던 보초병이 우뚝 서서 이쪽을 내려다보고 있었다. 순간 순분과 금옥은 움직임을 줄이고 죽은 듯 가만히 있었다. 하지만 이내 그가 짧게 호루라기를 불었다. 그 소리에 막사에 있던 불이 켜졌다.

"가. 어서. 이러다 너도 큰일 당할라."

순분이 금옥을 채근했다. 그 소리에 금옥은 슬금슬금 뒤로 물러나더니 이내 뒤돌아서서 위안소로 달려갔다.

"무슨 일이야?"

막사에서 한 군인이 얼굴을 우그러뜨리며 순분과 봉녀에게 다가왔다. 하지만 다행히 금옥은 위안소로 몸을 막 숨긴 뒤였다. 순분에게 다가온 군인은 순분의 발 옆에 떨어져 있던 바가지를 보고는 발로 찼다.

하지만 더 이상 난리를 피우지는 않았다. 그 밤에. 그도 잠에 취해서는 만사가 귀찮은 듯 순분과 봉녀의 몸에 묶인 줄을 확인하고는 다시 막사로 돌아갔다.

31
선택

어김없이 날이 밝았다.
해는 다른 날과 다름없이 떠오르고 밝게 빛났지만 그 아침은 여
느 날과 다르다는 사실을 순분은 알았다. 자신들의 운명은 어떻
게 될지 순분은 알 수 없었다. 알 수 없었기에 긴장과 두려움이 더
컸다.

"봉녀야."

순분은 겁이 났다. 겁이 나서 봉녀를 불렀다.

"겁내지 마."

봉녀가 마른 소리로 대답했다. 간밤에는 그리 입 다물고 아무
대답도 하지 않던 봉녀가 그렇게 바로 말을 건네는 것이 그녀도
어쩔 수 없이 두려운 모양이었다.

"우릴 죽일까? 죽일 거야. 그렇지? 가만두지 않겠지?"

순분의 마음이 자꾸만 요동을 치고 있었다.

"죽이면 죽는 거지. 이렇게 살아 무얼 하겠니."

봉녀의 음성이 무섭도록 차분했고, 그 말이 순분의 가슴에 묵지근하게 얹혔다.

"순분아."

봉녀가 불렀다.

"응."

"미안해. 너를 보채지 않았더라면 너는 살 수 있었을 텐데. 내가 너를 이렇게 만들었어. 그러니 미안해. 나를 원망해."

봉녀의 음성에서 찰기가 느껴졌다.

"나도 원하는 일이었어. 너 때문이 아니야. 그러니 나한테 미안해하지 않아도 돼."

"아니야. 나 때문이야. 너를 끌어들이는 게 아니었어."

순분은 봉녀를 위로하고 싶었지만 어떻게 위로해야 할지 알 수 없었다. 지금 봉녀가 힘든 건 코앞에 앞둔 죽음보다 자신을 함께 죽음에 이르도록 만든 자책감 때문이라는 걸 순분은 알았다.

"너랑 함께 할 수 있어서 좋았어."

봉녀에게 그 말은 아무런 위로가 되지 않는다 걸 순분도 알았다.

위안소의 아이들이 이쪽을 바라보고 있었다. 아침 배식 전까지 청소를 하거나 씻거나 빨래를 하며 하루를 준비할 시간이었다. 변함없는 하루의 일과는 아이들이 죽기 전까지 계속될 것이다.

그건 형벌이었다.

봉녀와 자신을 바라보는 아이들의 얼굴에 두려움과 걱정이 가득했다. 얼마 전까지 자신도 그랬다. 저쪽에서 죽음과 삶의 경계에 서 있는 아이를 두렵고도 안타까운 마음으로 훔쳐보면서 아이를 위해 아무것도 해줄 수 없는 무력감에 순분은 죽음 앞에 선 아이에게 미안했다. 언제든 자신도 죽음이라는 체벌을 받을 수 있었으므로 순분은 눈빛도 조심했었다. 헌데 이제는 자신이 그 주인공이었다. 그 주인공의 역할이 순분의 가슴에 묵직하게 얹혔다.

그때였다. 한 군인이 위안소로 다가가더니 호루라기를 불며 아이들을 순분과 봉녀가 있는 연병장 쪽으로 내몰았다. 그 호루라기 소리에 쫓겨 아이들이 이쪽으로 몰려나왔다.

"빨리 가라! 빨리! 빨리!"

아침 햇살에 소리는 유난히 카랑카랑하게 튀어 올랐다.

아이들은 앞서거니 뒤서거니 모여들었고, 군인들의 지시에 따라 순분과 봉녀의 앞에서 하나 둘, 자리 잡고 앉았다.

"지금부터 도망간 벌이 어떤 것인지 오늘 너희들에게 확실하게 보여주겠다. 여기는 너희들의 집이자, 죽음터가 돼야 한다. 목숨을 걸고 싸우는 황군들도 있는데, 그 황군들을 위로하고 위안해야 하는 것이 너희들의 의무인데, 그걸 저버리고 자신들만 살겠다고 도망치다니. 그건 대 일본제국을 버리는 일이며 천황폐하에게 배은망덕한 일이며, 또 너희들을 배신하는 일이다. 그러니 이년들을 동정하지 마라. 이년들은 너희를 버린 년들이다. 그러니 잘 보아라. 오늘 똑똑히 보아두란 말이다."

가네무라의 말이 아침 햇살 속에서 불온하게 퍼져나갔다. 아침 햇살이 정면으로 순분의 얼굴 위로 날아왔다. 그 햇살이 너무 날카로워 순분은 눈을 뜰 수 없었다.

"가져와!"

가네무라가 부하를 향해 턱짓을 했다. 그 턱짓과 말이 끝나자마자 두 군인이 커다란 널빤지를 들고 와 순분과 봉녀가 묶인 그 앞에 부려놓았다. 저걸로 무얼 하려는 걸까. 저 널판. 마치 칠성판 같은 그 널판에는 촘촘하게 대못이 박혀 있었고, 못의 뾰족한 부분이 하늘을 향해 있었다. 아침 햇살에 못의 끝이 날카롭게 빛나고 있었다.

그 널판을 바라보는 가네무라의 입가가 기이하게 비틀리더니 웃음이 새나왔다. 그 웃음이 비열하고도 야비하며 잔인하게 느껴졌다.

"천황의 은혜를 저버린 것들. 배은망덕한 것들이 정신을 차리도록 만들어주지."

아이들의 시선이 일제히 그 널판으로 모아졌다. 저걸로 뭐하려고? 아이들은 표정으로 물었다.

"풀어라."

가네무라는 부하들에게 묶인 포승줄을 풀도록 명령했다. 그 음성이 제사장의 그것처럼 진중했다.

"말을 잘 들으면 살 수도 있다. 하지만 내 말에 거부하면 죽음뿐이다.”

아이들은 누구 하나 입을 떼지 않았다. 순분의 가슴이 거칠게 뛰었다.

순분과 봉녀는 그 널판 앞으로 끌려 나와 나란히 세워졌다. 가네무라는 순분과 봉녀의 주변을 뒷짐을 쥐고 어슬렁거렸다. 흠흠. 그는 몇 차례 헛기침만 해대고는 한동안 아무 말도 하지 않았다. 다만 챙 아래 그늘에서 날카로운 눈빛만 독살스럽게 뿜어져 나오고 있었다. 그 말없음이, 그 독살스러운 눈빛이 두려움과 긴장을 배가시켰다.

“자!”

그러다 우뚝 서더니 순분과 봉녀를 번갈아가며 바라보았다.

“너부터!”

그가 지목한 건 봉녀였다. 그 순간 순분은 막혔던 숨이 터지는 듯했다. 그 손가락이 가리킨 것이 자신이 아니라 다행이었다. 당장에, 당장에는 말이다. 하지만 좋아해서는 안 되는 일이었다.

가네무라는 봉녀를 지목하고서도 선뜻 다음 말을 잇지 않았다. 다만 봉녀의 표정을 지켜보았다. 하지만 봉녀의 얼굴에는 아무런 흔들림도 없었다. 죽이면 죽으리라. 그런 표정으로 덤덤했다. 그런 봉녀의 표정에 배반감을 느꼈는지 그의 눈빛이 더 독해졌다.

“굴러!”

아! 그 소리에 아이들의 무리에서 낮은 탄식이 새나왔다. 하지만 봉녀는 굳은 얼굴로 그 널판만 내려다보고 있었다. 아침 햇살은 여전히 뾰족한 못의 예봉에 부딪쳐 차갑게 빛났고, 그 햇살로 인해 못의 날카로움은 더 그악스러워 보였다.

"구른다. 구르면 살 것이고, 구르지 않으면 죽을 것이다."

하지만 봉녀는 여전히 굳은 얼굴로 그 자리에 석상처럼 서 있었다.

"굴러!"

다시 한 번 가네무라가 큰 소리로 봉녀를 채근했다. 하지만 봉녀는 여전히 꿈쩍도 하지 않았다. 아이들은 마른 침을 삼키며 봉녀를 지켜보았다.

"이년이 끝까지 반항하는구나. 좋다. 네년의 기개를 높이 사지. 네년이 언제까지 거역할 수 있는지 보자!"

가네무라의 어조가 한층 누그러져 있었다. 게다가 입가에는 기이한 미소까지 피어나 있었다. 그가 봉녀의 눈을 쏘아보더니 이번에는 순분에게 다가왔다.

"흠."

순분은 그자의 시선이 자신에게 옮아오자 맹렬한 요의가 느껴졌다. 금방이라도 오줌이 나올 것만 같았다. 그자는 순분을 바라보더니 순간 허리춤에 차고 있던 지휘도를 꺼내들었다. 스윽. 칼집을 빠져나올 때 쇠끼리 스치는 마찰음이 소름 끼쳤다. 그 지휘도는 휘파람 소리를 내며 허공을 갈랐다. 순간의 일이었다. 순분은 저도 모르게 눈을 감았다. 그리고 다시 눈을 떴을 때 순분은 하마터면 오줌을 지릴 뻔했다. 죽지 않았구나. 순분은 제 목이 달아

난 줄 알았다. 헌데 아직 숨이 붙어 있었다.

"네년이 고집을 피우면 대신 이년이 죽을 것이다. 구를래? 아니면 이년을 죽일까?"

가네무라가 교활한 웃음을 지으며 봉녀를 향해 물었다. 그자의 눈빛이 살기로 번득였다. 다시 아이들의 무리에서 탄식이 새나왔다. 그 탄식에 가네무라의 시선이 아이들에게 날아갔다 다시 봉녀에게로 돌아왔다.

"선택하라. 위대한 일본의 장교인 나는 천황폐하의 은혜를 입어 천황폐하 대신 네년의 선택을 존중하겠다."

하지만 봉녀는 선뜻 움직이지 않았다. 순분은 가슴이 뛰었다. 이 아침이 너무나 아팠다. 차라리 짐승처럼 사느니 죽는 것이 나을 듯싶었고, 죽자니 살고 싶기도 했다.

봉녀가 미동도 없이 서 있자 그는 참을성이 바닥난 듯 큰 소리로 물었다.

"이년이냐? 네년이냐?"

"봉녀야."

순분은 저도 모르게 봉녀를 불렀다. 봉녀를 불러놓고도 그것이 어떤 의미인지, 어떤 마음인지 순분도 알 수 없었다. 제발 자신을 살려주라는 말인지, 아니면 그냥 자신이 죽게 해달라는 간청인지 순분도 알 수 없었다. 봉녀야, 봉녀야. 후렴구처럼 자꾸만 봉녀의 이름이 입술 밖으로 새나왔다. 그 호명에 봉녀가 잠깐 순분을 돌아보았다. 그런 봉녀의 얼굴이 굳어 있었다.

"셋을 세겠다. 구를 테냐? 아니면 이년의 목이냐?"

아이들은 이번에는 탄식조차 내지 않고 순분과 봉녀를 지켜보고만 있었다. 그 와중에도 아침 햇살은 눈부시게 빛났다.

"하나!"

순분은 숨을 멈추었다.

"둘!"

그자의 소리가 그 햇살마저 가르는 듯했다.

"셋!"

순분은 눈을 감아버렸다. 죽이면 죽으리라.

헌데 그때였다. 아이들에게서 다시 비명 같은 소리가 터져 나왔다. 그 소리에 순분은 화들짝 놀라 눈을 떴다.

봉녀가, 봉녀가 그 못판 위로 몸을 날렸다. 그 날카로운 못들이 촘촘히 박혀 있는 널빤지 위로 몸을 굴렸다.

으악! 날카로운 비명이 대기를 가르고, 그 비명들이 하늘을 찢어놓을 듯 등등했다. 하지만 그 비명은 봉녀의 것이 아니었다. 봉녀를 지켜보던 아이들의 비명이었고, 그 광경을 차마 볼 수 없어 아이들은 눈을 감아 버리거나 고개를 숙여 버렸다.

순식간에 봉녀의 옷이 찢어지면서 피에 젖고 있었다. 하지만 봉녀는 비명 한 번 지르지 않았다. 여기저기 살이 찢겨지고, 해져도 봉녀는 신음 하나 빼물지 않았다. 못 여기저기에 봉녀의 옷 조각과 살점들이 걸려 있었다.

순분은 마치 제 살이 찢어지는 것 같았다. 아니, 살뿐만이 아니었다. 마음도 찢어지고 하늘도 찢어지고 모든 것이 찢어지는 것 같았다.

봉녀는 끝내 비명 한 번 지르지 않았다. 눈을 꼭 감고 입술을 앙 다문 채 그 못판 위를 굴렀다.

봉녀의 그 모양에 군인의 표정이 일그러졌다. 봉녀가 그 못판 위를 다 굴렀을 때 가네무라는 입을 꾹 다물고 뒷짐을 진 채 봉녀 가 있는 곳으로 다가갔다. 하지만 어쩔 수 없이 봉녀의 얼굴이 고 통으로 일그러져 있었다. 피가 범벅인 그녀의 몸에서 살점들과 옷 조각이 서로 뒤엉켜 분간할 수 없었다.

아이들은 눈물을 흘리거나 탄식을 내지르며 이 시간이 빨리 지 나가길 바랬다. 순분은 아무 말도 할 수 없었다. 봉녀가 아니었다 면 자신이 굴러야 했을 못판이었다. 아니, 봉녀 다음에는 자신일 지도 모를 일이었다. 그저 두려움만이 순분을 닦아세우고 있었다. 그 두려움 때문에 순분은 온몸이 뻣뻣하게 굳어지는 기분이었다.

"다시 구른다."

가네무라가 낮게 말했다. 그 말에 아이들은 긴가민가 서로의 얼굴을 바라보며 말의 진의를 눈으로 물었다.

"뭘 꾸물대고 있나? 다시 구르랬잖아."

가네무라는 또다시 차고 있던 지휘도를 꺼내 칼등으로 봉녀의 등을 내리쳤다. 그 충격에 봉녀는 앞으로 고꾸라졌다.

"굴러라. 다시 구르란 말이다!"

그자의 소리가 이번에는 신경질적이었다.

아이들은 놀라 입을 벌린 채 봉녀를 지켜보았다. 하지만 봉녀는 그 자리에서 꿈쩍도 하지 않았다. 그러자 다시 장교는 순분에게로 다가와 순분의 목에 칼을 대고 봉녀를 바라보며 명령을 했다.

"구를 테냐. 아니면 이년의 목숨을 뺏을 테냐?"

그제야 봉녀는 다시 못 판 위를 구르기 시작했다.

순분은 저도 모르게 옷에다 오줌을 지려 버렸다.

32
사라진 봉녀

　　　　　　온몸이 피로 뒤발한 봉녀는 더 이상
살아 있는 사람의 모습이 아니었다. 살점은 뜯겨나가 너덜거리고
찢어진 옷은 너덜거리는 살점과 함께 넝마로 변해 더 참혹해 보
였다. 참혹한 그 모양이 마치 귀신을 보는 듯했다. 보는 것만으로
도 끔찍했고, 눈을 감으면 그 잔상으로 더 소름이 돋았다.

　그런 봉녀는 제 발로 걷지 못했다. 구루마에 실려 봉녀는 어디
론가 떠나갔다. 죽었는지 살았는지 그것 또한 알 수 없었다.

　"잘 봤지? 누구든 여기서 도망친다면 이년과 같은 꼴을 당할
것이다. 아무도 여기서 도망칠 수 없다. 죽어도 여기서 죽고, 살아
도 여기서 산다. 네년들이 말만 잘 들으면 죽을 일은 없다. 그러니
다시는 이런 어리석은 일이 없도록! 알았나?"

　아이들은 다들 겁에 질려 아무 대답도 하지 못했다. 아이들의

얼굴에 깃든 그 두려움을 목도한 가네무라는 그제야 만족한 듯 희미한 미소를 지었다.

"너희들도 친구들을 방임한 죄로 오늘 아침은 없다. 이제 자신의 방으로 들어간다. 들어가서 이전보다 더 황군들을 성심껏 받든다. 그들의 노고를 위로하고, 위안한다. 말을 듣지 않는 자에게 기다리는 것은 용서와 관용이 아니라 이보다 더한 끔찍한 벌이 기다리고 있을 것이다. 알았나?"

하지만 아이들은 두려움에 대답도 잃은 듯 아연한 얼굴로 그자를 바라보기만 했다.

"대답이 왜 이따위냐? 아직 정신을 못 차린 게냐? 더 정신 차리게 해줄까?"

그제야 여기저기서 산발적으로 아이들의 대답이 들렸다.

"다들 각자의 위치로 돌아간다. 두고 보겠다. 알았나?"

아이들은 놀라움과 두려움이 가시지 않은 얼굴로 위안소로 향했다. 위안소로 향하는 아이들의 걸음이 마치 무거운 등짐을 진 사람마냥 무거워 보였다.

순분은 봉녀의 희생으로 용서받았다. 봉녀의 희생이 순분을 살린 것이다.

순분은 아이들에게 껴묻어 제 방으로 들어왔다. 방금 무슨 일이 일어났던 거지? 순분은 보고도 믿을 수 없었다. 정말, 자신은 도망쳤던 것일까? 도망친 게 현실일까? 혹여 꿈은 아니었을까? 봉녀는? 봉녀는 어디로 갔지? 봉녀는 무사할 수 있을까?

확신할 수 없는 일들이 연속적으로 순분의 머릿속에 일어났다 사라졌다. 봉녀의 벽을 향해 똑똑 신호를 보내려는데 그때, 휘장이 걷히고 한 병사가 들어왔다.

"네년이 감히 도망을 쳐?"

그는 서질세 방으로 들어서더니 순분의 옷을 낚아채듯 빗기고는 그녀의 몸을 열었다. 순분은 다리에 힘을 줘 그를 거부했다. 순분의 저항을 감지한 그는 주먹으로 순분의 얼굴을 내리쳤다. 순간 정신이 아득해지더니 입에서 비릿한 냄새가 고였다.

그는 순분을 유린했다. 온갖 방법으로 그가 나가자마자 또 다른 군인이 들어왔다. 한국인이었다.

그는 입술이 터지고 코피가 피딱지로 앉아 있는 순분을 보고 말없이 옆에 앉았다. 순분은 모든 것을 포기해 버린 표정으로 자리에 누워 두 팔을 바닥에 놓은 채 가만히 있었다.

"도망갔으면 성공할 일이지 왜 잡혀왔소?"

그 말에 순분은 왈칵 눈물이 났다.

"그렇게 같이 도망가자고 할 때는 안 가더니만⋯⋯."

그는 처음 순분을 찾아왔을 때부터 도망가자고 했다. 하지만 순분은 금옥과 봉녀를 두고 갈 수 없었다.

아침 햇빛이 휘장에 잘려서는 순분의 방안으로 깊숙이 밀려들어 와 있었다. 그 햇빛에 군인의 옷이 누추하고 남루하게 드러났다. 언제 세탁했는지 모르게 곳곳에 흙이 비늘로 말라붙어 있었고, 땀 냄새는 고약했다.

그는 언젠가 그랬다. 한국에서 강제 징용돼 온 남자들은 최전
방에 배치돼서는 언제 죽을지 모를 목숨이라고. 같이 있던 얼굴
들이 보이지 않는다고. 그러니 자신도 언제 죽을지 모른다고.

"지금도 늦지 않았소. 그러니 나랑 도망갑시다."

순분은 그 소리를 담담하게 들었다.

"도망칩시다. 죽어도 명예롭게 죽는다면 내 지금 당장 죽어도
여한이 없겠지만 이건 아니요. 도대체 이 전쟁이 누구를 위한 전
쟁이란 말이오? 왜 저들의 전쟁에 애꿎은 우리가 죽어야 한단 말
이오? 그러니 도망칩시다. 나랑 도망가 삽시다. 아무도 모르는 곳
으로 갑시다."

순분은 그의 말에 도리질을 쳤다.

"나랑 같이 떠납시다."

그가 다시 채근했다.

"아까 보고도 이런 말씀을 하시오? 성공할 수 없어요."

"나를 따라와요."

"여기가 어딘 줄 알고요? 어딘 줄 알고 나간단 말이요? 나가봤
지만 숨을 데도 없어요."

"여기서 이렇게 개처럼 살다 죽는 거보다는 낫지 않소?"

"못해요. 난 못해요. 안 해요."

순분은 거칠게 고개를 가로저었다. 생각만으로도 끔찍했고 두
려웠다. 두 번 다시는 모험을 하고 싶지 않았다. 개처럼 죽더라도
차라리 여기서 이렇게 죽는 게 나았다.

"그렇게 안 한다고만 하지 말고 다시 한 번 생각해 봐요."

그가 순분의 두 팔을 부여잡고 흔들었다.

하지만 순분은 봉녀의 생각으로 머릿속이 어지러웠다. 봉녀는 어떻게 되었을까? 살았을까? 죽었을까? 아무도 봉녀에 대해 이야기해 주지 않았다.

33
봉녀의 실종

밤이 이슥하도록 봉녀의 방에서는 아무 기척도 들려오지 않았다. 똑똑. 몇 번이나 벽을 두드렸지만 아무런 반향이 없었다.

"봉녀야. 봉녀야."

순분은 봉녀가 마치 옆에 있기라도 하듯 가만히 불러보았다. 부르고 또 불렀다. 하지만 봉녀의 대답 대신 어둠만 진했다. 봉녀야 어딨니? 대답해. 제발. 울컥, 뜨거운 것이 명치끝에서 치받쳐 올라왔다.

똑똑.

그때였다. 벽이 울렸다. 신호였다. 하지만 봉녀의 방이 아닌, 금옥의 방에서 나는 소리였다. 순분은 그 소리에 금옥의 방으로 숨어들었다.

"봉녀는? 봉녀 소식 들었어?"

금옥을 보자마자 순분은 대뜸 봉녀의 안위부터 물었다. 행여 금옥의 방에 다녀간 누군가가 봉녀의 행방에 대해 말을 해주었을 수도 있음이었다.

"몰라."

금옥은 고개를 저었다. 하지만 어딘지 그 모습에 힘이 없었고, 한 여름에 녹아내리는 엿처럼 축축 처졌다. 예전 같지 않은 그 모습에 순분은 걱정스런 표정으로 따지듯 물었다.

"너 혹시 아팠했니?"

"아니!"

순분의 물음에 금옥은 화들짝 놀라 잡아뗐지만 그 모양도 수상 쩍었다.

"이리 와 봐."

순분은 금옥을 잡아당겼다. 하지만 금옥은 고개를 돌리며 순분의 팔을 잡아뗐다.

"바른말해. 너 아팠했지?"

"아니라니까."

재차 부인하는 금옥의 말이 자신 없었다. 순분은 금옥의 두 팔을 부여잡고 책망하듯 물었다.

"어쩌자고 그래? 죽고 싶어? 이 정신없는 것아! 너 안 봤어? 아편하는 아이들 말야."

"알아."

"알면서 아편을 하다니."

"안 해."

"거짓말하지 마."

거듭되는 추궁에 금옥은 더 이상 부정을 하지 않았다.

"한 번 중독되면 끊을 수 없다는 거 알잖아. 폐인이 된다고. 그러고 싶어? 여기서 이렇게 죽을 거야? 응? 죽고 싶어?"

"집에 갈 수 있을까?"

거듭되는 순분의 질책에 금옥이 어둠의 한 곳을 응시하며 혼잣말처럼 물었다.

"그래서? 그래서 아편을 한다는 말이야? 갈 수 있지, 왜 못 가?"

"이 몸으로? 이 몸으로 집에 간단 말이야? 가서 뭐할 건데? 예전처럼 너는 살 수 있을 거 같아?"

이번에는 순분이 대답을 하지 못했다. 입안에서는 그래도, 라는 말이 살아 꿈틀거렸지만 입이 떨어지지 않았다. 정말, 금옥의 말처럼 이 몸으로 갈 수 있을까? 이 몸으로 아무 일 없다는 듯이 어머니 아버지를 보고, 시집을 갈 수 있을까?

"난 안 가. 갈 수 있더라도 나는 안 가. 아니, 못 가. 차라리 여기서 죽지. 여기서 죽는 게 나아. 아편을 먹지 않으면 한시도 참을 수 없어. 견딜 수 없다고!"

금옥이 앙탈을 부리듯 말했다.

"네 동생 귀옥이는? 귀옥이는 어쩔 건데? 제발 정신 차려."

"이런 언니는 차라리 없는 게 나아. 이런 몸으로 내가 귀옥이를 위해 해줄 수 있는 게 뭐가 있겠어? 귀옥이를 위해서라도 가면 안 돼."

그 말을 끝으로 한동안 둘은 아무 말도 하지 않았다. 누구의 방인지 모르지만 그곳에서 기이한 소리가 새나오고 있었다. 한 군인이 내내 욕을 하며 아이를 유린하고 있었다. 누구의 방에서 들려오는 소리인지 알 수 없었다. 밤이면 소리들은 낮게 깔리면서 공명이 생겼고, 그 공명으로 어느 방에서 나는 소리인지 그 진원지를 찾을 수 없었다. 바가쇼지끼. 바가쇼지끼. 그 말이 누구를 향하고 있는지 순분은 알 수 없었다. 바가쇼지끼를 외는 자신을 두고 하는 말인지, 아이를 두고 하는 말인지 아니면 다른 그 누구를 지칭하는지 알 수 없었다. 누군지 모를 군인은 연신 바가쇼지끼를 외치며 자신 안의 욕망을 채우거나 비우고 있었다.

"봉녀는 어딨을까?"

먼저 입을 연 건 순분이었다. 그 말에 금옥은 아무 대답도 하지 않았다.

"살았을까? 죽었을까?"

"죽었을지도 몰라. 몸이 그 지경인데…… 살았더라면 방으로 돌아왔겠지."

금옥이 혼잣말처럼 대답했다.

"살아 있을 거야. 분명 살아 있을 거라고. 나는 믿어. 누구보다 강한 아이가 봉녀잖아. 그 아이는 우리와는 달라. 그러니까 살아 있을 거야."

"그렇지만……."

금옥은 아무래도 자신 없다는 듯 뒷말을 흐렸다.

그때 쿵쿵, 누군가 계단을 올라오는 소리가 들렸다.

"어서 가. 누가 오나 보다. 아마 가네무라인지도 몰라."

금옥이 순분을 떠밀었고, 순분이 재빨리 자신의 방으로 돌아갔다. 아니나 다를까. 금옥의 방에서 남자의 소리가 들려왔다. 가네무라라는 자였다.

34

봉녀

땡강땡강. 하루 일과를 시작하는 종이 울렸다. 긴장이 풀린 탓인지 순분은 온몸이 물러지듯 아팠다. 머리보다 몸이 먼저 어제 일을 기억하고 통증으로 상기시켰다.

순분은 빨랫감을 가지고 우물가로 갔다. 아침 햇살은 여느 때처럼 부대 안에 게으르게 퍼져 있었다. 그 햇살이 능청스러웠다.

순분은 부대 안을 휘둘러보았다. 아이들은 푸석푸석한 얼굴로 긴 하품을 물며 돌아다니고, 방금 교대를 마친 보초병은 눈에 핏발이 가득해서는 졸린 얼굴로 막사로 들어갔다. 어디에도 봉녀는 보이지 않았다. 도대체 봉녀는 어디로 갔을까?

순분은 만나는 아이들마다 복화술처럼 물었다.

"혹시 봉녀 소식 들었니?"

하지만 다들 고개를 저었다. 봉녀 소식 들었니? 돌아오는 대답은 같았다. 아니.

순분은 우물가에서 빨래통에 빨래를 부려놓고 물을 길었다. 하지만 머릿속은 여전히 봉녀의 생각으로 가득 차 있었다.

그때였다. 그악스런 사이렌 소리가 대기를 갈랐다. 공습경보였다. 순분은 허겁지겁 달려 나와 굴속으로 들어갔다. 습한 냉기가 살갗으로 감겨들었다. 그 사이에도 사이렌은 날카롭게 한낮의 열기를 뒤흔들어 놓고 있었다. 요즘 들어 자주 공습경보가 울렸다. 공습경보가 울리는 것이 아무래도 전세가 심상치 않은 모양이었다. 군인들도 그만큼 지쳐 보였다.

아침 햇살을 받고 있는 부대에 쨍쨍한 긴장이 흘렀다. 순분은 저들이 성전이라 부르는 이 전쟁을 왜 하는지 알 수 없었다. 죽고 죽이는 그 살육의 시간들. 죽고 나면 그게 무슨 소용이 있을까? 타인의 죽음을 수시로 목격했던 이들도 공습경보가 울리면 무연한 얼굴로 방공호에 몸을 숨긴 채 바깥소리에 귀를 기울였다. 죽음이 아무리 흔해도 여전히 죽는 것은 두려움이었고, 공포였다. 비행기가 굉음을 울리며 지나가고 얼마 가지 않아 해제경보가 울렸다. 참았던 숨을 한꺼번에 몰아쉬듯 여기저기서 긴 한숨소리가 터져나왔다.

"다들 원위치로. 원위치로 나와 하던 일을 계속한다!"

군인이 숨어 있는 아이들을 내몰았다. 오늘도 힘든 날이 되겠구나. 순분은 체증이 느껴졌다. 치열한 전투를 치루고 들어온 뒤나 앞두고 있을 때나 혹은 공습경보가 울릴 때마다 저들은 더욱 난폭해지곤 했다. 죽음이 언제 들이닥칠지 모를 현실에서 그들은 유난히 아이들에게 더 집착했다.

순분은 굴속에서 나와 다시 하던 빨래를 집어 들었다. 빨래는 건성이었다. 순분의 생각과 마음은 온통 봉녀의 행방과 안위로 채워져 있었다.

땡깡땡깡.

막 빨래를 널자 배식을 알리는 종이 울렸다.

아침 배식대가 여느 때와는 달라 보였다. 그저 주먹밥 하나에 다꾸앙이 있을 때도 있고 없을 때도 있었는데 오늘은 커다란 솥까지 등장해 있었다. 그 솥에서 김이 피어오르고 있었다.

"자, 오늘은 특별식이다. 연일 황군들을 위안하는 너희들의 수고를 치하한다. 너희들의 노력과 충정이 있었기에 대 일본제국의 황군들은 오늘도 조국에 목숨을 바칠 각오가 돼 있고, 그렇게 죽기를 희망한다. 어찌 고향과 가족에 대한 그리움이 없겠는가마는, 너희들 덕분에 그나마 그리움을 줄일 수 있으니, 너희들 공이 크다. 게다가 용감하고 용맹한 황군들이 연일 전투에서 승리를 쟁취하고 있으니 거기에는 너희들의 공도 있다. 그러니 너희들에게 포상의 의미로 오늘 특식을 준비했다."

대장의 어깨에 달린 계급장이 햇빛을 받아 반짝였다. 그가 말할 때마다 어깨가 들썩였고 그럴 때마다 계급장에 달린 햇빛이 풀썩거리며 튀어 올랐다.

"자, 차례로 줄을 서서 받는다."

대장의 말이 끝나자 아이들의 얼굴에 의혹의 그림자가 깃들었다.

"뭘까? 특식이라니?"

"냄새가 달라. 따뜻한 국이야."

"어제 애들이 도망쳐서 우리를 달래려는가 봐. 앞으로 도망 못 가게 말이야."

아이들은 솥에서 피어오르는 그 연무 같은 김을 보며 행복한 표정을 지었고, 배부른 표정을 지었다. 그런가? 정말 그런가? 아이들을 달래기 위해 준비한 특식인가? 순분은 긴가민가했다.

"이리 와."

금옥이 순분의 손목을 잡아 끌어 제 앞에 세웠다.

"별일이네. 특식까지. 뭘까?"

금옥이 순분의 귀에 대고 속삭이듯 이야기했다.

"봉녀는? 봉녀 소식 못 들었어?"

순분의 물음에 금옥이 시무룩하게 대답했다.

"듣지 못했어. 나도 몰라."

그 틈에도 순분의 시선은 봉녀를 찾느라 한곳에 진득이 머물지 못했다.

"네년이구나. 도망치다 잡힌 년이. 감히 도망을 치다니. 그래, 용기 하나는 가상하구나. 알아둬라. 네년들의 목숨은 파리보다도 못하다. 그러니 살고 싶거든 곱게 쳐 있어라. 알겠나?"

김이 나는 국을 그릇에 퍼 담아주던 부하 옆에서 봉녀를 그 지경으로 만든 그자가 눈을 치뜨며 순분을 향해 으름장을 놓았다.

고깃국이었다. 말간 국물에 군데군데 무지개빛을 띈 기름이 얇은 피막으로 떠 있었다. 이곳에 와서 고깃국은 처음이었다. 장교들이야 가끔 지상의 짐승이나 가축들을 잡아먹었지만 아이들에게까지 그 차례는 오지 않았다.

"고깃국이야. 무슨 일일까?"

금옥이 국그릇을 들고 순분에게 다가왔다. 행여 국물을 쏟을까 발걸음이 조심스러웠다.

"도망가지 말라는 회유책이겠지. 어제 봉녀를 그 지경으로 만들어놓았으니."

순분은 아이들이 한 말을 그대로 따라 했다.

"그래도 놈들이 괴물만은 아닌가 봐. 이렇게 생각할 줄도 아는 것이."

"그러면 뭘 해. 하는 짓이 딱 금수인데."

"하긴 그래. 그래도 얼마 만에 먹어보는 고깃국인지 몰라. 그런데 무슨 고기일까? 소고기는 아닌 것 같고. 원숭이 고기일까? 원숭이가 좀 많잖아."

순분이 숟가락으로 멀건 국물을 휘휘 저으며 물었다.

"글쎄."

하지만 순분은 봉녀 생각에 먹고 싶지 않았다. 나 때문에, 나를 살리고자 그 못판 위를 굴렀는데 어디서 살아 있는지 죽었는지조차 모르는데, 고깃국에 들떠서는 그렇게 게걸스럽게 먹고 싶지 않았다.

"자, 오늘은 특별한 날이다. 그러니 다들 조금도 남기지 말고 먹도록 한다. 그리고 힘을 내 황군들을 위로한다. 다시는 도망가거나 불평불만을 늘어놓는 일이 없도록 한다. 또다시 그런 불미스러운 일이 발생할 때는, 그때는 그 누구도 용서치 않을 것이다."

대장이 아이들을 휘둘러보며 훈계했다. 때로는 부드럽게, 때로는 위협하듯 어조와 표정이 널을 뛰고 있었다.

"먹어."

금옥이 순분을 향해 말했지만 순분은 봉녀가 걱정됐다. 도대체 그 아이는 어디로 갔을까. 자신만 예서 이렇게 따뜻한 국물을 받아들고 있는 것이 봉녀에게 미안했다. 나도 봉녀를 따라 갔어야 했다.

아이들은 다들 따뜻한 국물을 맛있게 먹었다. 여기 와서 처음 받아든 고깃국이라 그런지 식사 시간이 여느 때보다 더 활기차고, 소란스러웠다. 표정도 밝았다.

그때였다. 맛있게 먹는 아이들 사이를 돌아다니며 아이들이 먹는 것을 의기양양한 표정으로 바라보던 대장이 문득 순분의 앞에 와 멈춰 섰다.

"넌 왜 안 먹는 게냐? 고깃국이 싫으냐?"

그는 눈을 부릅뜨고 순분을 내려다보았다.

금옥이 놀라 재빨리 순분의 손에 수저를 쥐어주었다.

"먹어라!"

그가 다시 말했다. 순분은 마지못해 수저를 그릇에 담고 한 입 퍼 물었다.

"남기지 말고 먹어라. 한방울이라도 남겼다간 무사하지 못할 줄 알라. 대 일본제국의 황제폐하가 내리신 귀한 음식을 남기는 일은 빈역죄를 빔하는 것과 같나. 그러니 먹어라. 다 먹어라. 내 특별히 너에게 아량을 베풀어 한 그릇 더 주겠다. 그러니 먹어라!"

"어서 먹어."

대장의 말이 떨어지기도 전에 걱정스런 얼굴로 금옥이 팔꿈치로 순분의 옆을 찔렀다. 자신을 지켜보는 대장의 눈길이 온몸에 가시로 박혔다. 순분은 마지못해 그 국물을 입으로 가져갔다.

늘 먹던 주먹밥의 그 까칠함과 담백함이 그리웠다. 입 안에 퍼지는 기름기의 누린내가 욕지기를 불러왔다. 하지만 순분은 행여 어디 한곳 표정이 흔들릴까 봐 조심하며 입 안에 문 것들을 삼켰다. 삼키고 삼키고 또 삼켰다.

순분이 먹는 것을 보고 그는 흡족한 웃음을 흘렸다. 그 웃음이 섬뜩했다.

"요시! 그렇게 하는 거야. 그렇게 말을 듣는 게야. 명령에 불복종하는 자에게 기다리는 것은 죽음뿐이야. 알겠나?"

그는 다시 한 번 확인하듯 못을 박고 자리를 떴다.

"먹어. 먹어야 살아. 넌 집에 돌아가고 싶어 했잖아. 가서 시집가고 싶다 했잖아. 그러니 먹어. 다 먹으면 더 준대잖아. 그러니 더 먹어. 어떻게든 살아남아 집에 가."

금옥이 순분을 달래듯 말했다. 하지만 위장이 받지를 않았다.

그자는 고깃국을 맛있게 먹는 아이들을 만족스런 표정으로 둘러보았다. 대단한 은혜라도 베푼 사람마냥 그의 얼굴에는 거만함으로 가득했다.

"맛있게 먹었나? 나 역시 두 그릇이나 비웠다. 생각보다 맛이 좋더군."

어느새 배식대 앞에 선 그자가 큰소리로 물었다.

"자! 먹었으니 앞으로도 힘내 일한다."

잠시 그가 말을 끊고 아이들을 둘러보았다. 그의 입에서 모호한 웃음이 흘렀다. 그리고 한참 후에 뒷말을 이었다.

"맛있었나? 맛있었겠지. 고깃국이었으니까."

그는 잠시 말을 멈추고 아이들을 둘러보았다.

"방금 너희들이 먹은 것이 무엇인지 아느냐?"

그는 다시 말을 멈춘 채 아이들의 얼굴을 한 명 한 명 웃으며 바라보았다. 그 웃음이 왠지 섬뜩했다. 그리고 그는 다시 느릿느릿 입을 뗐다.

"방금 너희들은 너희 친구를 먹었다. 너희들이 맛있게 먹은 것은 너희 친구다. 너희들은 너희 친구를 먹었단 말이다."

아이들은 그 말을 이해하지 못했다. 저자가 도대체 무슨 말을 하는 거지? 친구라니? 친구를 먹었다니? 아이들은 서로의 얼굴을 바라보며 방금 그자가 한 말이 무슨 뜻인지 눈으로 물었다.

"방금 너희들이 먹은 고깃국은 어제 그년으로 끓인 국이다."

그 말에 아이들은 배를 움켜쥔 채 인상을 찌푸리며 헛구역질을 하거나 물을 찾았다. 순분은 순간 토악질이 일었다.

채 위장으로 넘어가지 못한 것들이 식도를 타고 올라왔다. 그리고 왈칵, 쏟았다.

"너!"

지휘봉이 가리킨 건 순분이었다.

"또 너야?"

금옥이 순분의 옆에서 울상을 지은 채 전전긍긍했다.

그가 험악한 표정으로 순분에게 성큼성큼 다가왔다. 아이들의 걱정스런 시선이 그자를 따라왔다. 그런 아이들의 입이 기름기로 번들거렸다.

"먹어라."

그는 방금 순분이 게워 놓은 국물 섞인 밥알을 가리키며 사박스럽게 말했다. 순분의 몸속에 있다 빠져나온 국물은 이미 흙 속으로 스며들어가고 있었고 씹힌 건더기는 으깨져 곤죽으로 바닥에 흩뿌려져 있었다. 아니, 봉녀가 으깨져 곤죽으로 바닥에 흩뿌려져 있었다.

"못 들었나? 먹는다."

아이들은 손을 모은 채 순분을 향해 눈빛으로 채근했다. 어서 먹어. 빨리. 말 들어. 제발.

순분은 온몸의 힘이 풀려 버렸다. 죽일 테면 죽이라지. 차라리 죽는 것이 낫겠다. 순분은 어깃장을 놓듯 눈을 감았다.

"명령에 불복종하는 자에게는 죽음뿐이다. 하지만 죽이기에 앞서 명령에 복종하는 법을 가르쳐주겠다."

칼등이 순분의 등짝을 찍었다. 순분은 그 칼등의 힘에 눌려 바닥으로 엎어졌다. 척추가 끊어질 듯 등짝이 바스라질 듯 그악스런 통증이 일었고, 그 통증에 숨이 끊어질 듯했다. 비명을 지른 건 순분이 아니라 이를 지켜본 아이들이었다.

"먹어라! 핥아랏!"

"먹어. 순분아! 제발"

그가 말하고, 금옥이 애원했다.

칼등이 내리찍힌 자리가 얼얼했다.

"먹어라. 마지막 경고다. 먹지 않으면 네 친구 꼴을 당할 게다!"

이번에는 군홧발이 순분의 옆구리를 가격했다. 또다시 숨이 끊어지는 통증이 온 전신을 휘감고 돌았다. 그 통증에 앞이 아득해지는 기분이었다. 순분은 옆구리를 한 손으로 잡고 한 손으로는 땅을 짚은 채 상체를 일으켜 세웠다.

나비야. 나비야. 어딨니? 그 많던 나비들은 다 어디로 갔을까. 나비라도 있었으면. 나비가 저를 끌고 어디론가 가버렸으면…….

"순분아, 제발…….”

금옥이 울었다. 우는 소리로 애원했다. 순분은 입이 죽 찢어져서는 그 사이로 진득한 침이 흘러내리는 금옥을 바라보았다. 순분아, 제발. 제발 시키는 대로 해. 금옥이 애처로웠다. 저 아이는…… 저 아이는…… 내가 없으면 저 아이는 어떻게 될까. 저 아이를 위해서라도 먹자. 봉녀도 그걸 원할 것이다.

순분은 자신이 게워 놓은 토사물 앞으로 몸을 끌고 나아갔다. 그리고 거기에 혀를 갖다 댔다. 미안해 봉녀야. 내 몸으로 들어와 내 몸으로 살렴. 입 안에서 흙이 씹혔다. 싸그락 싸그락, 입 안에 흙 비린내가 가득했다. 순분이 땅바닥에 혀를 갖다 대자 그의 입가가 비틀리더니 섬뜩한 미소가 피어올랐다.

그때였다. 부하 하나가 허겁지겁 달려오더니 경례를 붙였다.

"빨리 지휘관실로 와보셔야겠습니다. 전문이 왔습니다."

그 말에 그자는 순분을 버려두고 황급히 지휘관실로 향했다. 순분은 순간, 그 자리에 넉장거리로 누워 버렸다. 대장이 사라지자마자 아이들은 황급히 배를 움켜쥐고 웩웩, 속의 것을 토해냈다.

순분은 눈물도 나오지 않았다. 금옥도 이 상황이 믿을 수 없는지 말이 없었다.

차라리 그때 봉녀랑 같이 죽었어야 했다.

35

복수를 꿈꾸다

기진한 듯 누워 있는 순분의 얼굴을 햇빛이 더듬고 간질였다. 윤기가 없는 순분의 얼굴이 그 햇빛에 더욱 까칠하게 드러났다. 순분은 그 햇빛이 좋았다. 그 햇빛에 몸을 맡기고 있으면 몸이 솜털처럼 가벼워져서는 둥둥 떠오르는 것만 같았다. 아니, 자신이 마치 나비가 된 듯싶었다. 겨드랑이 속에 은밀히 접혀져 있던 날개가 그 햇빛에 투명하게 펴져서는 바람을 실을 것만 같았다. 순분은 햇빛이 자리를 옮기면 몸을 움직여 그 햇빛을 따라갔다. 그 사이에 군인이 들어오면 순분은 눈을 질끈 감고 그들을 받아냈다.

이상하게 모든 것이 홀가분하고, 가뿐했다. 애면글면할 일도 없었고, 전전긍긍할 것도 없었다. 몸뚱이는 그냥 껍데기일 뿐, 저들은 순결한 내 정신만큼은 범하지 못하나니, 나는 그대로 순분이었다. 김순분. 조선의 딸이자 한국의 여자, 김순분. 꺾을 테면 꺾어보라. 나는 또다시 김순분으로 태어날 테니.

배식을 알리는 종소리에도 순분은 나가지 않았다. 대신 금옥이 제 것을 나누어 주었다.

"오늘도야? 오늘도 안 타왔어?"

주먹밥을 들고 금옥이 순분의 방으로 들어왔다.

"어쩌려고 계속 이러고만 있어. 먹어."

금옥은 자신의 주먹밥을 반으로 쪼개 순분에게 건네주었다. 하지만 순분은 입술을 감쳐물고 고개를 외로 틀었다. 먹는 모든 것에서 봉녀의 냄새가 났다. 물에서도 봉녀 냄새가 났고, 주먹밥에서도 봉녀 냄새가 났고, 대기에서도 봉녀 냄새가 났다. 사방 군데에 봉녀의 냄새가 고여 있었고, 스며 있었다. 죽는다 해도 봉녀의 냄새에서 벗어날 수 없을 것만 같았다.

"왜? 왜 안 먹어? 죽으려고 작정했어? 이대로 죽을 거야?"

금옥이 애가 타 순분을 다그쳤다. 하지만 순분은 꿈쩍도 하지 않았다.

"봉녀 때문에 그래? 응? 그런 거야? 살라고 그랬잖아. 죽지 말고 살라고. 봉녀가 너 살리려고 그런 거잖아. 근데 너가 이러고 있음 봉녀가 어떻겠어? 봉녀도 너가 이러는 걸 원하지 않을 거야."

봉녀 소리에 순분은 눈을 감아 버렸다. 다시 속이 울렁거렸다.

"살아. 살아남아. 봉녀의 몫까지 살아남아. 후일 뭐가 기다리고 있을지 모르지만 그때까지 가 보는 거야."

금옥의 말에 순분은 상체를 일으켜 세우려다 앞이 흰빛으로 탈색되면서 털썩 그 자리에 누워 버렸다.

"애! 순분아. 순분아."

금옥이 저를 잡아 흔들었다. 그 격한 흔들림에 속이 한층 더 요동을 쳤다.

"이러다 너 정말 큰일 나겠다. 너도 알잖아. 아픈 애들을 어떻게 하는지. 그러니 이거 먹고 기운 차려."

순분도 알았다. 저들에게 아픈 아이들은 더 이상 쓸모가 없다는 사실을. 끌고 나가면 그만이었다. 다시는 돌아오지 않는 아이들은 어떻게 되었는지 굳이 말해주지 않아도 알았고, 캐묻지 않아도 알았다. 자신도 그럴 것이다.

"일어나. 너까지 없으면 난 어떻게 해. 그러니 내 생각해서라도 제발 정신 차려. 봉녀만 생각하는 너가 어떨 때는 서운하고 야속해. 나에게 너는 가족이야. 너밖에 없어. 너까지 없으면 난 어쩌라고."

그 말에 순분은 금옥을 가만히 쳐다보았다. 금옥의 얼굴이 그새 더 누렇게 떠 있었다.

"난 너 없으면 못 살 거야. 그러니 제발……."

금옥의 눈가가 촉촉하게 젖어들었다. 금옥의 타박에 순분은 문득 자신이 바보 같은 짓을 하고 있다는 생각이 들었다. 그래, 금옥을 위해서라도 일어나자. 자신마저 없으면 금옥은 견디지 못할 것이다. 게다가 봉녀가 나를 살리고자 못판 위를 굴렀는데 봉녀의 죽음을 헛되이 하지 말자. 정말, 이렇게 스스로 죽으면 안 되었다. 저들이 죽이려 해도 질기게 살아남는 것이 저들을 이기는 길이리라. 그러니 봉녀를 위해서도 살아야 했고, 금옥을 위해서도 살아야 했다. 살아남아 세상에 저들을 고발하리라 마음먹었다. 저들의 만행과 저들의 잔혹함을 세상에 알리리라. 하지만 정말 죽고 싶거든 죽으려거든 가네무라를 죽이고 나도 죽으리라 다짐했다.

"그래. 일어나야지. 너를 위해서라도 일어날 거야."

순분이 단전의 힘을 끌어 모아 끙, 자리에서 일어나 앉았다. 그 모양에 금옥의 표정이 단박에 밝아졌다.

"고마워. 정말 고마워."

금옥이 컵에 물을 따라 순분에게 내밀었다. 고분고분 순분은 그 컵을 받아 입으로 가져갔다. 역시나 컵과 물에서 봉녀의 냄새가 났다. 그 냄새에 다시 속의 것이 뒤틀려 올라왔다. 욱. 금옥은 순분의 그 구역질에 다시 얼굴이 굳어졌다.

"너 없으면 나도 죽어 버릴 거야."

금옥이 결연한 어조로 이야기했다.

"죽긴 왜 죽어? 질기게 살아남아야지. 나더러 살아남으라면서. 걱정 마. 나는 살 거니까."

순분이 이야기했다.

"정말이지? 응? 난 너 없으면 안 돼. 너 없으면 나 혼자 살 수 없어."

"왜 너 혼자야? 다른 아이들이 있잖아."

"그래도. 그래도, 어디 너랑 봉녀만 하겠어……."

"그런 소리 마."

순분은 타이르듯 이야기했지만 그 마음은 기실 저도 같았다. 그러니 먹자. 금옥을 생각해서라도. 순분은 한 모금 한 모금 입 안에 물을 머금고 체내로 흘려보냈다. 금옥은 그런 순분의 등을 탁탁 쳤다.

봉녀야. 제발. 금옥을 생각하자. 그러니 나 좀 봐줘. 금옥을 생각해서라도 네가 나 좀 봐줘. 순분은 봉녀에게 말했다.

순분은 금옥이 내민 주먹밥을 조금씩 조금씩 입으로 가져갔다. 식도를 타고 내려가는 보리밥의 까끌한 느낌이 식도벽을 할퀴는 듯했지만 순분은 그것들을 진득한 침과 함께 삼켰다. 삼키고 삼키고 또 삼켰다. 그렇게 삼키면 삶도 삼키고 죽음도 삼키고 이 짐승 같은 삶도 삼키고 어느 날엔가는 모든 것에 무심해질 수도 있을지 몰랐다.

"고마워. 먹어 줘서. 정말 고마워."

금옥의 어투에서 피붙이의 정이 느껴졌다.

순분은 말없이 고개만 끄덕였다. 그래, 이렇게라도 살자. 이 길 끝에 뭐가 있는지 살아남아서 확인하자. 봉녀를 위해서도 그 끝을 보자. 순분은 스스로를 다독였다.

금옥은 순분이 다 먹는 것을 확인하고는 자신도 남은 밥을 먹었다.

햇살이 너무나 눈부셨다. 그 햇살이 살아 있는 것들을 키우고, 살아 있는 것들은 그 햇살을 알뜰히 제 안에 여투어 두고 다음 생을 기약했다. 다음을 기약하지 못하는 것들은, 열매도 맺지 못하는 것들은 연생의 삶이 끊겼다.

36

조센삐

아이들의 방이 하나씩 하나씩 주인을 잃어가고 있었다. 하지만 빈방은 그리 오래가지 않았다. 어느 날 문득 그 방은 다른 아이들로 채워졌고, 그 방은 또다시 모욕과 능멸로 들썩였다. 하지만 그 또한 오래가지 않았다. 죽어간 아이들을 기억하는 아이들도 죽고, 그 아이들을 기억하는 아이들도 죽어갔다. 그렇게 죽어간 아이들이, 기억에서 사라진 아이들이 몇 명이나 되는지 아무도 알 수 없었다. 이름도, 얼굴도. 그 잊혀진 기억 속에서 그녀들은 스산한 바람과 풍문으로만 떠돌았다.

'조센삐.' 그들이 아이들을 부르는 이름이었다.

금옥의 눈매는 나날이 더 풀려갔다. 아편은 점점 금옥을 더 무력하게 만들어갔다. 그래, 너도 견디는 것이 쉽지 않을 테지. 이렇게 죽으나 저렇게 죽으나 죽기는 매한가지. 이 짐승 같은 삶을 한 순간만이라도 잊을 수 있다면, 그렇다면 어쩌면 그편이 차라리 나을지도 몰랐다. 순분은 금옥을 이해했다. 그렇게 아이들은 저마다의 방식으로 이 지옥 같은 나날들을 견뎌내고 있었다.

군인들은 쉴 새 없이 아이들을 찾았다. 그들에게서도 어쩔 수 없이 죽음의 냄새가 났다. 죽음의 냄새는 군복에서도 났고 그들의 입 안에서도 났고 게슴츠레 풀린 눈에서도 났다. 죽음의 냄새는 곳곳에 배어 있었다. 피비린내와 화약 냄새와 알 수 없는 퀴퀴한 냄새로 죽음은 자신들의 정체를 알리고, 시나브로 저들의 목을 죄어오고 있었다. 그 죽음의 냄새가 점점 더 짙어지고, 진해지고 있었다.

순분과 아이들은 가끔 트럭을 타고 그들이 싸우는 전장까지 위문을 나가야만 했다. 참호 속에서 군인들은 흙범벅인 채로 자신들의 남근을 꺼내 아이들을 향해 덤벼들었다. 붉게 물든 흰자위가 섬뜩했지만 아이들은 그 참호 속에서 도망갈 데가 없었다. 그 기다란 구덩이가 그들의 무덤인 양 싶었다. 살아 있을 때 파놓은 그들의 묘혈. 그 안에서 그들은 청춘의 한때를 살기등등한 채로 보내다 어느 순간, 불현듯 죽음을 맞이했다.

그들은 참호 속에서 위안소에서의 그 짓보다 더 집요하게 들러붙었다. 흘레붙는 개들이었고 돼지들이었고 짐승들이었다. 등이 쓸려 아팠지만 그들은 살갗이 벗겨지는 것쯤이야 아무렇지 않게 생각했다. 죽음 앞에서 그런 것들은 아무런 힘도 발휘하지 못했다. 어떤 이는 그 짓을 하면서 울었고, 어떤 이는 광포하게 굴었다. 다들 저만치 다가와 있는 죽음을 두려워했다. 아니, 어쩌면 그것은 분노였는지도 모른다. 청춘의 시기에 삶을 마감해야 할지도 모르는 자신들의 운명에 대해 그들은 분노하고 있었는지도 모른다.

그렇게 전장에 나갔다가 돌아온 날은 아래가 더 쓰라리고 아렸다.

37

금옥이 아프다

우박 같은 비가 땅에 꽂히듯 퍼부었다. 장대비였다. 세상이 내리는 빗소리로 진동했다. 비가 내려서 그런지 오늘따라 군인들이 많았다. 순분은 분노로 터져나오는 그들의 몸놀림에 내장이 끊길 듯 아팠지만 쉴 수가 없었다. 게다가 어제 맞은 주사로 순분은 정신마저 까무룩히 꺼지는 기분이었다.

그래서 그런지 그 빗소리가 구슬프게 들렸다. 낮부터 내리는 비는 그쳤다 내렸다를 반복하고 있었다. 지금쯤 어머니 아버지는 무얼하고 계실까. 아버지가 심어놓은 봉숭아는 잘 자라 씨앗을 맺었을까. 세 번 피고 지면 돌아갈 줄 알았는데 여기서 길을 잃고 말았다. 과연 자신에게 내일이 있을까? 죽음이 흔한 곳에서는 미래란 시간은 신기루 같은 것이었다.

밤이 이슥하니, 사방이 고요했다.

금옥은 제 방에서 꼼짝을 하지 않고 있었다.

똑똑. 반향은 없었다. 순분은 빗소리에 행여 금옥이 신호를 놓쳤나 싶어 다시 조심스럽게 벽을 두드렸다. 똑똑. 이번에도 돌아오는 대답이 없었다. 순분이 실망한 기색으로 돌아누우려는데, 그때였다.

똑똑. 벽이 울렸다. 금옥이었다. 순분은 반가운 마음에 얼른 답신을 보냈다. 똑똑.

순분은 얼른 금옥의 방으로 건너갔다.

"나 왔어."

순분이 말했다.

"응."

헌데 금옥의 대답이 무심했고, 금옥의 얼굴도 어딘지 이상했다.

"어디 아프니?"

순분은 걱정스러운 표정으로 금옥을 살폈다.

"아니."

금옥이 고개를 가로저었다. 하지만 그 젓는 모양도 예전 같지 않았다. 눈매가 더 풀어져 보이는 것이 잠에 취한 듯 보였다.

"너 아편했구나?"

순분이 질책하듯 물었다.

"아니, 아편은 무슨……."

금옥이 뒷말을 흐렸다.

"어쩌려고 그래."

"괜찮아. 나는 괜찮으니 걱정하지 마."

금옥이 혼잣말처럼 중얼거렸다.

"어떻게 걱정을 안 해? 제발 정신 차려."

금옥은 순분의 거듭되는 걱정에 입을 다물었다.

"이제부터라도 끊어 봐. 끊으려고 노력해 봐. 아편은 바보 같은 짓이야. 가장 미친 짓이라고."

"참을 수가 없어서 그래. 이렇게라도 하지 않으면 참을 수가 없어."

순분의 질책에 금옥이 자신 없는 음성으로 대답했다.

"그렇다고 아편을 해?"

"이렇게라도 안 하면 죽을 것 같으니까……."

"너까지 잃고 싶지 않아. 그러니 참아 봐. 참고 견뎌야지."

금옥은 순분의 말에 또다시 혼잣말하듯 중얼거렸다.

"그놈이…… 가네무라라는 그놈이……."

금옥은 무슨 말인가를 하려다 입을 다물었다. 순분은 알았다. 가네무라가 금옥에게 어떻게 아편을 주었는지. 그는 마음대로 아이들을 능욕하기 위해 아이들을 아편으로 무력화시켰다. 금옥에게도 그랬을 것이다. 어디 아이들뿐일까. 그들은 전투력을 높이기 위해서도 병사들에게 아편을 약처럼 사용했다. 공포와 두려움을 없애기 위해. 총알이 빗발치는 전장에서 미친 듯 싸우라고 아편을 사용했다.

금옥의 어깨가 가느다랗게 떨렸다. 순분은 더 이상 따지지 않았다. 그저 나란히 앉아 빗소리를 들었을 뿐. 투투투툭. 투투투툭. 마치 뜨겁게 달구어진 무쇠솥뚜껑 위에 올려놓은 콩이 튀는 듯한 소리 같았다. 그 소리가 애상을 자아냈다.

"너 그 군인 좋아해?"

한동안 아무 말없이 비 쏟아지는 소리를 듣고 있던 금옥이 뜬금없이 물었다.

"누구?"

"한국인 군인 말이야."

순분은 금옥이 그를 말할 때 누구를 지칭하는지 단박에 알아들었다. 왔다가 늘 가만히 앉아 있거나 잠깐 잠만 자고 가는 군인 한 명.

"좋아하다니 그게 무슨 말이야?"

순분은 내 처지에 가당키나 하는 말이냐고 물으려다 말았다.

"도망가자면 도망가. 여기 있지 말고."

"도망갈 데가 어디 있다고……."

"그래도 갈 수 있음 가."

순분은 금옥을 바라보았다. 간다면 어디로 갈 것인가. 갈 데도 없었고, 가야 할 곳도 몰랐다. 아니, 나가서의 삶이 더 두려웠다.

"그 군인이 널 좋아하는 것 같아. 그러니 가자면 아무 말하지 말고 따라가."

"나 같은 사람이 어찌……."

"아니야. 그가 괜찮다면 문제될 게 없어. 그러니 따라가."

"그럼 너는?"

"나는……."

금옥이 뒷말을 흐렸다.

"나는 안 가. 너를 두고 가지 않을 거야. 봉녀도 그걸 원할 거야."

그때였다. 한 아이의 방에서 날카로운 비명이 날아왔다. 그 밤에 비명은 빗소리와 섞여 더 불안하게 증폭되었다.

금옥은 두 손으로 귀를 틀어막은 채 무릎 사이로 얼굴을 파묻었다. 그 밤에, 그 빗소리에 섞인 비명이 끔찍했다. 아이의 비명은 그칠 줄 몰랐다. 아아악. 악. 아파요. 금옥이 그 소리에 숨을 거칠게 내쉬면서 어쩔 줄 몰라 했다.

순분은 가만히 그런 금옥을 안은 채 등을 쓸어내렸다. 괜찮아. 괜찮아. 곧 괜찮아질 거야. 순분의 그 말이 이내 일정한 리듬을 타고 흘러나왔다. 어머니가 횟배 앓는 배를 쓰다듬어 주며 읊조리던 가락처럼, 꼭 그렇게. 괜찮아. 괜찮아. 곧 괜찮아질 거야. 하지만 금옥은 여전히 두 손으로 귀를 막은 채 거칠게 고개를 흔들었다. 아악! 악! 하지만 소리는 여전했다.

괜찮아. 괜찮아. 곧 괜찮아질 거야…….

38

금옥을 보내다

전세가 어떻게 돌아가는지 아무도 말해주지 않았다. 하지만 그 와중에 공습경보는 더 잦아지고, 병사들은 전장에 나가 오랫동안 돌아오지 않았다.

늘 자신을 찾아오면 잠만 자고 가거나 말없이 앉아 있다 나가던 한국인 군인도 더 이상 순분의 방을 찾지 않았다. 그의 생사조차 알 수 없었다. 이상하게 마음 한곳이 뭉텅 잘려나간 듯 허수하고 아팠다. 그가 든 자리가 생각보다 컸다. 애써 안 된다, 아니다, 물리쳤지만 저도 모르는 사이에 그에게 마음을 주었던 모양이었다. 가져서는 안 될 마음이었고, 품어서는 안 될 연정이었다. 순분은 그 마음이 더 곤혹스러웠다. 그래도 사랑을 꿈꿀 수 있다니. 아직 연정이 괼 수 있다니. 사람이란 알 수 없는 존재였고, 그 연정이 염치없었다.

이 나라는 어떻게 된 게 봄도 없었고 가을도 없었고 겨울도 없었다. 그저 한 계절뿐이었다. 고향에서처럼 사시사철, 철따라 풍경이 달라지고 입성이 달라지던 그 애틋한 변화는 일어나지 않았다. 그러나 날은 더웠지만 순분의 마음에는 찬바람만 드나들었다.

그날도 아침부터 더위가 장했다. 송글송글 맺힌 구슬 같은 땀을 손으로 걷어내며 다다미에 앉은 먼지를 쓸어내는데, 금옥의 방에서 한 아이의 비명이 들려왔다. 순분은 순간 용수철처럼 자리를 박차고 일어났다. 그리고 한달음에 금옥의 방으로 건너갔다. 무슨 일이니? 무슨 일이야? 하지만 금옥은 깊은 잠에 빠져 있었다. 아주 평안한 표정으로. 꿈도 없는 잠을 자는 얼굴이었다. 왜? 무슨 일이야? 순분은 눈으로 물었고, 위안소의 더위를 흔들어놓은 그 아이는 눈으로 금옥을 가리켰다. 아주 평안하게 잠들었는데, 왜? 순분은 다시 눈으로 물었다. 하지만 금옥을 본 그 아이는 여전히 눈으로 금옥을 가리켰다.

순분이 금옥에게 다가갔다. 무언가 모를, 아주 평안한 금옥의 표정이 왠지 마음에 걸렸다. 그때 순분은 보았다. 금옥의 손가락에 엉겨 붙은 피를. 그 피가 순분의 마음을 예리하게 긋고 지나갔다.

언젠가 금옥이 그랬다. 내가 오기 전에 이 방에 살던 아이가 아편을 먹고 자신의 손가락을 잘라 피를 빨아 먹고 죽어 버렸대. 금옥의 말이 우렁우렁 귓가에 맴돌았다. 설마, 설마, 설마……

"금옥아!"

순분은 금옥을 부여안고 울음을 터트렸다. 아니, 처음에는 울음도 나오지 않았다. 그저 믿을 수 없어, 아니 믿고 싶지 않아 금옥을 안고만 있었다.

금옥아! 순분의 소리가 허망하게 금옥의 방을 돌다 되돌아왔다. 그 소리에 아이들이 쭈볏쭈볏 금옥의 방으로 모여들었다. 죽지 마. 죽지 마. 너 죽으면 나는 어떻게 해. 금옥의 애원이 들리는 것만 같았다. 그러면 나는? 나는 이제 누굴 의지하며 살까? 순분의 가슴이 무너졌다.

금옥은 다른 아이들처럼 그렇게 구루마에 실려 어디론가로 갔다. 그곳이 어디인지 가 본 사람만이 알 것이다.

금옥을 떠나 보내면서 순분은 털썩 주저앉았다. 온몸의 기력이 헤실바실 풀려나갔다. 이제 자신 차례였다. 봉녀를 잃고 금옥을 잃었으니 이제 다음 차례는 자신이었다. 그래, 곧 따라갈 테니, 잘 가거라. 금옥아. 더는 아파하지 말고 더는 힘들어하지 말고 봉녀랑 잘 지내고 있으렴. 비록 시대를 잘못 만나 치욕스런 삶을 살다 갔지만 그래도 세상에 한 번 나왔다 가는 것으로 위안을 삼자. 그 삶이 비록 짐승보다 못한 삶이었을지라도 봉녀랑 너는 나에게 큰 위안이 돼 주었으니, 잠깐이었던 네 삶이 아주 의미가 없었던 것은 아니야. 그것만으로도 위대한 삶이었어. 잘 가. 그러니 금옥아. 그곳에서 봉녀와 잘 지내렴. 너희들이 있는 그곳이 그리울 거야.

순분은 넋을 놓고 앉아 있었다. 금옥을 그렇게 보내고 나자 순분은 모든 희망이 사라져버렸다. 살아 돌아가겠다는 소망도, 사람으로 살고 싶은 욕망도 없었다. 죽음 앞에서 그것들은 아무 힘도 없었고, 아무 의미도 없었다. 다만 마음만 먹는다면 언제든 죽을 수 있었다. 저들을 피해, 언제든 봉녀와 금옥이 있는 곳으로 도망칠 수 있었다. 잡을 테면 잡아 보라지. 잡히지 않을 테니까. 절대, 잡히지 않을 테니까.

39
또다시 시작된 악몽

그렇게 시간이 가고, 날이 흘렀다.
세상은 미쳐 돌아갔지만 시간은 무심히 흘렀다. 무심히 흐르는
시간은 모든 것을 무디게 만들었지만 금옥과 봉녀의 빈자리만큼
은 어쩌지 못했다. 봉녀와 금옥이 없는 날들은 어딘가 한곳이 뭉
텅 비어 버린 듯 허수했고, 지금껏 살아 있다는 것이 그들에게 미
안했다. 살아도 같이 살고, 죽어도 같이 죽자던 맹세와 결의를 자
신은 지키지 못했다. 그 지키지 못한 약속과 그들을 지켜주지 못
했다는 자책감이 순분의 마음속에 주첫덩어리로 자리했다. 순분
은 하루하루, 자신에게 남아 있는 시간들을 잘라내면서 죽기만을
소망했다. 아니, 혼자 죽기는 억울했다. 극악한 자, 가네무라를 봉
녀와 금옥에게 데리고 가고 싶었다. 순분은 기회만 엿보고 있었
다. 그가 오기를. 그가 오면 함께 죽으리라 다짐하고 또 다짐했다.

하지만 한 가지. 남은 아이들이 걱정되었다. 자신이 가네무라와 함께 이승을 떠난다면 그들은 세상에서 가장 잔혹한 방법으로 아이들을 괴롭힐 것이다. 자신이 지은 죄의 벌을 아이들이 대신 받을 것이다. 순분은 그게 마음에 걸려 번번이 결행의 날을 미뤘다.

헌데 어느 날이었다. 비행기 소리가 이명처럼 들려오기 시작하더니 이내 그악스런 굉음으로 고막을 울렸다. 아이들은 놀라 방에서 뛰쳐나와 하늘을 올려다보거나 사방을 둘러보았다. 본능적으로 위험이 감지되었다. 이제까지와는 다른 불안과 공포가 습한 열기와 함께 밀어닥쳤다.

"무슨 일이지?"

여느 때 같지 않은 분위기에 아이들은 어리둥절한 표정으로 하늘을 살폈다.

"어제 온 스짱이 말해줬는데 일본이 지고 있대."

한 아이가 속삭이듯 순분에게 속삭였다. 요시코였다. 돈을 벌어 예쁜 옷을 사입고 싶었다는 아이. 배우가 되고 싶다던 아이였다. 그 예쁜 얼굴만큼이나, 배우가 되고 싶다던 소망만큼이나 그 아이는 이곳 생활을 잘 견뎌냈다.

스짱. 다른 말로 하면 애인이었다. 이 간악한 세상에서도 아이들은 살기 위해 마음을 둘 곳을 찾았고, 그 마음 간 자리로 위안을 삼았다. 순분은 그게 신기했다. 이 사박한 세상에서도 꽃이 필 수 있다는 사실이. 그럴 수 있다는 것이. 남자를 사랑할 수 있다는 것이.

하긴 죽음 앞에서 못하고 안 될 게 뭐 있겠는가. 죽으면 모든 것이 끝나는 건데, 죽음은 모든 것을 무화시키고, 사멸시키는 것인데. 죽음 앞에서 순결과 정결이 무슨 소용일까. 죽음은 또 다른 망각인데. 그때 그 한국인 군인은 어떻게 됐을까. 늘 와서 잠만 자고 가던 사람. 군표 한 장과 건빵 한 봉지를 놓고 나가던 남자. 그 건빵은 그의 한 끼 식사였을 것이다. 아니, 한 끼가 아니라 그 건빵은 그의 하루치 식량이었을 것이다. 그런 식량을 아낌없이 순분에게 주고 가던 그는 살았을까, 죽었을까.

"정말이야? 정말 일본이 지고 있어?"

아이들은 아무래도 믿기지 않는다는 표정으로 묻고 또 물었다.

"그렇다니까."

아이들은 그 말에 곤혹스러운 표정을 지었다. 그럼 자신들은 어떻게 될까? 알 수 없는 앞날에 대한 두려움으로 아이들의 표정이 복잡하게 일그러졌다.

순분은 믿을 수 없었다. 일본이 지고 있다니. 그 소리에 다시금 봉녀와 금옥의 죽음이 억울했다.

다시 폭음과 함께 등으로부터 땅의 흔들림이 감지되었다. 아이들은 어쩔 줄 몰라 우왕좌왕했다. 그러고 보니 자신들을 단속하고 관리하던 군인들도 보이지 않았다.

배식시간이 훨씬 지났는데도 종은 울리지 않았다. 아이들은 이 상황이 이상한 듯 한 명, 한 명 텅 빈 배식대 앞으로 모여들었다.

그 배식대에도 군인이 한 명도 보이지 않았다. 보초병들도 보이지 않았고, 감시병도 보이지 않았다. 부대 안을 바삐 오가던 트럭들도 보이지 않았고, 군인들도 보이지 않았다. 어떻게 된 거지? 무슨 일이지? 정말 일본이 진 게 아닐까? 그래서 다 도망쳤을까? 아이들은 서로 묻고 물었다. 하지만 다들 고개를 저었다. 몰라. 나노 몰라. 어찌 된 영문인지 모르겠어. 아이들은 걱정스런 얼굴로 이야기를 주고받았다.

그때였다. 한 아이가 비명 같은 소리로 아이들을 향해 소리쳤다.

"도망쳐! 빨리 도망쳐! 일본이 졌대! 우리를 죽이러 오고 있대. 그러니 어서 도망쳐! 빨리!"

아이들에게 소리 지른 그 아이는 허둥지둥 산속으로 올라갔다. 아이들도 황망히 그 아이의 뒤를 따라 산속으로 들어갔다. 순분도 뒤를 놓칠세라 아이들을 따라 산속으로 들어갔다.

가슴이 두근거렸다. 전쟁이 끝났다니. 그 소식이 허망하기도 하고 또 다른 결의 분노가 마음에 고였다. 아이들은 한 무리로 모여 산을 탔다. 거기가 어디인지, 그곳이 어디쯤인지 아는 아이는 없었다.

일본군이 자신들을 죽이러 온다는 사실을 어떻게 알았냐는 아이들의 물음에 그 아이는 대답했다.

"부대에 물건을 납품하러 오는 버마인이 있는데 그 사람이 일러 줬어. 빨리 도망가라고. 일본이 전쟁에서 졌는데, 우리를 죽이러 오고 있다고. 우리의 흔적을 없애러 오고 있으니까 빨리 도망치라고 말했어.”

그 말에 아이들은 진저리를 쳤다.

아이들은 앞서거니 뒤서거니 산을 탔다. 어디가 어디인지도 알
수 없었다. 열기와 공포로 숨이 턱턱 막혔다. 넘어지고 미끄러져
도 멈출 수 없었다. 하지만 그 산은 아이들을 숨겨주거나 품어주
지 않았다. 아이들은 필사적으로 도망쳤지만 한 무리의 군인이
아이들 앞을 가로막고 섰다.

아이들은 공포에 말을 잃었다. 하지만 늘 보던 일본군이 아니
었다. 키도 크고 코도 크고 말도 일본말이 아니었다. 그들은 미군
이었다.

“너희들은 누구냐?”

하지만 그 말을 알아듣는 아이는 없었다. 아이들은 겁에 질려
그들의 얼굴을 쳐다보고만 있었다. 그들 옆에서 버마인이 무언가
아이들을 가리키며 이야기를 했다. 알아들을 수 없는 그 말에 미
군은 아이들을 훑어 내렸다.

그들은 아이들을 앞세우고, 도망쳐 나온 부대로 돌아갔다. 어
제까지만 해도 성전을 부르짖고 승리를 장담하던 황군들은 오간
데 없고, 부대는 을씨년스러운 모습으로 방치돼 있었다. 군인들
이 떠난 막사는 온기와 생기를 잃은 채 햇빛 속에 시나브로 삭아
가고 있는 듯했다. 텅 빈 그 공간에서 철조망은 흉물스럽게 제 존
재를 드러내고 있었다. 하지만 더 이상 이전의 철조망이 아니었
다. 이쪽저쪽, 완강히 세상을 가로지르고 자유를 억압하던 그 오

만하고 완고하던 철조망이 아니었다. 철조망은 그새 위압적인 힘을 잃고 있었다. 전에는 몰랐는데 이제 보니 어딘가는 빨갛게 녹이 슬어 있었고, 그 녹으로 부서져 내리는 곳도 있었다. 왜 그동안 그런 것들이 보이지 않았을까.

그곳에서 순분과 아이들은 며칠을 기다렸다. 빌겋게 달뜬 눈으로 아이들에게 덤벼들던 군인들 대신 아이들은 햇빛을 온몸으로 받으며 부대 안을 산책하고, 저물어가는 해와 둥지로 돌아오는 새들을 지켜보고 잠을 청했다. 그 편안함이 오히려 어색하고 불안했다. 자다가도 문득 일어나 주변을 둘러보곤 했다.

불현듯 찾아온 그 자유가 아이들은 낯설었고 오히려 더 두려웠다. 이 자유가 언제까지 계속될지 알 수 없었다. 이제 어떻게 하지? 우리는 어떻게 될까? 아이들은 불안해했다.

순분은 봉녀와 붙잡혀 돌아오던 그 길을 바라보았다. 누런 뱀 같은 길에 햇빛이 쨍쨍하게 내리쬐고 있었고, 그 햇빛에 길은 흰 빛으로 빛났다. 저 길 끝에는 뭐가 있을까. 하지만 한 가지 이전의 자신으로는 절대 돌아갈 수 없다는 사실을 순분과 아이들은 알았다.

순분은 숨을 깊게 들이마셨다. 그 숨에 햇살이 빨려 들어왔다. 조사가 끝나는 대로 아이들을 풀어준다고 했다. 풀려나면 어디로든 가야 했다. 그곳이 어디든 이제 다시 살아야 했다. 하지만 그 삶이 결코 녹록치는 않을 것이다. 이제 순분이 아닌 다른 사람으로 살아야 한다. 너겁처럼 그렇게 세상을 떠돌며 살겠지. 생이 뿌리째 뽑혀 버린 여자에게 세상은 또 얼마나 가혹할까. 벌써부터 그 삶이 주는 무게가 순분의 어깨를 짓눌렀다.

여기서 나간다면 아무 곳이나 떠돌면서 살 것이다. 물 위에 떠서 흔들리는 너겁처럼 그렇게. 순분은 그렇게 남은 생을 버리겠다고 생각했다. 남은 생을 사는 게 아니라 버리는 것이었다. 사람으로 살지 못했으니, 어찌 남은 생도 사람으로 살 수 있을까. 그러니 낯선 곳에서 다른 이름으로 죽을 때까지 떠돌아야겠다고 마음먹었다. 아무도 저를 모르고, 아무도 저를 기억하지 못할 곳으로 가야겠다고 마음먹었다. 이제 삶은 온전히 제 몫이었고, 제가 책임져야 할 짐이었다.

누구에게도 기댈 수 없는 생. 그 현실이 묵직하게 순분의 가슴을 짓눌렀다.

보고 있니? 봉녀야, 금옥아. 그래도 너희들이 있어서 견딜 수 있었어. 난 너희들과 함께 할 거야. 순분은 손차양을 만들어 하늘을 올려다보았다. 어디로든 가야 하는데, 어디로 가지? 나비야, 어딨니? 나를 인도하렴.

그때 어디선가 나타난 나비 두 마리가 순분의 머리 위를 맴돌았다. 순분이 나비를 향해 팔을 뻗었다. 나비가 순분을 이끌었다. 그 눈부신 햇살이 나비와 순분을 집어삼켰다.

(끝)

"역사를 기억하는 사람들"

은미희, 장현풍, 김정기, 최서연, 윤사현, Azimong, 안호재, 하승운,
이상원, 안영숙 님께 감사드립니다.
또한 하나 되어 함께 해주신 여러분에게 온 마음으로 감사드립니다.

도와주신 분들(가나다 순)

강헌상, 고미자, 공재욱, 권일, 그레이스홍, 김도수, 김낙우, 김명곤, 김미선, 김미정,
김설총, 김성철, 김송하, 김주하, 김정기, 김유노, 김영룡, 김익모, 김찬, 김하경,
박재범, 방미영, 손병관, 손예준, 손원준, 손창현, 송해주, 신인지, 신예심, 아지몽,
안호재, 양승미, 양정미, 오정현, 오현희, 우성애, 유경찬, 윤사현, 윤예은, 윤예찬,
윤채은, 은미란, 은미희, 이기대, 이동기, 이민정, 이성환, 이수연, 이웅재, 이은혜,
이종수, 장현풍, 전민규, 정찬우, 조경익, 주흥규, 차경호, 최서연, 최정환, 최태선,
하승운, 홍남숙, 홍성아, 홍지인, 홍진수